三河商家 五代の家計簿

～万屋源兵衛盛衰記～

新家 猷佑

郁朋社

はじめに

水底《みなそこ》に生まれ、膨《ふく》らんだり、萎《しぼ》んだり、歪《ゆが》んだりしながら、真っすぐ、あるいは水の動きで左右に揺れたり、斜めになって、水面《みなも》に上がり、消えゆく泡の姿は、人あるいは家族の生涯に似る。

水底のあちらこちらで一つずつ生まれる泡もあれば、同じ場所から次々と生まれる泡もある。この同じ場所から相次いで生まれる泡は「大家族」(継続する家)、場所を替えて一つずつ生まれるのは「核家族」に例えられよう。この物語の主人公・万屋源兵衛《よろずやげんべえ》は、さしずめ同じ場所から相次いで生まれた泡である。

万屋源兵衛は、江戸中期から後期にかけて、三州幡豆郡《さんしゅうはずごおり》横須賀村上村（現愛知県西尾市吉良町上横須賀）で栄えた農家だが、農業の傍ら料理店などを営んだ。商売によって、農業の規模を拡大して発展、大きな泡となったが、幕末、明治を経て萎み、大正に入って、生まれ続けてきた泡自体が止まり、最後の泡も消えて、平成の今はその痕跡すらない。

物語を書くきっかけになったのは、万屋源兵衛が書き残した古文書『萬般勝手覚《ばんぱんかってておぼえ》』に出合ったからである。主に慶弔の出納を記録した一種の家計簿で、表紙に「天明四（一七八四）年正月出来」とあり、明治四十三（一九一〇）年十月六日に終わる。十八世紀終りから二十世紀初めまで、百二十五年にわたって書き続けられたことになる。

この『萬般勝手覚』を骨格に物語を紡いだ。物語の主人公である万屋源兵衛は、連続して生まれた泡だから一人ではない。したがって、上横須賀に江戸時代から大正時代まで七代にわたって住み続けた万屋源兵衛家の物語である。

江戸、明治、大正の各時代を生き抜いた庶民の一つの記録で、冠婚葬祭を中心とした平凡な日々の話が続く。生まれては静かに消えゆく泡のように、劇的な面白味はない。しかし、ほとんどの人は、そうした泡のような人生を送るであろう。

それでも、つぶさに見れば、百二十五年という長い間には、泡は大きくなったり、歪んだり、萎んだり、揺らいだりしていることが分かる。栄枯盛衰は世の習い。些細かもしれないが、盛者必衰、生者必滅、始在必終の理《ことわり》が顕《あら》れている。

一般に戦後といわれる、昭和二十（一九四五）年八月十五日に終戦を迎えた第二次世界大戦後は、核家族化が急速に進み、職種の多様化から親、子供、孫と代々、同じ職業に就いて、同じ土地に住み続けることは、極めて珍しくなった。

平成の世は、単発的に生まれる泡、つまり「核家族」、あるいは、さらに突き進んだ家族も解体した「個（孤）」の時代である。地域社会も消滅した、そのような時代に、同じ場所で連続して発生する泡、つまり「大家族」の物語など成立する余地はない。すると、三代から七代まで五代にわたる万屋源兵衛家の物語は、貴重な記録と言えるかもしれない。

しかし、愛知県西三河の一農村で七代続いた家の、極めて地域限定的な物語に普遍性はあるのか、と問われると、返答に窮す。確かに普遍性はないかもしれないが、その中に、普遍的な何かを見つけていただければ幸いである。

三河商家五代の家計簿／目次

二　中興開山の四代源兵衛・宇平登場

三代源兵衛が妻の命日に他界／糟谷友右衛門らが葬礼に立つ／「寛政の改革」が上横須賀にも／八事山興正寺へ回向料を献上／三十五日の呼び人は二十六人／百ヶ日は三十七ヶ所に飾り餅／一周忌の飾り餅配りは三十ヶ所／十七人の僧招き四霊の追善法要／追善懺法の成功を喜ぶ宇平／妻となったひさを披露する／東蔵石蔵の天井から雨漏り／了願寺和尚が突然、来訪／宇平の妻・ひさが京に参詣／ひさ帰郷後、立て続けに年忌法要／呼び人がいない寛政七年の法要／鬼平が他界、宇平も新たな域に／名倉の大蔵寺新命和尚が来訪／ひさが懐妊、祝いの餅を配る／ひさが女児を無事に出産／女児の名を「松」と名付ける／宇平は泉徳寺和尚と意気投合／源右衛門七回忌は盛大に営む／招請した泉徳寺和尚が来駕／松の足立ちを三色の餅で祝う／松の四歳を雛飾りで祝う／祖父の五十回忌を盛大に営む／経の前後に伽陀を入れた読誦／秋を迎え、宇平が急病を患う／今度は妻・ひさが体調を崩す／ひさの病は快癒するが再発／今井五周の見舞いを喜ぶひさ／病が再発した、ひさは十月に他界／一人娘の松は、まだ六歳／ひさの五七日に又門が調菜手伝い／料理店への脱皮を目指す宇平／実相寺の和尚が来駕、誦経／又門が元服して文助と改名／亡き妻を思い出し不要の事記す／元文三年建築の前蔵を建て替え／十一月に前蔵の工事が終わる／文助の成長ぶりを亡妻に報告／泉徳寺和尚が斎に訪れる／文助、松が揃って麻疹にかかる／妻の三回忌は女中方ばかり相伴／文助が調菜人として腕を振るう／川崎屋忠八内室・なきが訪れる／友国村で先祖の講を勤める／しなの二十七回忌を盛大に営む／若松屋当主で妻・ひさの父が他界／一人娘の松が疱瘡にかかる／松の全快を仏の導きと喜ぶ宇平／文化三年は豊作に恵まれる／娘の疱瘡快癒から一年後に他界／三十九人から香典を受ける／叔父・治兵衛を独立させる／子供に読み書きを教えた宇平／多くの僧侶が次々、弔問に訪れる／大超一行首座に読み書き、算盤習う

三　最盛期を築いた五代源兵衛・文助

五代源兵衛・文助もまた中興開山／文助は妻と兄妹のように育つ／文助が二十二歳で万屋の当主／宇平の四十九日は簡単に済ます／宇平百ヶ日と源右衛門十七回忌／文化五年からも毎年年忌法要／暴風雨に見舞われ、救い米／文化七、八年は〝遠忌〟の年／二十六ヶ所に親鸞遠忌の餅配り／盛大に親鸞五百五十回忌／三代、四代の年忌を併せて営む／斎米の献納を取りやめる／文助は凶作脱出を神に願う／跡取りの幼名は弥四郎／上横須賀にも伊丹の酒／初節句を祝い柏餅を配る／父と弟を相次いで失う／四年連続の凶作に見舞われる／渡内・甚太夫の流地を購入／文政二年二月、組頭に就任／就任した月に村役人の初仕事／頻繁に行われた村役人の異動／松の罹病で父の七回忌法事を延期／松が第二子となる女児を出産／宇平と妻・ひさの年忌を一緒に／本山の東本願寺に初めて献金／文政七、八、九年は簡単な記載／倹約令の初出は文政十年／東蔵の普請で法事を延期／三つの法事を一緒に営む／弥四郎が元服、弥三郎を名乗る／懇願され藤屋九平の土地を買う／文助の晩年は毎年、倹約令／文助の葬儀に百五十人が参列／葬

儀代は三代源兵衛の二・五倍／組頭を九年にわたって勤める？／文助は歴代当主ただ一人の養子／尊称に居士が付かなかった文助

四　名前を剥奪された六代・源治郎

万屋の衰退が始まる／明治九年には田畑の石高は激減／失念したひさの三十三回忌も／岡崎産御影石の石塔を立てる／倹約年限中に盛大に父の一周忌／母・松が信州・善光寺に参詣／文助三回忌は一周忌より約やか／弥三郎がせつと結納を交わす／悪いことは重なる？　騒動勃発／天保八年は内憂外患が顕在化／婚礼どころではない天保八年／弥三郎とせつの婚礼が行われる／大竹喜兵衛が十五軒を〝舅廻り〟／初産の男児は死産だが七夜祝い／死産男児の七夜祝いと初七日／二度目の男児も死産に終わる／倹約の締め付けが厳しくなる／毎月のように法事が続く／三度目の懐妊も死産に終わる／天保十一年も〝法事漬け〟に／飾り餅も呼び人も順次減らす／弥三郎の母・松が他界する／松の葬儀参列者も文助と同じ／葬儀の費用は夫とほぼ同じ／「倹約年限中」は掛け声だけか／四度目の出産で女児が産声／女児が七夜祝儀の朝に他界／天保十二年もまた〝法事漬け〟／福泉寺で先祖二十六人の施餓鬼／倹約厳しく中酒、茶菓子止める／天保十四年、妻・せつが病を得る／妻・せつが「たんろう」で逝く／「たんろう」とは肝臓の病か？／せつの葬式に百五十人が参列／せつの五七日は盛大に営む／妹・こぎが若松屋へ嫁ぐ／妹・こぎが受胎し、帯直し／こぎが男児を出産し死去する／七夜の祝儀は出産の三ヶ月後／倹約年限の弘化三年は開国の動き／母の七回忌の料理人に後妻／げんとは五十五年に及ぶ交流／弥三郎に長女・ゑひが産声／父十七回忌は七年ぶり村内に餅配る／ひさ五十回忌法事は台風で出来ず／大災害の年に生まれた最後の当主／長男の名は敬愛する下男の名／初節句を〝紙の鯉幟〟で祝う／母の年忌法事で後妻を披露／ゑひの〝七夜〟とは何か？／三人目の二男・弥四郎が生まれる／二男が生まれた年に安政大地震／妻の里・濃州へ引っ越す／引っ越し後初の法事を営む／四人目の二女の名は〝とめ〟／安政六年に横須賀村に帰郷／父の二十七回忌を取り延べ営む／祥月法要の記載もない万延、文久／二男・弥四郎が剃髪し僧籍に／収まらぬ弥三郎の子づくり／源治郎の元服祝いはせず？／父母の年忌に福泉寺へ庭石／法事は父と母の命日と報恩講／七人目の四女〝よね〟が生まれる／領主が「源兵衛」名を剥奪／明治も依然として身分社会／明治は戦争に次ぐ戦争の時代／戦争に正義、聖戦などはない／〝正史〟とは〝勝者の歴史〟／神仏分離令は永年の文化を否定／廃藩で額田県となり、愛知県に／源治郎が万屋「仏の一覧」作る／二男の内妻が男児産み死去／法事に併せて道明けの祝い／万屋は厳しい時代に入る／三十一歳の長女を嫁に出す／長生きをした源治郎／万屋の社長を万兵衛に譲る／創始者と同じ名前だが……／源治郎葬儀の参列者は半減

五　万屋を破綻させた七代・源十郎

万屋最後の当主・源十郎／妹・ぶんを岡崎に嫁がせる／源十郎が三十六歳で結婚／長女・たま

【主な登場人物】

初代源兵衛・弥四郎（正徳二年二月死去、行年不詳）	
二代源兵衛（宝暦二年八月死去、行年不詳）	後妻・飛《ひ》さ（糟谷《かすや》友右衛門《ともえもん》家娘）治兵衛母（宝暦十一年十二月死去、行年不詳）
三代源兵衛・源右衛門（寛政三年五月死去、行年不詳）	後妻・しな（伊奈《いな》弥惣右衛門《やそえもん》家娘）（安永八年五月死去、行年不詳）
四代源兵衛・宇平（幼名・弥四郎）（文化四年二月死去、行年不詳）	妻・ひさ（若松屋善助家娘）（享和元年十月死去　行年三十六）
治兵衛　五代源兵衛・文助の父（文化十二年八月死去、行年不詳）	妻・ちせ（糟谷善右衛門家娘）文助母（文化十年十一月死去、行年不詳）
五代源兵衛・文助（幼名・又門）（天保五年二月死去、行年四十九）	妻・松（四代源兵衛・宇平娘）（天保十一年九月死去、行年四十五）
六代源兵衛・弥三郎（幼名・弥四郎）源治郎（改名）（明治十三年五月死去、行年六十七）	妻・せつ（大竹喜兵衛家娘）（天保十四年月死去、行年二十七） 後妻・屋つ（成瀬惣左衛門家娘）（大正元年十月二十一日、行年八十六）
七代源兵衛・源十郎（幼名・源治郎）（大正六年三月死去、行年六十八）	妻・楚よ（鈴木長左衛門娘）（死去年月日、行年不詳）

一　プロローグ

矢作古川下流左岸に位置する

鶯《うぐいす》の鳴き声で春が目覚める。雲雀《ひばり》が、あちらこちらで清澄な空気を切り裂くように囀《さえず》りながら、真っすぐ空高く舞い上がったか、と思うと急降下する。農地は黄色や、紫紅色の花で覆われ、蝶が舞う。渡り鳥の燕《つばめ》も農家の軒先に飛来、巣づくりを始める。

やがて木々の衣替えが始まり、夏は、肥沃な農地が万緑に染まる。秋になれば、田は黄金色に波打ち、畑では可愛い綿帽子が風に揺らぐ。晩秋は、農家の庭先の柿木に、碧空に浮かぶ熟れた実を目当てに目白《めじろ》が群がる。そして、百舌鳥《もず》が年明けを告げる。

万屋源兵衛が、江戸時代中期から大正時代にかけて、七代にわたって住み続けた三州幡豆郡横須賀村（現愛知県西尾市吉良町）は、日本の至る所で見られる静かさに包まれた、のんびりした風景が、季節とともに移ろう。

村の西端を南北に通り抜け、三河湾に注ぐ大川の河口から、それほど遠くない所に、横須賀村は位置する。浅瀬では、陽光を浴びて水面をキラキラ輝かせながら、とうとうと流れる大川の清らかな水が、田畑を潤す。

このような横須賀村も、村方文書によれば、村民が大川と呼ぶ矢作古川《やはぎふる》の堤防決壊、氾濫に伴う水害との戦いが常にあった。

雨が降り続けば、恵みの川も悪魔の顔を見せる。自然は、明るく包み込むような優しい顔と、怒りをぶつけるような暗く荒々しい顔を併せ持つ。

室町時代の享禄年間に発足

横須賀村の始まりは、室町時代の享禄年間（一五二八―一五三二年）と言われる。そのころ、上総《かずさ》国（現千葉県）の浪人・山﨑彦次郎が、幡豆郡（吉良庄）の矢作古川左岸に勢力を張る東条吉良氏に仕官しようと訪れ、同郡岡山村（現西尾市吉良町）の花岳寺《かがく》に寄食する。

彦次郎は、仕官が、なかなか決まらぬ中、岡山村南端の矢作古川左岸に堤を築き、南北に細長く横たわる草野を開墾し、新田を開いた、という。この開墾地が幡豆郡横須賀村で、岡山村の枝郷として発足した。

村名の横須賀は、村の西端を流れる矢作古川に出来た小高い砂地〝すか（すが）〟の傍ら（東側）、つまり横に開かれた土地の意から付けられた。地形にちなんだ地名であることから、同名の地名は、全国的に分布する。

桓武帝の延暦二（七八三）年、天竺《てんじく》からやって来た崑崙《こんろん》人が漂着して、綿の実を伝えた、と言われる幡豆郡天竹村《てんじく》（現西尾市天竹町）が、対岸の矢作古川右岸にある。

このためかどうかは、はっきりしないが、横須賀村では、村が形作られたころから、綿花の栽培が行われ、江戸時代になると、綿加工などの家内工業が興った。

それを裏付けるかのように、「綿打」なる地名が残る。「わたうち」と呼ばれ、『萬般勝手覚』では、「王（ワ）多内」か「渡内」と書くが、「綿内」も二ケ所ある。「渡内」と書いたのは、近くに渡船の渡し場があり、その内側という意味からであろう。

万屋が発足したのは元禄年間か

この物語の主人公となる万屋源兵衛家は、分家である。本家は、松屋喜左衛門家で、同じ横須賀村内にある。

松屋が、いつごろから横須賀村に、居を構えていたのかは分からないが、松屋の菩提寺は、浄土真宗大谷派である。

ところが、村内にある同じ宗派の源徳寺ではなく、何故か、幡豆郡東城村（現西尾市吉良町駮馬《まだらめ》）の良興寺である。東城村は、東条吉良氏の元城下町で、横須賀村からは、東北に十八町ほど離れている。

「参州東條古城図」（川越市光西寺所蔵）によると、東条城下に藁葺き屋根と、板屋根の民家がある。藁葺き屋根は農業者、板屋根は商工業者の家であろう。城下東には村が続く。

松屋は、東条城下、あるいは、東に続く村に住んでいて、東条城の廃城に伴い、新天地を求めて、横須賀村に移り住んだのではないか。そう考えると、辻褄が合う。

その時期は、東条城が廃城となった戦国時代末期か、江戸時代の初めであろう。そして、万屋が、松屋から分家して、発足した時期も、はっきりしない。

万屋の初代源兵衛の没年は、徳川六代将軍・家宣《いえのぶ》と同じ正徳二（一七一二）年の、家宣より八ヶ月近く早い二月二十六日である。すると、元禄年間（一六八八―一七〇四年）にまで、遡ることが出来よう。

元禄十五年まで吉良上野介の領地

万屋源兵衛家が誕生したころ、横須賀村を治めていたのは、『仮名手本忠臣蔵』で知られる旗本で、幕府の儀式・典礼を司る高家・吉良上野介義央《こうずけのすけよしひさ》である。

江戸に生まれ、江戸で育った上野介義央が、領地を訪れることは、殆どなく、初めて領国の吉良庄を訪れたのは、元禄を間近に控えた、延宝年間（一六七三―一六八一年）と言われる。

そのころ、寛永十九（一六四二）年生まれの義央は、三十歳を超えていたが、伝承によれば、村人が〝赤馬〟と呼んだ駄馬に乗って、領内を見回り、領民に気さくに接した、という。万屋の初代源兵衛は、生まれていた可能性が大きく、拝顔したかもしれない。赤馬は、郷土玩具にもなった。

元禄十四（一七〇一）年三月十四日、その上野介義央が、播州・赤穂城主の浅野内匠頭長矩《たくみのかみながのり》に、江戸城内で切りつけられる刃傷事件が惹起する。〝犬公方〟の異名を持つ五代将軍・綱吉の時代である。

長矩は、切腹を命じられるが、義央は、お構いなし。翌元禄十五（一七〇二）年十二月十四日、切腹させられた長矩の元家臣・大石内蔵助良雄《くらのすけよしたか》を頭とする赤穂浪士四十七人によって、義央が討たれると、吉良家は領地を没収される。

このため、翌元禄十六（一七〇三）年、横須賀村は幕府領となり、十一年後の正徳四（一七一四）年、七代将軍・家継の時、旗本・諏訪外記《げき》の知行所となった。

ということは、万屋では、初代源兵衛の時、刃傷事件が勃発し、幕府領となり、二代源兵衛の時、諏訪外記の知行所となったことになる。

天明五年に上村と下村に分かれる

天明五（一七八五）年、横須賀村は、上村（上横須賀村）と下村（下横須賀村）に分離され、万屋のある上横須賀村は、駿州沼津藩主（慶応四年、移封で上総国菊間藩主）の水野出羽守の領地となった。三代源兵衛の時代に当たる。文政五（一八二二）年、下横須賀村も水野出羽守の領地となり、明治を迎える。

江戸後期の天保五（一八三四）年の上横須賀村は、家数二百一軒、人口七百九十四人（男三百七十八人、女四百十六人）。下横須賀村は、天保十二（一八四一）年に、家数百五十八軒、人口六百四十八人（男二百八十六人、女三百六十二人）であった。

その後は、明治二十二（一八八九）年に、市町村制が施行されるが、それ以前の明治十一（一八七八）年の郡区町村編成法の制定で、上横須賀、下横須賀両村に、東に接する幡豆郡中野村を加えて横須賀村となり、明治二十五（一八九二）年には町制を施行する。

しかし、明治三十九（一九〇六）年、幡豆郡の荻原、富田、瀬門《せと》（寺嶋、岡山、木田、瀬戸、小牧の五ヶ村が明治二十二年に合併）、厨《くりや》（宮迫、駮馬、津平、友国の四ヶ村が明治二十二年に合併）の各村を合併して、再び横須賀村となり、昭和三十（一九五五）年、幡豆郡吉田村と合併し、幡豆郡吉良町が誕生する。

平成二十三（二〇一一）年四月、幡豆郡吉良町は、同じ幡豆郡の一色、幡豆両町と共に西尾市に編入され、幡豆郡は姿を消した。したがって、江戸時代以後に幡豆郡下にあった村々は、現在、すべて西尾市に含まれる。

上横須賀村は交通の要衝として発展

上横須賀村は江戸時代、矢作古川右岸の幡豆郡鎌谷村（現鎌谷町）と渡船で結ばれていた。渡し場は、現在の県道西尾・幡豆線に架かる横須賀大橋の少し下流にあった。

鎌谷村の南に接するのが、崑崙人《こんろんじん》が綿の実を伝えたという天竹村である。天竹村と下横須賀村を結ぶ渡しもあったが、上横須賀村と鎌谷村を結ぶ渡しが、主に利用された。

鎌谷村からは、西尾城下を経て、尾張への道が開かれている。室町期は、岡山村の枝郷にすぎなかった上横須賀村は、江戸時代に入ると、両岸の村々を結ぶ交通の要衝として発展を遂げる。

江戸中期ごろ、つまり万屋が発足したころには、酒屋、米屋、饅頭屋、菓子《くわし》屋、薬屋、魚屋、油屋、鍋屋、鍛冶屋、足袋屋、槌屋、硯屋、仕立屋といった、様々な商店が建ち並んで、町屋が形成され、地方における〝都市〟の様相を見せていた。

その証拠に、村なのに本町、上町《かんまち》、下町《しもまち》、寺町、法六《ほうろく》町、吹貫《ふきぬき》町、といった〝町〟が付く地名があり、現在も会館名などに残る。

法六町とは妙な町名だが、花岳寺住職を務めた郷土史家の故鈴木悦道老師は「焙烙《ほうろく》を売る店が集まっていたからではないか」と語っていた。江戸時代の文書は、当て字が至る所で見られるから、難しい〝焙烙〟の字を嫌って、〝法六〟と書いたのであろう。

吹貫町は、渡し場近くの町名である。川風が吹き抜ける場所であることから名づけられた。現在、吹貫会館として、その名が残る。

寺町は、浄土真宗大谷派の源徳寺があることから、その名がある。源徳寺には、講談あるいは、上横須賀出身の作家・尾崎士郎の長編小説『人生劇場』に登場する侠客・清水次郎長の子分・吉良仁吉《にきち》の墓がある。このため、賭け事に勝つことを願う参拝者が多い。

上横須賀の中心地に店を構える

大正時代の上横須賀は、写真館も店を構えるほどであったが、その後、交通網の整備・発展と変化に伴って、だんだん衰退し、平成の今は、住宅地と化して、江戸時代から大正・昭和の前期にかけての〝都市〟の面影はない。

こうした変遷を遂げた上横須賀だが、今も、赤馬で領内を見回ったという元領主の吉良上野介、『人生劇場』で名を成した作家の尾崎士郎、侠客だが義理に殉じたとして講談や尾崎士郎の小説に登場する吉良仁吉は、郷土の〝三人衆〟として、町民に慕われている。

万屋源兵衛家が、店を構えたのは、上横須賀村の中心地の一角を占める下町。現在の西尾市吉良町上横須賀宮前一番地である。

店舗兼住居は、矢作古川左岸の渡し場から東に延びる要路（現県道西尾・幡豆線）に面して南側、この要路から丁字型に南に走る要路の東側に面した角地に建つ。店の少し東からは、岡崎街道が北へ延びる。

町内では、屋号を省略して〝万源《まんげん》〟と呼ばれていた。ちなみに、本家の松屋喜左衛門家は本町にあり、〝松喜《まつき》〟で通っていた。

そして、江戸時代の慣わしとして、代々、万屋の当主は源兵衛を名乗り、松屋の当主は喜左衛門を名乗るのである。

三代源兵衛が『萬般勝手覚』を起筆

万屋源兵衛家は、「はじめに」で触れたように、天明四（一七八四）年から、『萬般勝手覚』なる主に慶弔の出納を記録した一種の家計簿を付け始める。老中・田沼意次が、幕政の実権を握る十代将軍・家治の時代に当たる。

東北、関東を中心に多くの死者を出し、前年の津軽国（現青森県）・岩木山と、信濃（現長野県）、上野《こうずけ》（現群馬県）の両国に跨る浅間山の相次ぐ噴火で、拡大した「天明の飢饉」の真っただ中である。だが、飢饉が、上横須賀村に及んだかどうかは、はっきりしない。

また、天明四年は、池波正太郎の小説『鬼平犯科帳』で知られる〝鬼平〟こと、火付盗賊改・長谷川平蔵宣以《のぶため》が、役高千石で、江戸城西の丸書院番徒頭《かちがしら》に就任、布衣《ほうい》（武家の礼服）の着用を許された年でもある。

万屋源兵衛家では、二代が、宝暦二（一七五二）年八月二十六日に死去しており、三代の時代に当たる。

では、初代と二代は、無筆だったのだろうか。そうかもしれないが、家業に追われ、『萬般勝手覚』を書くだけの余裕が、なかった可能性もある。

二代、三代で衰退した万屋

特に初代は、自らが商売を創《はじ》めただけに、仕事を軌道に乗せようと懸命だった。二代は、初代が築き上げた店の運営に苦労し、『萬般勝手覚』を書くどころではなかった。そう考えられなくもない。

だが、四代が中興したことは、『萬般勝手覚』の記述から明らかなので、理由は分からないが、初代が興した万屋は、二代、三代と衰退してきたようだ。

三代の没年は、寛政三（一七九一）年五月二十日だから、『萬般勝手覚』を書き始めたのは、死去するわずか七年前だ。

それが、四代、五代、六代、と書き継がれ、最後となる七代が、明治四十三（一九一〇）年、長男の服毒自殺を記して、筆を折るまで、百二十五年もの長きにわたって、付け続けられたのである。

初代は、戒名と没年以外は不明。二代も、戒名と没年に加え、先妻に先立たれ、後妻を貰ったこと以外は、ほとんど分からない。したがって、物語は三代以降となる。

だが、三代に関しても、分かっているのは、戒名と没年のほかは、二代と同じように先妻と死別、後妻をもらったが、後妻にも先立たれたことと、『萬般勝手覚』を起筆し、弟の婚礼、後妻の年回忌を記載したことぐらいである。

婚礼儀式で始まる『萬般勝手覚』

三代源兵衛・源右衛門が起筆した『萬般勝手覚』で、日付がある最初の事跡は、天明四（一七八四）年四月十四日の結納に始まり、十二月四日の結婚祝いの餅配りまで、一連の婚礼儀式や、それに伴う出費である。婚礼の費用は、約金六両三分である。

ところが、この婚礼に関して、結納の品々、持参品、それに伴う費用、嫁回り先、祝い餅の配り先などが、詳しく書かれているのに、肝心の婚礼当事者の名前が、書かれていない。記帳当時は、自明だったからであろう。

当事者は、六代源兵衛が明治時代にまとめた「万屋・仏の一覧」と、『萬般勝手覚』の後の記述から分かるが、治兵衛と、ちせである。

治兵衛は、幡豆郡荻原村（現吉良町）の商家・糟谷友右衛門《かすやともえもん》家から輿入れした二代源兵衛の後妻・飛《ひ》さの子で、三代源兵衛・源右衛門の異母弟になる。ちせは、同郡富田村（現吉良町）の商家・糟谷善右衛門家から嫁入りした。

糟谷姓では、吉良町荻原（旧荻原村）に残る旧住宅が、愛知県の有形文化財に指定されている糟谷縫右衛門家が、広く知られる。縫右衛門は、東城吉良氏に仕えたが、永禄七（一五六四）年、東城吉良氏が没落すると、帰農。三河木綿などの産品を扱う商売を始め、荻原村を領知した上総《かずさ》国（現千葉県）大多喜《おおたき》藩の御用商人を務めた。

糟谷姓を持つ彼らは、縫右衛門の一族で、富農であると同時に、手広く商業を営んでいた、と考えられる。『萬般勝手覚』にも、天明年間から糟谷の姓を記入しており、農工商の身分の中では、幡豆郡下で最も早くから苗字・帯刀を許された一群であろう。

荻原村も、富田村も、矢作古川左岸の横須賀村下流に位置する。富田村は横須賀村の南に接し、荻原村は富田村の南に接している。上横須賀から、富田村の中心部まで約十四町、荻原村の中心部まで約二十町である。

半紙二帖持って「嫁村廻り」

「嫁村廻り」は、治兵衛の妻・ちせが、東城村の良興寺のほか、村内の福泉寺、源徳寺、甚太夫（渡内）、池田屋（本町）、柏平（同）、権平（下町）、彦七（同）、彦八（同）、林蔵（法六町）、源七（尾張屋）、源蔵（鍛治屋）、平兵衛（槌屋）等二十三ヶ所を挨拶して回り、半紙二帖を手渡した。良興寺には、半紙二帖の代わりに、菓子袋二つを持参した。

このうち、特に重要な与兵衛（下町）、与左衛門（同）、岡右衛門（藤屋）、喜左衛門（松屋）、平蔵（白木屋）、分蔵（同）、太郎兵衛（吹貫町）、又七（本町）、治太夫（大黒屋）の九軒には、半紙二帖の他に風呂敷を添えた。

このほか、「嫁廻り」と称して、町内の下町、法六町、渡内、八王子の各家、寺町、上町、本町、吹貫町の親しい数軒の家を挨拶して回った。

さらに、新婦の母親は、婚礼から三日目に当たる三つ目の時に、菓子袋を持って、与兵衛、与左衛門、岡右衛門、平蔵、分蔵、喜左衛門の六軒を回った。

良興寺は、本家・松屋の菩提寺だが、分家・万屋の菩提寺でもある。福泉寺は、万屋と同じ下町にある浄土宗の寺で、作家・尾崎士郎の先祖の墓所。源徳寺は、前に触れたように寺町にある良興寺と同じ浄土真宗大谷派の寺である。

槌屋は、平兵衛と市十がいる。平兵衛は、六十年後の天保十四年まで二、三代にわたる付き合いが続く。市十は、平兵衛より出番は多いが、二十一年後の文化二年までである。彦七は、七年後の寛政三年までだが、彦八は、三十九年後の文政六年までの長い付き合いとなる。

上横須賀村にも平蔵がいた

新婦・ちせと、その母親が、嫁入りの挨拶回りをした中《うち》の一人に平蔵がいる。白木屋平蔵で、『萬般勝手覚』では、略して〃白平〃と書く。「しろ（ら）へえ」、あるいは「はくへえ」とでも呼ばれていたのであろう。江戸で、長谷川平蔵が布衣の着用を許されたころ、上横須賀にも平蔵がいた。

ややこしいが、「嫁村廻り」先に〃白平〃ならぬ〃柏平〃もいる。「かしへえ」とでも呼ぶのだろう。柏平は、柏屋宇兵衛の略称。宇兵衛は、宇平とは書かないが、〃兵衛〃は「へえ」と発音するので、略称では〃平〃と表記する場合がある。

四代源兵衛となる宇平と宇兵衛は、音声が同じのためか、互いに響き合うものがあったようだ。宇兵衛の方が年長で、宇平より早く、寛政七（一七九五）、八年ごろ他界した、と考えられるが、文化四（一八〇七）年の宇平忌明けまで、万屋は、柏屋の婦きと付き合いが続く。

治兵衛と、ちせの婚礼の締めくくりとなる、十二月四日に行われた祝いの餅配りは、村外の二十七ヶ所を含む百六十二ヶ所に及んだ。

『萬般勝手覚』に、治兵衛の婚礼が、詳しく、しかも、長々と書かれていることから、治兵衛は、跡継ぎである異母兄の三代源兵衛・源右衛門とともに、万屋源兵衛家という「大家族」の一員として、暮らしていたことが分かる。

亡き妻の七回忌を予修で営む

天明五（一七八五）年三月二十日、三代源兵衛・源右衛門は、菩提寺である東城村の良興寺の和尚を招いて、後妻・しな（命日五月二十日）の七回忌の法要を予修で営む。

しなは、前妻の死後、幡豆郡寺嶋村（現吉良町）の伊奈弥惣右衛門《いなやそえもん》家から輿入れしたが、源右衛門よりも早く、安永八（一七七九）年五月二十日に他界した。寺嶋村は、上横須賀村から十四町ほど東に位置する。

法事の食事である斎《とき》の参集者は、良興寺和尚をはじめ、与兵衛（下町）、与左衛門（同）、りさ（荻原村）、みな（法六町）、傳助（同）、与茂助（本町）、又七（同）、民《たみ》（同）、蓮心坊、不染坊の十一人。一汁五菜でもてなす。料理人は、治兵衛妻・ちせが嫁廻りで訪れた林蔵（法六町）である。

与兵衛は夫婦で、与左衛門、みな、傳助、与茂助、又七は、治兵衛と、ちせの婚礼取り持ち働きの衆に名を連ねており、近隣の知己、と考えていい。りさは、姻戚関係になる糟谷家の一統。民は本家・松屋喜左衛門の妻。蓮心坊、不染坊は、出入りの按摩であろう。

飾りは、菩提寺・良興寺、町内の福泉寺、寺町の源徳寺の三ヶ寺を含め、村内外の二十七軒に配った。寺以外は、村外が寺嶋村のしなの実家・伊奈弥惣右衛門、荻原村の継母で治兵衛母・飛さの在所・糟谷友右衛門、その一統の権兵衛と弥助、冨田村の治兵衛妻・ちせの在所・糟谷善右衛門等七軒。

村内は与左衛門、与兵衛、権平、彦七、三左衛門（以上下町）、又七、半六（以上本町）、林蔵（法六町）、甚太夫（渡内）、岡右衛門（藤屋）、市十（槌屋）、治太夫（大黒屋）、源七（尾張屋）、白木屋（平蔵）

分蔵（白木屋）、柏屋（宇兵衛）、喜左衛門（松屋）等二十軒である。

三左衛門は、十六年後の享和元年までの付き合い。半六は、本町と判断したが、法六町にもいる。後に下町の半六（池田屋半六）も登場する。

この天明五年は、前に触れたが、横須賀村が、上村（上横須賀村）と下村（下横須賀村）に分かれ、万屋のある上横須賀村の領主が旗本・諏訪外記から沼津藩主・水野出羽守に代わった年である。

治兵衛と、ちせに男児が誕生

年が明けた天明六（一七八六）年正月二十九日、治兵衛の妻・ちせが、男児を産む。後に、万屋の当主となる長男・又門である。婚礼からは、一年後になる。

出産は、ちせの実家である冨田村の糟谷善右衛門家で、下横須賀村荒子の取上《とやげ》婆さ・りわの手で取り上げられ、七夜の祝儀も同家で催された。

そして、村内外の三十一人から祝いの金品が届く。産着、鉢の物一荷、菓子袋一ツないし二ツ、満んぢう（饅頭）一重、酒一升から三升、豆腐二丁ないし三丁、魚一篭、すずき（鱸）二本、もいを（メバル）、青銅二十疋等である。

村外は、荻原村の治兵衛母・飛さの在所・糟谷友右衛門、糟谷忠右衛門、糟谷権兵衛、糟谷平蔵、糟谷弥助等で、下横須賀村荒子の取上婆さ・りわの子・吉十は、木綿縞模様の産着表地を寄せた。

ここに登場する糟谷姓の平蔵は、干鰯《ほしか》等を扱う肥料商で、酒造もしていた。大多喜藩の御用商人で、庄屋も勤める。蔵書家で、華道（池坊）の普及に努めた、と言われる。〝荻平〟あるいは〝糟平〟、〝華平〟とでも、呼ばれていたのであろう。また、平蔵という名は、一村に一人ぐらいは、いるようだ。

村内は、本家・松屋喜左衛門をはじめ、白木屋分蔵、同平蔵、甚太夫（渡内）、又七（本町）、藤屋岡右衛門、久兵衛（上町）、与左衛門、与兵衛、権平、三左衛門（以上下町）、傳助、林蔵、丈右衛門（以上法六町）、鍛治屋源蔵、柏屋宇兵衛、尾張屋源七等である。久兵衛は、二年前のちせの嫁廻り先として登場した。

松平定信が「寛政の改革」を断行

この後、天明九年が、前年の京都大火などの災禍により、一月二十五日に寛政と改元されるが、『萬般勝手覚』は、その寛政元（一七八九）年の六月に、村を襲う大洪水まで、約三年にわたって、空白が続く。

理由は分からないが、万屋にとって、大きな慶弔行事もなく、書くべき重要な出来事がなかった、と考えられるが、起筆から間がなく、何を書き残すべきか、取捨選択に迷っていたのかもしれない。『萬般勝手覚』の空白期間に当たる天明六（一七八六）年七月、長谷川平蔵宣以は、役高千五百石の高禄で、先手弓頭に就任する。父・平蔵宣雄も経験した番方役人の最高位である。十代将軍・家治と、老中・田沼意次の時代の終末期である。

家治が、天明六年八月に死去すると、田沼意次は失脚、老中を解任される。家斉が、十一代将軍の座に就く。翌天明七（一七八七）年六月、越中守・松平定信が、老中首座《しゅざ》に就任、「寛政の改革」を断行する。

長谷川平蔵宣以は、定信により、同年九月、先手弓頭の加役として火付盗賊改を命じられる。いよいよ〝鬼平〟の登場である。〝鬼平〟は、翌天明八（一七八八）年四月に加役を免じられるが、半年後に復帰、死去する直前まで勤める。

〝小袖のお目見〟は成年の儀式？

物語れる人物として、最初に登場する万屋源兵衛は、四代源兵衛である。『萬般勝手覚』の天明四（一七八四）年の段《くだり》で、四月十四日の結納と、十一月二十五日の嫁方に贈る婚礼品列記の間に、挟み込まれるように、「棒組宇平、又七小袖のお目見」なる記述がある。ここに、又七と共に登場する宇平こそが、四代源兵衛である。

横須賀村には、このころ、男子が一定の年齢に達すると、小袖を着た姿を披露する〝小袖のお目見〟なる習わしがあった。

では、〝小袖のお目見〟とは、一体、何歳の時に行うのだろうか。子供の着物には、袂《たもと》があるが、小袖にはないから、大人になった証《あかし》に着るのが、小袖であろう。すると、元服に似た意味を持つ、と考えていいだろう。

ならば、宇平の生年は何時《いつ》で、幾つになるのか。妹・しちの没年が、明和四（一七六七）年八月二十三日なので、それ以前である。江戸時代にはよくあることだが、妹・しちが生まれて、間なく他界した、と考えると、その一年は前、すると、明和二年の可能性が大きく、二十歳となる。

そして、棒組とは、当時、横須賀村にあった宇平と、又七が所属する少年組の一つであろう。〝小袖のお目見〟は、成年になったことを宣言し、組を卒業する儀式と考えると、筋が通るのではないだろうか。お目見をする相手は、その組の面倒を見てきた親方とみて、まず間違いない。

宇平と又七が、お目見に遣わされたのは、本町の与茂助である。与茂助は、宇平、又七が属す棒組の当時の親方、と考えられる。

そのためか、前に触れたが、与茂助は、翌天明五年に営まれる三代源兵衛・源右衛門妻・しなの七回忌の斎に、又七と共に相伴する。

この天明四年、布衣を許された長谷川平蔵宣以は、延享三（一七四六）年生まれの三十九歳。宇平が二十歳とすると、平蔵より十九歳年下となる。平蔵は、十二支の寅年生まれなので、宇平は、申年生まれとなろう。

年齢は、いずれも数え年である。この物語が繰り広げられる時代の年齢は、数え年だから、以後も、年齢は、数え年で表記する。

どこか似る宇平と〝鬼平〟

四代源兵衛・宇平は、『萬般勝手覚』に「万屋の〝中興開山〟」と記される当主の一人である。

禄高四百石の長谷川家で、〝鬼平〟こと平蔵宣以は、父・平蔵宣雄の後を継いで、役高千五百石の先手弓頭に就き、加役で火付盗賊改を命ぜられる。役職では、京都西町奉行にまで昇進した父に、及ばなかったが、加役・火付盗賊改での働き、人気は高く、やはり〝中興開山〟の一人、と言って良いだろう。

宇平の戒名は、鉄翁志堅居士。堅い意志を持った、鉄のように強い、当主だったようだ。平蔵宣以は、幼名が銕《てつ》（鉄の古字）三郎、あるいは銕次郎で、若いころは、〝本所の銕〟と呼ばれていた、という。だが、宇平に、若いころ、〝上横《かみよこ》の鉄〟と呼ばれた、という伝承はない。無論、〝鬼平〟なる異称もない。

したがって、宇平と〝鬼平〟こと、長谷川平蔵宣以は、それぞれの家の〝中興開山〟の一人であることと、戒名あるいは、幼名に〝鉄〟、俗名に〝平〟の字が含まれる点が、共通する。ほかに一致点はない。

実際、宇平と〝鬼平〟は、身分も、住む場所も異なり、接点も、交流もないが、どこか似ているように思えてならない。

万屋当主でただ一人、居士の尊称

そして、宇平は、歴代源兵衛の中で、ただ一人、居士の尊称（位号）を持つ。仏教に傾倒し、陰徳を積み、信心深かった、と考えられる。

〝万屋開山〟の初代源兵衛は、戒名を感光道栄信士と言う。万屋を、光を感じるような繁栄に導いたが、二代、三代で衰退に向かった。その万屋を立て直したのが、四代源兵衛・宇平である。

また、六代源兵衛が書き遺した「万屋・仏の一覧」によれば、初代源兵衛の名は、弥四郎である。宇平もまた、幼名が弥四郎であった可能性が大きい。

『萬般勝手覚』の最初の頁冒頭に、日時の記入なしに、「五月神《しん》せん之正《のしょう》ぶ　王幾《わき》さし　弥四郎」なる文言が記載されている。その後に、町内王可《わか》松や（若松屋）、（大黒屋）治太夫、吹貫（菓子屋）清

八、阿良古《あらこ》ばばさ（下横須賀村荒子の取上婆《とやげ》さ）、本町（白木屋）分蔵、町内（川崎屋）忠八の六人の名が列記してある。

この記載は、弥四郎という名の子供の初節句を祝ったことを述べている。列記された六人は、いずれも万屋の懇意な知己・縁者。清八は万屋と同じ松屋の一統で、吹貫町に店を構える。分蔵は宇平母の実家で本町、忠八は三代源兵衛・源右衛門母の実家で下町に、それぞれ住む。何らかの贈り物をし、祝いの席に招かれた人たちと見て、間違いはない。

ここに記された弥四郎が、初代でないことも、まず間違いない。誰だかは、はっきりしないが、『萬般勝手覚』が出来たのが、天明四（一七八四）年正月だから、成人して〝小袖のお目見〟をする宇平と考えて良いのではないか。

寛政元年、村は洪水に見舞われる

では、ここで、四代源兵衛・宇平が絡んだ事績を追っていこう。

寛政元（一七八九）年の六月十八日、上横須賀村に沃野をもたらす慈母のような矢作古川が、悪魔のように牙を剥く。アメリカでは、ワシントンが初代大統領に就任、ヨーロッパでは、フランス革命が起こった年である。

茶色く濁り、鋸の刃のように尖った矢作古川の奔流が、上流に位置する上横須賀村の本郷に当たる岡山村の旗本・諏訪外記知行所と、大名・松平周防守領内で、左堤の四ヶ所を打ち破って、岡山村を駆け抜け、横須賀村を呑み込んだ。

わが村は　見渡すかぎり　川の中

宇平は、周囲を見渡し、一句ひねると、生まれて初めて遭遇した大洪水の凄まじさに驚き、自然の恐ろしさと同時に、その力の底知れぬ大きさを感じ取った。

四日後の二十二日になっても水は引かず、万屋のある下町は、〝中水入り〟の状態。町中を船で行き来するありさまであった。

「この度は、大事になったのう。割木を持って参った」

万屋の水害を知った、同じ幡豆郡内の小牧村（現吉良町）に住む朝岡喜兵衛、鳥山長兵衛と、友国村（同）に住む尾﨑喝の三人連れが、割木二十四把を積んだ小舟を操り、困難をいとわず、見舞いにやってきた。

「はあ。かたじけのう存じます。近年にない〝大水入り〟で、自家用の割木は、流されたり、水に濡れたりして、使い物になりませぬ。煮炊きもままならぬ次第、助かります」

三代源兵衛・源右衛門と宇平は、深々と頭を下げる。

割木は、喜兵衛と、長兵衛が七把ずつ、喝と、同じ友国村の奇傳坊が、五把ずつ、それぞれ持ち寄った。小牧、友国の両村は、横須賀村の東方向に位置し、矢作古川本流から小牧村で半里近く、友国村は一里ほど山側に、それぞれ離れており、洪水を免れた。

あちらこちらで復旧作業始まる

水が引くのを待って、村のあちらこちらで復旧作業が始まった。水分を吸い込んで使えなくなった畳の廃棄、水に浸かって汚れた板の間、家具・調度類の洗浄、水で運ばれて来た、ヘドロの除去に、宇平も先頭に立って汗を流す。

「宇平どん、大変でござるのう」

尾﨑喝が数日後、再び万屋に顔を見せた。

「先日は割木を頂き、本当に助かりました。ありがとうございました。今日は、かような格好で失礼致します」

宇平は、手拭で頬かむりをし、汗と土埃にまみれた顔を上げた。

泥に人、牛、馬などの糞尿が、ない交ぜになったヘドロが、夏の暑い日差しで乾燥、ひび割れを起こし、復旧作業をする村人に踏まれて、蒸れたような、えも言われぬ臭気を放ちながら、粉塵となって舞い上がり、周辺の景色も霞んで見える。

村方文書によれば、この年の横須賀村の米の作柄は、収穫が皆無となり、四百五十石の大幅な年貢免除があった。それでも、二割の年貢が嫁せられたが、年貢率としては過去最低を記録したとされ、いかに大きな水害だったかが分かる。

黄金堤の完成後もたびたび洪水

岡山村の矢作古川左堤が切れた辺りは、もともと支流の広田川《こうた》、須美川《すみ》の水が加わる河川の氾濫源である。

領主・吉良上野介義央が、下流の領地を頻発する洪水から守るため、上流の隣接地を領す時の西尾藩主・土井利長と懸け合い、許可を得て、鎧ケ淵《よろいがふち》上流に、堤を一夜で築いた、との言い伝えが残ることからも分かる。

築堤時期は、貞享三（一六八六）年、と言われるが、堤を築いたのは、吉良上野介義央ではなく、それ以前とする説もある。この堤は黄金《こがね》堤と呼ばれ、一夜堤の別名もある。現在も一部が残り、一帯が公園化され、桜の名所となっている。

しかし、横須賀村は、黄金堤の完成後も、今回のように、たびたび矢作古川の左堤の決壊によって、惹き起こされる洪水に悩まされる。

自然は、人とは異なり、統治することができない。自然に対しては、被害の最小化を目指すにしても、ある程度の被害は覚悟して、折り合いをつけるしかない。重要なのは、自然との共生である。

国土は、強靭化すればするほど、自然のしっぺ返しは大きくなる。災害から守られる期間が長くなれば、自然環境を無視して開発が進む。しかし、如何に強固な堤防や擁壁も、数十年後か、数百年後になるか、分からないが、いつかは打ち破られる。その時の被害は、開発が進んだ分だけ、甚大となる。自然の力は、常に人知を超える。

水害復興が宇平の最初の大仕事

〝小袖のお目見〟が、成年の儀式と考えると、万屋が洪水に見舞われた寛政元（一七八九）年、宇平は二十五歳。働き盛りを迎えていた。

三代源兵衛・源右衛門は、存命だが、宇平は、老境を迎えた父・源右衛門の片腕となって、叔父・

治兵衛とともに、洪水に見舞われた万屋の復興、つまり中興の牽引車となった。万屋を水害から復興するのが、宇平の最初の大仕事であった。

万屋が受けた被害の実態は分からないが、町中を船で行き来したことと、村方文書の米の収穫が皆無となり、大幅な年貢免除があった、という記述を考え合わせると、万屋も、住居・店舗をはじめ、所有する田畑に、甚大な被害を受けたに違いない。

万屋の後継当主として、宇平は水害からの復旧に力を発揮するが、江戸では、〝鬼平〟こと長谷川平蔵宣以が、関八州を荒らしまわった大盗賊・神道徳次郎の一味を捕える手柄を挙げ、活躍を始める。平蔵が、「寛政の改革」の一環として、無宿者を収容する人足寄場の石川島への設置を、老中の松平定信に建議したのも、この寛政元年である。翌寛政二（一七九〇）年には、人足寄場取扱の兼務を命じられ、人足寄場の設置に着手し、完成させる。

『萬般勝手覚』に再び空白現る

寛政元年の洪水の記述以降、『萬般勝手覚』に再び空白が現れる。寛政三（一七九一）年二月まで、二年近く記載がない。この間、三代源兵衛・源右衛門は、息子・宇平、弟・治兵衛とともに、万屋の復興作業に忙殺され、書く余裕がなかった可能性が大きい。

宇平と治兵衛の協力で、ようやく万屋の復興が叶った寛政三年、源右衛門は二月二十日に良興寺和尚を招いて、亡き妻・しな（命日五月二十日）の十三回忌法要を取り越しで勤める。

斎の呼び人はいない。二年前の水害が甚大だっただけに、復旧には多額な費用がかかる。復旧に手間取る親類、知己も多く、雑作をかけないよう、心配りをしたのであろう。

その代わりなのであろうか。良興寺和尚に、通常の年忌の布施二十疋に加え、南鐐《なんりょう》（二朱銀）一片という、多額な布施を差し出した。飾りも、村内外の二十三軒に配る。

村外は菩提寺・良興寺（東城村）、しなの実家・弥惣右衛門（寺嶋村）、治兵衛母・飛さの実家・友右衛門、権兵衛、休意《やすおき》（以上荻原村）の五軒。友右衛門、権兵衛は糟谷の一統。休意も、糟谷の一統と考えていいだろう。

村内は福泉寺、源徳寺の二ケ寺と、与左衛門、与兵衛、権平、三左衛門、彦七（以上下町）、又七（本町）、傳助（法六町）、市十（槌屋）、岡右衛門（藤屋）、清兵衛（河内屋）、喜左衛門（松屋）、平蔵（白木屋）、分蔵（同）、源七（尾張屋）、勘八（紺屋町）、治兵衛（弟）の計十八軒である。

又七は、棒組で一緒だった息子・宇平の朋輩である。「勘八は、店に勤める勘七の在所で、飾りのやり取りがある」と、源右衛門は、勘八に飾り配りをした理由を説明する。

しなの天明五（一七八五）年に営まれた七回忌の配り先の二十七軒に比べ、村外と村内で二軒ずつ、四軒減っているだけである。斎の呼び人はいないが、質素・倹約を求める「寛政の改革」の影響は、ほとんど感じられない。

二　中興開山の四代源兵衛・宇平登場

三代源兵衛が妻の命日に他界

「ちっと、疲れ申した。布団を敷いてくれんかいのう」

五月十二日昼ごろ、体の衰えを訴えていた源右衛門は、家人に頼み、床に就くと、そのまま寝込んでしまう。亡き妻・しなの十三回忌法要を無事に終え、ホッとしたのだろうか。

十七日になると、村内外の十一人から、牡丹餅一重ないし二重、じるあめ（汁飴）一鉢、ようかん（羊羹）一包、まんぢう（饅頭）五ツ、うんどん（饂飩）二篭、鯛一枚、すずき（鱸）二本、赤大根漬け等の見舞い品が届く。

「どうやら、お迎えが来たようじゃ。しなも呼んでおる」

源右衛門は、様子を見に来た家人に、こう話しかけると、笑みを浮かべ、静かに目を閉じ、息を引き取った。見舞いの品を受けた三日後の五月二十日未の上刻（午後一時過ぎ）のことである。五月二十日は、しなの祥月命日である。しなの十三回忌法要からは、三ヶ月後になる。

いよいよ〝中興の祖〟と崇められる四代源兵衛・宇平の登場である。宇平は二十七歳。成熟期を迎えていた。

このころ、江戸では、やはり長谷川家の〝中興の祖〟と目される長谷川平蔵宣以が、市中で強盗・強姦を繰り返す凶賊の首領・葵小僧を捕縛、処刑する。天明の飢饉以後、江戸では治安が悪化し、〝鬼平〟が、大いに活躍していた。

糟谷友右衛門らが葬礼に立つ

源右衛門の葬式は、死去した翌日の五月二十一日に良興寺の和尚、伴僧一人、供二人によって執行され、源徳寺、正向寺、福泉寺、称名院、海蔵寺の和尚、伴僧等が臨席した。花岳寺は、使僧が来駕、経をあげた。

布施は、良興寺に五百文と近江晒一反、伴僧に百文、供二人に五十文ずつ百文、立ち会った源徳寺に二百文、伴僧に百文、供に二十四文、正向寺に百文、供に二十四文、福泉寺に百文、供に二十四文、称名院に百文、供に二十四文、海蔵寺に二百文、伴僧に五十文、供に二十四文を、それぞれ差し出す。

正向寺は、良興寺、源徳寺と同じ浄土真宗大谷派の寺で、横須賀村の北東に接する幡豆郡木田村（現吉良町）にある。称名院は横須賀村を拓いた山﨑彦次郎の開創、海蔵寺は糟谷縫右衛門家の菩提所。いずれも浄土宗で、称名院は下横須賀村、海蔵寺は荻原村にある。

姻戚の荻原村・糟谷友右衛門、なき（友右衛門の同伴者か）、天明五（一七八五）年に営まれた源右衛門後妻・しなの七回忌の斎に招かれた荻原村の糟谷りさ、天明四年に行われた治兵衛と、ちせの婚礼祝いの餅が配られた幡豆郡宅野嶋村（現宅野島町）の元右衛門の四人が、葬礼に立ち、連なって帰る。なきは、後に、『萬般勝手覚』冒頭頁に記載された弥四郎の初節句の祝いに招かれた忠八（川崎屋）の妻として登場する。

二年前の寛政元（一七八九）年の洪水の際、割木を船で運んでくれた一人である小牧村の鳥山長兵衛、寺嶋村の東に接する津平村の豪農・大竹彦助等も、悔やみに訪れた。

「寛政の改革」が上横須賀にも

宇平は、『萬般勝手覚』に「往生人の斎《とき》（仏事の午前中に振舞う食事）・非時《ひじ》（仏事の正午過ぎに振舞う食事）は近年、町内切りに相成り候。これにより当町、渡内残らず相招き申し候」と記す。

松平定信による質素・倹約を柱とする「寛政の改革」に伴う領主・水野出羽守の通達であろう。上横須賀村への改革の波及が窺われる。

そして、「尤も手伝いの衆へ斎振舞い申し候分左に記す」と但し書きし、林蔵、治助、丈右衛門、政蔵、半六、天満屋仙治郎（以上法六町）、半六、茂吉（以上本町）、傳六（寺町）、左平（飛脚）、源蔵（鍛冶屋）の十一人の名前を列記する。宇平は、改革に従う姿勢を明らかにしておきたかったのだろう。

治助は、今回だけで再登場はない。今回が初出の仙治郎は、百ヶ日まで。他は七年前の天明四年の治兵衛・ちせの婚礼時に登場した。丈右衛門は二十四年後の文化十二年まで、源蔵は二十年後の文化八年までの長きにわたって登場する。左平は五年後の寛政八年まで、傳六は十年後の享和元年まで、茂吉は今回までである。

翌二十二日の灰葬は、良興寺和尚一人で営まれ、一汁三菜でもてなす。叔父・治兵衛、白木屋分蔵、松屋喜左衛門が相伴。与兵衛には送り膳をした。また、ちせ（治兵衛妻）、民（松屋喜左衛門妻）、みせ、なつ、のとの五人が参詣した。

八事山興正寺へ回向料を献上

花岳寺には、宇平が回向料二百文を持参。また、尾州八事山興正寺《びしゆうやごとさんこうしようじ》にも回向料として、金一分を献上した。『萬般勝手覚』の記述で、「八事山への回向料」は初出だが、この後、宇平は折節、参詣して回向料を納め、祈祷を願っている。宇平が、始めたことかもしれない。

八事山興正寺は、弘法大師・空海が開いた、高野山真言宗の別格本山。貞享三（一六八六）年に創建された。二代尾張藩主・光友が、帰依したことから、尾張徳川家の祈願寺として繁栄する。「尾張高野」と称され、〝尾張の弘法さん〟として、三河（三州）でも、信仰を集めていた。

また、宇平は、沐浴等を頼んだ与兵衛、朋輩の又七、奇傳坊、使用人の紺屋町出の勘七等七人に、単羽織、腹帯、太帯、布子、納戸羽織等の父・源右衛門の遺品を記念に贈った。

香典は、三十四人から金品が寄せられた。うち金銭は、少なく十二人。最高は、宇平母の在所・白木屋分蔵の一分銀。治兵衛母・飛さの実家・糟谷友右衛門は二朱銀、白木屋平蔵と宅野嶋村の元右衛門が銀貨を寄せた。

ほかは百文が、最も多く四人。品物は平線香十包、蝋燭十丁から二十五丁、兎丸《うがん》五把入り一包、丁子香五把、陀羅尼香五把等である。葬儀代は、全部で二両二分ほど。うち一両分は香典で賄われた。

宇平は、「中張《ちゅうちょう》（惆悵）見舞いお断わり」と各所に通知する。「寛政の改革」を進める領主の通達を受け入れてのことだろう。それでも、二十三人から、あづき飯（三升程）、素麺五把、椎茸一袋、かわたけ一袋、蕎麦粉（二升位）、うどん粉一重等の見舞い品が届く。

寛政元年の大水の際、割木を小舟に積んで届けた友国村の尾崎喝、安兵衛、奇傳坊の三人が、今回も割木二十四束を一頭の馬に積んで、同じ友国村の岩崎利兵衛は、大割木八束を、それぞれ寄せた。江戸時代、友国村は、割木の供給地だったことが分かる。

六月二十五日は父・源右衛門の三十五日（五七日《ごしち》）だが、宇平は大事な所用で、二十一日から三州額田《ぬかた》郡大野郷（現愛知県岡崎市）へ出かけ、前日の二十四日に帰宅する。同日夕方、源徳寺和尚を招いた取り越し法事は、振舞いなしで、勤めだけをしてもらった。

三十五日の呼び人は二十六人

三十五日正当の六月二十五日の法事は、良興寺和尚を招いて営む。そして、翌二十六日に改めて、取り延べ分の斎を源徳寺和尚と、呼び人を招いて行う。

呼び人は、弥惣右衛門（寺嶋村）、平蔵（白木屋）、岡右衛門（藤屋）、与兵衛、与左衛門、彦八、林弥、勇吉、千代之助、吉兵衛、権平、伊平（以上下町）、与茂助（本町）、又七（同）、市十（槌屋）、傳助（法六町）、治兵衛（叔父）、又門（治兵衛子）、ちせ（治兵衛妻）、かん（与兵衛妻）、かよ（下町）、松屋母（本町）、みせ（同）、のと、なつ、知法坊の二十六人。

吉兵衛は、近所の知己で、四十九年後の天保十一年まで登場する。付き合いは、二代にわたる可能性が大きい。林弥は、後に調菜人として登場。八年後の寛政十一年に他界する。

かよは、治兵衛と、ちせが挙式した際の三つ目女中客の一人、のと、みせ、なつは、源右衛門の灰葬の際に、参詣した女中衆である。

みせは、弟子が源右衛門の中張見舞いを寄せており、何かは分からないが、技芸の師匠である。源右衛門か宇平、あるいは二人が、みせの下で習い事をしていたのかもしれない。

七月九日の四十九日の法事は、呼び人なしで、源徳寺和尚を招いて斎を供し、布施金百疋を二日後の十一日に献納する。

百ヶ日は三十七ヶ所に飾り餅

九月一日の百ヶ日は、やはり源徳寺和尚を招いて法事を営む。斎を供し、布施二十疋を差し出す。飾りは、村内外の三十七ヶ所に配った。

村外は良興寺、花岳寺の二ヶ寺、伊奈弥惣右衛門（寺嶋村）、鳥山長兵衛（小牧村）、尾崎喝、奇傳坊、清十、安兵衛、岩﨑利兵衛（以上友国村）、友右衛門、休意、権兵衛、弥助、忠右衛門（以上荻原村）の十四ヶ所。

清十、安兵衛は、源右衛門死去に際し、香典を寄せた。この二人は、十六年後の文化四年まで折節、登場する。宇平の知己であろうか。岩﨑利兵衛は、中張見舞いに割木を寄せたのが初出だが、四十七年後の天保九年まで登場する。二代にわたる可能性がある。

村内は、吉兵衛、彦七、三左衛門、忠兵衛、権平、与兵衛、与左衛門（以上下町）、又七（本町）、傳助、仙治郎、徳平後家・さの（以上法六町）、岡右衛門（藤屋）、市十（槌屋）、清兵衛（河内屋）、白木屋（平蔵）、分蔵（白木屋）、喜左衛門（松屋）、源七（尾張屋）、柏屋（宇兵衛）、治兵衛（叔父）、勘七（下男）、勘七お袋、知法坊の二十三ヶ所である。忠兵衛には、七年前の天明四年、治兵衛・ちせの婚礼の際は、祝い餅が配られた。さのは、この時、四十八歳。九十六歳まで命を保つ。

知法坊は、『萬般勝手覚』に、「大島《おおじま》村、知法坊」とある。幡豆郡大島村は、矢作古川河口の左岸に位置する。上横須賀からは、ほぼ南に一里数町である。源右衛門葬儀の際、宇平は「亡者の志」として、知法坊に百文を渡している。

　このことから、知法坊は、大島村から来て、上横須賀で活動する隠坊《おんぼう》（御坊）ではないか。それで村内扱いしたのであろう。

一周忌の飾り餅配りは三十ヶ所

　一息つく間もなく、宇平は、翌寛政四（一七九二）年三月四日には、前年の父・源右衛門に続いて、五歳の時に死去した乳の出ない実母に代わって、自分の面倒を看、育ててくれた乳母《うば》を失う。

　宇平は、翌日の葬式に、良興寺、源徳寺、福泉寺の和尚等を招いて、万屋源兵衛家の当主として、丁重に弔う。布施は、良興寺和尚に二百文と木綿一反、供に二十四文、源徳寺和尚に百文、供に二十四文、福泉寺和尚に百文、供に二十四文を差し出した。

　宇平は、乳母の病中介護に当たった、げん（下町）に汚れ物の古い衣類、しじゅう見舞ってくれた勇吉（同）に、古い仙台羽織を記念に贈る。勇吉は、源右衛門の三十五日斎に相伴している。

　十六日後の三月二十日には、父・源右衛門（命日五月二十日）の一周忌法要を取り越しで営むが、父のやり方を踏襲する。良興寺和尚を招いて、前年に営まれた父の後妻・しなの十三回忌と同じように、呼び人なしで斎を行い、布施二十疋を差し出す。

　寛政元年の大洪水からは、三年近くが経つ。後遺症が、まだあったのかもしれないが、質素・倹約を訴える「寛政の改革」の趣旨に従う、姿勢を見せようとした可能性が大きい。

　だが、呼び人なしの斎の埋め合わせであろうか、二斗一升もの米と、キビ一升で飾り餅を搗き、村内外の三十ヶ所に配る。ただし、米は黒米（玄米）である。

良興寺、源徳寺、花岳寺の三ヶ寺と、村外は友右衛門、休意、権兵衛、弥助、忠右衛門（以上荻原村）、弥惣右衛門（寺嶋村）、茂兵衛（中野村）、平十（幡豆郡市子村）の八人。

「去年、父死去の折、茂兵衛、平十は香典を持参した」と、宇平は、二人に飾り餅を配った理由を語り、「重ねてはしない」と話す。市子村（現市子町）は、矢作古川右岸に位置し、上横須賀村から西に三十三町ほど。中野村は東の隣村。

村内は、吉兵衛、与左衛門、与兵衛、権平、三左衛門、林弥、伊平（以上下町）、太郎兵衛（吹貫町）、又七（本町）、喜左衛門（松屋）、柏屋（宇兵衛）、岡右衛門（藤屋）、市十（槌屋）、太兵衛（菱屋）、善助（若松屋）、清兵衛（河内屋）、源蔵（鍛冶屋）、兵治（鍋屋）、知法坊の十九人である。

十七人の僧招き四霊の追善法要

寛政三、四年と二年連続で、父と乳母を失った四代源兵衛・宇平にとって、寛政五（一七九三）年は、年忌の多い年となる。「彼岸の中日」に当たる二月九日、宇平は、年忌を迎える四霊の追善観音懺法《せんぼう》を営む。

この日、来駕した衣僧は、導師の幡豆郡上町《かみまち》村（現上町）の実相寺和尚をはじめとして、十七人に及んだ。

ほかは、同郡池田村（現一色町）・長久院、同津平村（現吉良町）・泉徳寺、同・観音寺、幡豆郡寺津村（現寺津町）・金剛院、額田郡上地村（現岡崎市）・三善寺の和尚、幡豆郡富田村（現吉良町）・

西岸寺、同赤羽《あかばね》村（現一色町）・清秀寺、同巨海《こみ》村（現巨海町）・願成寺、上町村・道興寺、幡豆郡友国村（現吉良町）・傳心庵の僧、同岡山村（同）の華蔵《けぞう》寺と花岳寺の使僧等である。

いずれも臨済宗妙心寺派の寺の僧侶である。和尚が導師を務める実相寺は、吉良氏三代の満氏が文永八（一二七一）年に創建した、とされ、三河の安国寺として栄えた。華蔵寺は、元領主・吉良上野介義央の墓があることで知られる。

未曾有の水害からは、四年近くが経つ。宇平は万屋の復興を果たし、家業を軌道に乗せていたのであろう。

宇平は、勢ぞろいした衣僧を前に挨拶する。

「本年は、父・源右衛門の三回忌、祖父・二代源兵衛の妻・飛さは三十三回忌、乳母は一周忌、師匠の大超一行首座《しゅそ》は、十三回忌に当たりまする。ご回向よろしゅう、お願い申し上げます」

――わくひょうるーこーかい（或漂流巨海）りゅうぎょしょーきーなん（龍魚諸鬼難）ねんぴーかんのんりき（念彼観音力）――

実相寺和尚が主導する衣僧による観音経《ぎょう》（法華経普門品《ぼん》）の読誦が響く。宇平の後ろには、近親者十人ほどが控え、総勢三十人近くが集った。宇平の信仰心の篤さを窺わせる。

宇平は、朝は黄粉《きなこ》付の熟餅、昼を一汁五菜の料理でもてなし、布施として黄金一顆を差し出した。同行者の義寛禅師のほか、茨木屋万吉と、林弥（下町）が調菜を担当した。

追善する一人の飛さは、前にも触れたが、荻原村の糟谷友右衛門家から輿入れした宇平の祖父に当たる二代源兵衛の後妻。宇平の父である三代源兵衛・源右衛門の継母で、治兵衛の母である。

また、大超一行首座は、友国村出身の宇平の師匠で、四年前の寛政元年に横須賀村を襲った洪水の際、見舞に訪れた尾﨑喝の父親でもある。十三回忌法事が、一足早く、さる二月二日に営まれ、宇平は、友国村の傳心庵へ布施を差し出した。

追善懺法の成功を喜ぶ宇平

追善懺法を終えた宇平は「経机、鈴《りん》、鉢鼓、花篭など諸仏具がなく、花岳寺、海蔵寺、本寺、福泉寺、地蔵堂、その他から、手当たり次第に借りて揃えたが、滞りなく済ませることが出来、大変うれしい」と『萬般勝手覚』に記しており、宇平にとって、追善懺法が、いかに大事だったか、が分かる。

前にも触れたが、岡山村の花岳寺は、横須賀村を切り拓いた上総国浪人・山﨑彦次郎が寄宿した臨済宗妙心寺派の寺で、東条吉良氏の菩提寺。荻原村の浄土宗・海蔵寺は、糟谷家の菩提寺。下町の浄土宗・福泉寺は作家・尾﨑士郎の先祖の菩提寺、本寺とは、万屋の菩提寺・良興寺のことである。地蔵堂は、地蔵尊を祀る建物の総称。このころ、『萬般勝手覚』に地蔵堂・寿永《すえ》の名がある。場所がはっきりしないが、下町の浄土宗・光明寺の前身・願王庵の可能性が大きい。

追善懺法から十一日後の二月二十日、宇平は良興寺和尚を招いて、父・源右衛門（命日五月二十日）の三回忌法要を取り越しで営み、布施二十疋を差し出す。

追善懺法の直後だけに、斎の呼び人はいないが、一周忌とほぼ同じように、飾り餅を米二斗一升、キビ八升で搗いて、村内外の二十七ヶ所に配った。一周忌より三ヶ所少ない。白米とは書いてないので、一周忌と同じように、黒米を使ったのだろう。

村外は良興寺、花岳寺の二ヶ寺と、寺嶋村の伊奈弥惣衛門、荻原村の友右衛門、弥介、休意、忠右衛門、権兵衛の糟谷一統五人、合わせて八ヶ所。

村内は源徳寺、福泉寺の二ヶ寺と、与兵衛、与左衛門、権平、吉兵衛、林弥、三左衛門、伊平（以上下町）、善助（若松屋）、喜左衛門（松屋）、又七（本町）、太郎兵衛（吹貫町）、柏屋（宇兵衛）、市十（槌屋）、岡右衛門（藤屋）、兵治（鍋屋）、源蔵（鍛冶屋）、知法坊の十七人である。伊平は、九年前の天明四年、治兵衛・ちせの婚礼祝い餅が配られたのが、初出だが、以後の登場はない。

このうち、与兵衛、与左衛門、権平、善助、喜左衛門、又七の六人には、赤餅を配った。『萬般勝手覚』で、赤餅を配る記述は、これが最初である。赤餅を配ったのは、近しい関係者だが、何を基準にしているのかは分からない。

四日後の二月二十四日には、村内下町の浄土宗・福泉寺和尚を招請し、二代源兵衛の後妻・飛さ（命日十二月二十四日）の三十三回忌法事を取り越しで営んだ。三月四日の乳母の一周忌は祈祷を願った。

源右衛門の三回忌正当の五月二十日には、村内寺町の浄土真宗・源徳寺和尚を後住《ごじゅう》とともに招いて、法事を勤める。

妻となったひさを披露する

対外的な仕事が、一段落したのであろう。宇平は、婚礼の儀なしで七月十四日夜、村内の若松屋善助方から輿入れした妻・ひさを、いきなり披露する。何故だろう。

宇平が、明和二年生まれとすると、この時、つまり寛政五年は、二十九歳となる勘定。ひさは二十八歳。一つ違いである。同じ町内で、幼馴染みのため、仲人を立てなかったのかもしれない。すると、仲人がいなければ、婚礼の儀は不要だった可能性がある。

「万源に嫁入りして参りました、ひさでございます。主人ともども、ご引き立てのほど、よろしゅう、お頼み申します」

ひさは、本家・松屋喜左衛門の妻・民《たみ》の案内で、町内をはじめ、法六町の庄屋・丈右衛門等四軒、寺町の源徳寺等六軒、本町三軒、吹貫町三軒、上町三軒の知人宅を一軒一軒、挨拶して回る。

このうち、丈右衛門（法六町）、甚太夫（渡内）、与兵衛、与左衛門（以上下町）、盈屋（清七）、岡右衛門（藤屋）、兵治（鍋屋）、清兵衛（河内屋）、源八（若松屋）、忠八（川崎屋）、御寺（福泉寺）、御堂（地蔵堂）、長三衛門（本町）、綿かねには、半紙二帖ずつを持参した。

綿かねは屋号で、綿屋。綿かねについて、宇平は「先様に頼まれたので遣わした、重ねては無用」と語る。長三衛門も初出で、再登場もない。盈屋は、十二年後の文化二年まで付き合いが続く。

翌十五日から祝いの品が寄せられる。八月十九日までに、二十五人から酒一升ないし二升、赤鯛大一枚、黒鯛三枚、素麺五把、赤飯一鉢、饅頭三十、菓子袋等の祝い品が届いた。

宇平が妻・ひさを披露して、間もなく、老中首座の松平定信が、辞任に追い込まれ、「寛政の改革」が頓挫する。

『萬般勝手覚』を見る限り、「寛政の改革」の期間中、四代源兵衛・宇平は、改革に従う姿勢を見せ、父・源右衛門三十五日の法事以外は、斎の呼び人をなくす。だが、餅配りは、黒米で搗いた餅も使うが、縮小せずに行っており、改革の実効は、それほど上がったようには思えない。

東蔵石蔵の天井から雨漏り

月が明けて八月になった。十三回忌を迎えた父・源右衛門の姉・と己（命日三月四日）の懺法を七日に行った。「禅家が居なかったため」と宇平は遅れた理由を語る。

二十三日は、妹・しちの二十三回忌。宇平は源徳寺和尚を招いて法要を済ますが、ホッとする間もなく、次の試練が宇平を襲う。

「激しい雨じゃなあ。いつまで続くんかのう。被害が出ねば良いが……」

宇平は四年前の水害を思い浮かべ、独り言ちながら、不安げに空を見上げる。

「ひどいことになった。堤が切れなんだのが、せめてもの救いじゃ」

雨が降り止んだ後、外に出て、辺りを見渡した宇平は、ため息をつく。

降り続いた雨で、冠水した田畑が目につく。近年、破損が目立っていた東蔵石蔵を見に行くと、壁の一部が崩れ落ちている。中に入ると、冷たいものが、頭上に落ちてきた。屋根が傷んだのだろう、天井から雨漏りがしている。

「やれ、やれ。また、物入りじゃが、まず蔵を直さねば……」

宇平は、そうつぶやくと、村内上町の大工・善六宅を目指す。

「善さん、ござらっせるか」

「あ、万源さん、何か御用で」

「うむ。東蔵がのう、昨日の雨で、とうとう直さな、あかんくなった」

「ひどう、降りましたから……」

「雨漏りで東蔵は使えんし、また雨が降ると、破損が、もっとひどうなるからのう。とにかく、早よう頼む」

「分かりました。直ぐかかりましょう」

「ほんじゃまぁ、よろしゅう、頼むのん」

宇平は頭を下げ、善六の家を後にした。

善六は、相棒の下横須賀村荒子に住む大工・彦蔵に声をかけ、二人で八月二十七日、急遽、東蔵石蔵の補修に取りかかった。

九月十二日、下町・利兵衛、同・三之助、日傭・太郎助、飛脚・左平、若松屋男、万屋男・与八の六人を動員して棟上げをした。宇平は、善六に三十疋、彦蔵に二十疋の祝儀を出し、手伝いの者を含め、全員に赤飯を用意し、豆腐のぐつ煮を振舞った。

利兵衛は、前年の寛政四年に他界した宇平乳母の病中介護をした、げんの息子である。三之助、左平には、九年前の天明四年に挙式した治兵衛・ちせの婚礼祝い餅が配られた。

二十七日には、直右衛門（渡内）が参加、大壁塗りをして補修が完了した。一ヶ月間の突貫工事だった。

この間に、知己、縁者十二人が、豆腐四丁ないし五丁、蕎麦切り二篭、牡丹餅二升計《ばかり》、なよし（鯔《ぼら》）二本、せいご二ツ、茶飯、冬瓜《とうがん》、薩摩芋等の普請見舞いを寄せた。

了願寺和尚が突然、来訪

「今日も、無事に半日が終わったか」

十月二十四日午後、宇平が一息ついていると、「ごめんくだされ」の声。

「どちらさんで……」

宇平は、われに返って応える。

「宇平どん、先日は済まんこちゃったのう」

幡豆郡小焼野村（現小焼野町）の浄土真宗大谷派・了願寺の和尚が、玄関に立ち、頭を下げる。小焼野村は、横須賀村の対岸となる、矢作古川右岸に位置し、上横須賀からは、北に二十五町ほどの距離になる。

「これは、これは、和尚さん。遠いところをわざわざ、お出でいただきまして……」

「いや、いや、近くに、ちっと用があってのう。その帰りじゃ」

和尚は、右手を顔の前に挙げて、左右に振りながら答える。

「左様でございますか」

「ちっと、上がらせて貰ってよいかのう」

宇平が頭を下げ、頷くのを見ると、和尚は仏壇の前に進む。

なんまいだーぶ（南無阿弥陀仏）、なんまいだーぶ、なんまいだーぶ――

和尚は、正座をして数珠を掛け、手を合わせると、読経を始めた。宇平ら家人も、後ろに正座して、経を聴く。無量寿経、観無量寿経、阿弥陀経の浄土三部経と、正信偈《しょうしんげ》の読誦《どくじゅ》が終わると、半時を遥かに過ぎていた。

宇平は、先祖の霊を慰めるため、この秋収穫したばかりの新米を了願寺に献納しており、和尚は、その礼に訪れたのである。「日が短いため、遅くなっては……」と思った宇平は、内分に志を添え、茶漬けの接待に留めた。

寛政六（一七九四）年に入ると、『萬般勝手覚』に、この年にあった出来事の記載が一切ない。理由は分からないが、前年の寛政五年は、村方文書によれば、米の作柄が良くなかった。東蔵石蔵が、雨漏りした大雨によるものであろう。万屋では、東蔵石蔵の補修で出費がかさみ、田畑の被害もあったろうから、宇平は、その対応に追われたのかもしれない。

この年、ヨーロッパでは、フランス革命の主導者・ロベスピエールが失脚、処刑され、革命は実質的な終焉を迎えた。

宇平の妻・ひさが京に参詣

寛政七（一七九五）年の年が明けた。

「初午《はつうま》に合わせて、京へ参り、いろいろ、お願いして参りとう存じます」

輿入れから二年、なかなか子供が、授からぬことを悩んでいた宇平の妻・ひさは、宇平に京都の伏見稲荷大社への参詣を申し出た。

「左様か。それは良い。骨休めも兼ねて、ぜひ行って参れ」

正月二十二日、ひさは、下横須賀村須の治左衛門の妻、娘、そして、同所の甚蔵を供に、同勢四人で京へ旅立った。稲荷神は、食べ物の神で、生産の神である。五穀豊穣、商売繁栄、受胎を願い、二十日がかりで、二月十一日に無事、帰宅する。

「ただ今戻りました。ありがとうございました」

「おお、ご苦労さん。如何であった？」

「はい。滞りなく、お参りすることが出来ました」

「左様か。そりゃ良かった」

「ところで、あなた様の持病は、大丈夫でしたか？」

「うむ。林奇坊どのと奇傳坊どのに、夜、数日ずつ泊まってもろうたが、お蔭さんで発作は起きなんだ」

宇平は、火鉢の中で表面が白くなった炭を火箸で突《つつ》き、首を縦に小さく振りながら、嬉しそうに答える。

「左様でございますか。それは、ようございました。安心致しました」

二人は笑顔を見せ、頷き合った。

林奇坊は、上横須賀村から東へ一里十四町ほどの幡豆郡宮迫《みやば》村（現吉良町）に、奇傳坊は、前に触れたが、寛政元年の洪水の際、割木を用意してくれた一人で、友国村に住む。二人とも盲人で、揉み療治を業とする按摩。先代の三代源兵衛・源右衛門の時代からの付き合いである。宇平の持病は、分からないが、リウマチ、瘧《おこり》等が考えられる。

また、宇平は、ひさの京参詣中の留守見舞いは断ったが、それでも二月一日から十九日までに、十九人が、赤飯一鉢、おはぎ一櫃《ひつ》、茶飯二重（煮しめ付）、餅七ツ入りの鉢、ヒジキ二百把程、串柿一包、饅頭三十、菓子袋一ツ、石豆腐（高野豆腐）十二丁、豆腐三丁、干し大根三把、牛蒡一把と油揚げ九枚等を差し入れた。

帰宅後、三十人に線香一把、五種香一服、蝋燭五丁、火縄一把、扇子一連、ひしゃく一本、しゃくし一本、手拭い一筋、墨一丁等の土産物を配った。

ひさ帰郷後、立て続けに年忌法要

宇平は、妻・ひさが京から帰ると、立て続けに年忌の法要を営む。まず二月二十日、幼くして死んだ弟・曽十（命日四月二十日）の二十三回忌法事を取り越しで、下横須賀村の浄土宗・荒子教会の元遂坊を招いて、呼び人なしで営む。

続いて、三月三日には、町内の浄土宗・福泉寺和尚を招請して、藤次郎（命日三月十二日）の五十回忌法要を営む。曽十の二十三回忌同様、呼び人なしである。

藤次郎の戒名は、寂照天然信士。実に妙な戒名である。寂しく照らし、天然である。知的障害者であったろうか。

『萬般勝手覚』に記載があるから、独立はしていなかった。「万屋・仏の系譜」には、妻がいて、屋敷も構えていた、とある。

すると、知的障害者だとしても、軽度だったのだろう。藤次郎の続柄は、分からないが、二代当主の弟の可能性が大きい。

藤次郎は、自らの意思で、子供を設けなかったのか、たまたま子供が出来なかっただけのことなのかは、分からないが、いずれにしても、子孫を残すことはなかった。自然淘汰の手本といえよう。死後、屋敷跡は万屋の管理下に置かれた。

呼び人がいない寛政七年の法要

そして、三月二十日、宇平は、継母・しな（命日五月二十日）の十七回忌法要を取り越しで、良興寺和尚を招いて営む。斎の相伴は、叔父の治兵衛一人である。この寛政七年の年忌法要は、いずれも呼び人は、いないに等しい。「寛政の改革」の余韻であろうか。

だが、飾り餅配りは、三年前となる寛政四年の父・源右衛門の一周忌に引け劣らぬ盛大さである。餅米二斗一升、キビ五升で搗き、菩提寺の良興寺、近くの福泉寺と源徳寺の三ヶ寺を含め、村内外の三十ヶ所に、一ヶ所当たり九つ、ないし十一個ずつ配った。

村外は、東城村の良興寺のほかは、荻原村の弥介、友右衛門、直右衛門、権兵衛、忠右衛門の糟谷一統だけである。何故か、しなの実家・伊奈弥惣右衛門（寺嶋村）が、含まれていない。理由は分からない。

寺以外の村内は、吉兵衛、林弥、権平、与兵衛、与左衛門、三左衛門、三之助（以上下町）、甚太夫（渡内）、太郎兵衛（吹貫町）、清七（盈屋）、岡右衛門（藤屋）、市十（槌屋）、善助（若松屋）、兵治（鍋屋）、喜左衛門（松屋）、又七（本町）、柏屋（宇兵衛）、尾張屋（源七）、太兵衛（菱屋）、清八（菓子屋）、知法坊、叔父・治兵衛の二十二ヶ所である。

太郎兵衛は、十一年前の天明四年の『萬般勝手覚』の起筆のころから登場するが、今後の登場はない。

また、今回は赤の餅がない。『萬般勝手覚』の配り先ごとに記入された、餅の数の横には「白」、あるいは「白ばかり」の注釈があることから、キビで搗いた餅は、〝白い餅〟とは、言わないようだ。

継母・しなの十七回忌正当となる五月二十日は、父・源右衛門の祥月命日でもあり、宇平は、冨田村の臨済宗・西岸寺に布施二十疋を持参し、祈祷を願うと共に、元叔首座《げんしゅくしゅそ》を招請する。勤めがあり、供養塔を立てた。

鬼平が他界、宇平も新たな域に

宇平が、継母・しなの正当法要を営んだころ、正確には前日の五月十九日、宇平が〝小袖のお目見〟をした天明四（一七八四）年、西ノ丸書院番徒頭を拝命し、その後、先手頭加役の火付盗賊改として活躍した〝鬼平〟こと、長谷川平蔵宣以が、江戸で他界する。行年五十であった。宇平は三十一歳。新たな出発点を迎えようとしていた。

〝鬼平〟が他界した翌年、妻・ひさの京参詣から一年後となる寛政八（一七九六）年、宇平は、二月晦日に〝道明け〟になるとして、四日前の二十六日に与兵衛、叔父・治兵衛、寛政三年の父・源右衛門の三十五日斎に呼んだ千代之助の四人で、ひさの実家・若松屋善助方へ、挨拶に参上する。『萬般勝手覚』に、宇平が、婿入りした日時の記載はないが、〝道明け〟は、〝婿入り〟と組になった、江戸時代の幡豆郡下で行われていた婚姻に絡む習俗である。しかし、実態は、よく分からない。

道明けの晦日には、世話になった男女十七人を招いて、祝い膳を振舞う。

「宇平どの、本日は満願成就。おめでとうございます。利兵衛共々、お手伝いさせて頂きます」

町内・下町に住む、げんが、息子の利兵衛を連れて訪れる。

「すまんのう。よろしゅうお願い致す」

この日の料理は二汁五菜。林弥が調菜し、宇平の朋輩・又七が手伝う。げんと利兵衛が配膳等をした。男衆は、与兵衛、与左衛門、彦十（以上下町）、善助（若松屋）、善兵衛（同）、岡右衛門（藤屋）、忠八（川崎屋）、下男の八人。女中方と若衆は、かん（与兵衛妻）、ちせ（治兵衛妻）、民（松屋喜左衛門妻）、みせ（技芸師匠）、もん（池田屋）、なよ（藤屋）、かよ、そめ、久五郎の九人である。久五郎は、後に万屋久五郎として登場する。

下町に住む彦十は、天明四（一七八四）年十二月に行われた治兵衛・ちせ婚礼祝いの餅配りの際、取り持ち働きの衆に名を連ねている。近所の知己である。〝鬼平〟の密偵として〝相模の彦十〟がいたころ、〝上横の彦十〟もいた。後に若松屋彦十として登場する。

かよは、治兵衛と、ちせの婚礼の際に、三つ目女中客として招かれた一人。源右衛門の三十五日斎にも呼ばれた。そめは、ひさの知友である。

また、土産の餅を福泉寺、源徳寺の二ヶ寺、家内の二人（与八、りさ）を含む、村内外の四十四人に配った。村外は弥惣右衛門（寺嶋村）、尾﨑喝、清十、安兵衛、岩﨑利兵衛、奇傳坊（以上友国村）の六人である。

名倉の大蔵寺新命和尚が来訪

五月二十四日は、弟・周八の十七回忌に当たるが、一ヶ月引き上げて、四月二十三日に法事を営む。

この日、三州加茂郡名倉郷（現愛知県設楽町）にある臨済宗妙心寺派・大蔵寺《だいぞう》の新命和尚が伴僧一人と、子供の供一人を連れて、訪れたからである。

「この度は、おめでとうございます」

宇平は、和尚の新任祝いの土産を用意して迎える。

「ありがとう存じます。本日は、精一杯勤めさせていただきます」

新命和尚は、頭を下げ、座りなおすと、読経を始める。

ギャーテーギャーテー（羯諦羯諦）、ハーラーギャーテー（波羅羯諦）、ハラソーギャーテー（波羅僧羯諦）、ボージーソワカー（菩提婆訶）、ハンニャシンギョー（般若心経）

新命和尚の喉から、鍛えられた張のある、力強い声が溢れ出る。

「ありがとうございました。弟も喜んでおりましょう」

宇平は、斎を供し、布施もはずんで、和尚に南鐐一片を進上、伴僧に二百文、供に二十四文を差し出した。

大蔵寺は、吉良氏と関係が深く、和尚は、新任の挨拶のため、普段から付き合いのある幡豆郡下の実相寺、華蔵寺、花岳寺等ゆかりの寺を回る途中、出入りのあった万屋に立ち寄った。あるいは、幡豆郡下の吉良氏関係の寺から、大蔵寺の住職に就任するため、転任の挨拶に訪れたのかもしれない。

ひさが懐妊、祝いの餅を配る

そうこうするうちに、秋を迎えた。

「ややこを、授かったようでござります」

ひさが、宇平に懐妊を報告する。

「おお、左様か。そりゃ、ありがたい。霊験がござったのう」

宇平が、うれしそうに応じると、ひさも笑顔で頷く。

九月十一日には、ひさが「帯直し」で、実家の若松屋善助方から、帯一包と、祝いの餅を持参する。帯直しは、一般に言う「帯祝い」である。

餅は、叔父・治兵衛、権平、与兵衛、与左衛門、三左衛門（以上下町）、源八（若松屋）、岡右衛門（藤屋）、喜平（唐津屋）、清兵衛（河内屋）、忠八（川崎屋）、喜左衛門（松屋）、又七（本町）、清八（菓子屋）、兵治（鍋屋）、源蔵（鍛冶屋）、丈右衛門（法六町）、取上婆《とやげ》さ・りわ（下横須賀村荒子）の十七ヶ所と、家内の者四人に配る。

喜平は、以後、唐津屋喜平として、登場することはない。後に登場する下町の喜平、はりまや喜平と同じか、異なるのかは、分からない。同じのようにも思えるが……。

「奥方が懐妊されたそうじゃな。ようござった。京へ行かれた甲斐がありましたなあ。安産を願い、持参致した」

十一月十八日、下横須賀村須の治左衛門が万屋を訪れ、赤飯《あかめし》の入った切溜《きりだめ》を差し出す。

「これはどうも、わざわざ、ありがとう存じます」

宇平は、丁重に礼を言い、受け取る。

「男の子だと良いがのう」

「はあ」

宇平は照れ臭そうに、頬を緩める。

治左衛門は、ひさの京参詣に妻子等が同行したので、いち早く懐妊の風聞を耳にして、駆けつけたのである。

ひさが女児を無事に出産

ひさは十二月九日夜八つ時（午前二時ごろ）、女児を無事出産する。三十路に入っており、当時としては高齢で、難産であった。

「おお、無事生まれたか。めでたい、めでたい」

火鉢の中をかき回し、目を擦りつつ、眠らずに待っていた宇平は、両手を揉みながら、産室に急ぐ。

「おなごか。かわいいのう。よしよし」

宇平は、嬉しそうに、赤子を抱き上げ、あやす。

その後、「大変じゃったのう。ようやった」と、ひさに労《ねぎら》いの言葉をかけると、「忙しいこっちゃ。七夜の準備をせんといかんのう」

誰に言うとはなしに、独り言のように話す。

そして、年末という時節柄、宇平は、準備が調ったとして、七夜祝いを二日早めて、十四日に催す。出産の世話になった女中方を中心に、十五人を呼んで、一汁五菜でもてなし、労を謝す。料理人は、道明けの時と同じ林弥。治兵衛下女が手伝った。

呼び人は、荒子の取上婆《とやげ》さ・りわをはじめ、与兵衛妻・かん、川崎屋忠八妻・なき、技芸師匠・みせ、治兵衛妻・ちせ、池田屋・もんのお袋、鍋屋・きと、そめ、きぬ、かよ、かの、げん等で、乳を貰った藤屋のきよは、出席できなかったため、送り膳を遣わした。

そめ、かん、もん、かよ、みせ、ちせ、げんは、宇平の道明けの振舞いにも招かれた。げんは、道明けの振舞いの際に、息子の利兵衛と配膳を手伝ったが、今回も下働きを兼ねて呼ばれた。きぬは、ひさの知友である。

十四日までに、村内を中心に三十九人が、南鐐一片、金百疋、青銅二十疋等の鳥目《ちょうもく》（銭）のほか、紅絞り一包、紅絞り襦袢《じゅばん》、産着、木綿半反、餅二重ないし三重、食篭《じきろう》入り赤飯（二升位）、饅頭十一から五十、菓子袋、酒一升、瓜香の物二ツ、山芋一盆、セイゴ七から十五等の見舞い品を寄せた。

女児の名を「松」と名付ける

翌十五日には、見舞いの金品を寄せた家等四十六軒に、祝い餅を配った。村外は、弥惣右衛門（寺嶋村）、取上婆さ・りわ（下横須賀村）、治左衛門（同）の三軒だけである。

取上婆さ・りわには、ほかに、礼として金二百疋と餅一重、ひさの実家・若松屋善助方から、金二朱と餅一重を進上する。このほか、ひさの妊娠、出産に当たって世話をした川崎屋忠八女、若松屋源八女、若松屋善助女、鍋屋兵治女、松屋下女中、家内と店の使用人二人と下男、下女二人にも餅を一重ずつ遣わした。

その後も、見舞いの品が、色々と届く。年の瀬には、顧客の西尾藩家老・今井五周も、家来を遣わして、鰹節五つを寄せた。

「さーて。如何致すか」

だが、宇平は、年末年始の繁忙の中で、考え込む日が続いた。

「うむ。これじゃ。これしかない」

宇平は、ハタと膝を打った。

年が明けた寛政九（一七九七）年の正月十二日、女児が生まれてから、一ヶ月以上が経っていた。

「ようやく決まりましたか」

妻・ひさの問いかけに、宇平は大きく首を縦に振り、庭の松を指差した。

宇平は、長寿と貞操の願いを込め、女児を「松（まつ）」と名付けたのである。

翌十三日には、大重箱に詰めた赤飯に百文を添えて、上横須賀村の産土《うぶすな》神の春日神社へ宮参りをした後、松を近所に披露して歩く。人々からは祝いの銭が寄せられる。その額は四百文ほどになり、返礼をする。

宇平は泉徳寺和尚と意気投合

この寛政九年は、師匠の大超一行首座《しゅそ》の十七回忌、父である三代源兵衛・源右衛門の七回忌、二代源兵衛の後妻・飛さの三十七回忌に当たる。

まず、二月二日午後、友国村の尾﨑喝方で、東北《ひがしきた》隣に接する津平村の臨済宗・泉徳寺和尚を招請して、大超一行首座（命日二月八日）の十七回忌法要が営まれる。宇平は、回向料として、二百文を持参する。

「宇平殿、今日は善《よ》きことをなされましたなあー」

法事に列席した宇平に、泉徳寺和尚が語りかける。

「はあー」

「いや、善は善。悪は悪。それでいて、善は悪でもあり、悪は善でもあるのじゃ。善きことをしたと思うても、悪いことやもしれぬ。その逆もある。お主の村を流れる大川もそうじゃ。善きこともするが、悪さもする。じゃが、その悪さは、善きことに繋がるやもしれぬ」

「左様でございますなあー。洪水は農作物を損じますが、田畑を肥沃にします」

「そうでござろう。物事は一面から見ると間違う。融通無碍《ゆうずうむげ》でないとのう。長所は短所にもなり、短所は長所にもなる。何ごとがあっても動じず、己を信じて、生きていくことじゃ」

「お説、ごもっともでございます。几帳面は長所、大雑把は短所ですが、急ぐ時は大雑把でも早い方がいい。几帳面は、急ぐ時には短所になりかねませぬ。人を使うのは、難しいもんでございますなあ。今度は、ぜひ我が家の法事にお出かけくださいませ」

泉徳寺和尚と面談、意気投合した宇平は、五月の父・源右衛門の七回忌法事に誘う。和尚も、首を縦に振り、応える。

源右衛門七回忌は盛大に営む

二月十七日は、源右衛門（命日五月二十日）の七回忌の飾り餅を、白米約二斗二升、キビ七升ほどで搗く。米は、一周忌、三回忌の二斗一升を上回り、しかも、今回は、黒米ではなく、白米である。大洪水からは、八年が経つ。

前年の寛政八年は、作物の出来が良かったようだ。宇平は「粟も少し出来た」と話し、白米、キビのほか、初めて粟の餅も搗いて、翌日にかけて、一周忌の三十軒を上回る村内外の縁者等三十四軒に、一軒当たり、九つないし、十一個ずつ配った。赤餅はない。

このうち、村外は菩提寺の良興寺、寺嶋村の伊奈弥惣右衛門、荻原村の友右衛門、弥介、権兵衛、直右衛門、忠右衛門の糟谷一統五軒、合わせて七軒である。

村内は、甚太夫（渡内）、吉兵衛、林弥、権平、与左衛門、与兵衛、忠右衛門、三左衛門（以上下町）、治兵衛（叔父）、忠八（川崎屋）、きよ（藤屋）、清七（盈屋）、善助（若松屋）、源八（同）、清兵衛（河内屋）、市十（槌屋）、兵治（法六町）、源七（同）、喜左衛門（松屋）、半六（本町）、又七（同）、玄通（上町）、ふき（柏屋）、清八（菓子屋）、知法坊、福泉寺、源徳寺の二十七軒に上る。

上横須賀村下町にも忠右衛門がいる。荻原村の糟谷忠右衛門とは別人である。村内の忠右衛門は、万屋の西と東にいる。八年後には、ひしや忠右衛門が登場する。これらの忠右衛門は、どの人と、どの人が同じで異なるのか、あるいは全員が異なるのか。分からない。

招請した泉徳寺和尚が来駕

二十日には、法要を予修で盛大に営む。斎は、良興寺和尚を招いて、一汁七菜でもてなす。一周忌、三回忌の法要は、呼び人がなかったが、今度の七回忌は叔父・治兵衛、棒組で一緒だった朋輩の又七

（本町）、一統の菓子屋清八（吹貫町）、与左衛門（下町）、与兵衛（同）、民（松屋喜左衛門妻）の六人が相伴する。料理人は林弥。給仕は、利兵衛が務める。

なお、当初から与左衛門と共に慶弔催事常連の与兵衛は、今回が最後となる。今後は、与兵衛に代わって、妻・かんが、引き続いて顔を出す。

三代源兵衛・源右衛門の七回忌予修法要の翌日となる二月二十一日、妻・ひさが、産後の肥立ちなった報告に、松を乳母車に乗せ、餅米三升を持って、荒子の取上婆さ・りわを見舞う。翌二十二日には、宇平が祝いの餅を七升搗いて、妻・ひさの初立《ういだ》ちの印として、実家の若松屋へ遣わした。

源右衛門の七回忌正当の五月二十日を迎えると、招請した津平村の泉徳寺和尚が来駕する。泉徳寺は、万屋から東南東に二十七町ほどの距離にある。

「遠いところを、ようこそ、お出でくださいました」

宇平は、丁重に和尚を迎える。

「なんの、なんの、よう呼んでくだされた」

和尚の心のこもった経が終わると、宇平は、布施として二百文を差し出し、今後も折節、和尚を招請する約束をする。

十月二十四日には、二代源兵衛の後妻・飛さ（命日十二月二十四日）の三十七回忌法要を引き上げて、町内の浄土宗・福泉寺和尚を招いて勤める。

だが、父・源右衛門の七回忌法要を盛大にやったためか、飾りは、秋揚がりの餅を白飾りとして、町内の福泉寺、飛さの在所の糟谷友右衛門（荻原村）、一統の糟谷直右衛門（同）の三軒に、十一個ずつ配るにとどめた。

松の足立ちを三色の餅で祝う

年末の十二月十日には、生後一年となる松の足立ちを祝う。宇平は、白、黄、赤の餅を搗く。与兵衛妻・かんに手伝いを頼んで、餅を丸めた。『萬般勝手覚』に、「黄色の餅」の記載は、初めてだが、キビ餅と見てよかろう。

そして、取上婆さ・りわ、きよ（藤屋）、兵治（鍋屋）、喜左衛門（松屋）、忠八（川崎屋）、源八（若松屋）、彦八（下町）、源蔵（同）、又八（法六町）、清八（吹貫町）、甚太夫（渡内）、御寺の十二ヶ所に白と黄の餅一つずつを配る。

「源蔵は、当秋、隣へ引っ越してきた。きよは、松の出生時に乳を貰った。甚太夫は（家内の）直右衛門さに松の顔を剃る等の世話になった。御寺にも世話になった」と、宇平は餅を配った理由を語る。

御寺は、町内の福泉寺であろう。ここに登場する源蔵は、鍛冶屋源蔵とは異なる、と考えられる。又七ならぬ又八は、最初で最後の登場である。

松の顔を剃る等をした甚太夫家内の直右衛門は、四年前の寛政五年、東蔵石蔵を補修した際には、大壁塗りを手伝った。甚太夫の子であろうか。

また、赤の餅は権平（下町）、与左衛門（同）、又七（本町）、治兵衛（叔父）、善助（若松屋）の五人に配った。このほか、松生誕時等の料理を担当した林弥（下町）と、誕生祝いを寄せた婦の（同）の二人を招いて振舞いをした。

なお、万屋では慶弔事に、米の白い餅のほか、キビ餅、赤餅を配っているが、これらの餅の配り先の基準は、よく分からない。ただ、赤い餅は、常に配られるわけではないが、配り先は、ほぼ決まっているようだ。

寛政十（一七九八）年は、浄土真宗中興の祖とされる蓮如上人の三百遠忌に当たる。蓮如は、応永二十二（一四一五）年に生まれ、明応八（一四九九）年に遷化した。命日は、三月二十五日だが、宇平は、一ヶ月引き上げて、生誕日の二月二十五日に、菩提寺の良興寺和尚を招いて、斎を催す。

三月四日は、乳母の七回忌に当たるため、宇平は、福泉寺和尚を招いて法事を勤め、布施二十疋を差し出し、塔婆を立てた。

松の四歳を雛飾りで祝う

年が明けて、寛政十一（一七九九）年を迎えた。二月二十六日は、初代源兵衛・弥四郎の祥月命日。津平村の臨済宗・泉徳寺和尚を招いて、弟・曽十（命日四月二十日）の二十七回忌法事を引き上げて一緒に営み、前年勤めた乳母の七回忌と同じように、布施二十疋を差し出し、塔婆を立てる。

この年、娘の松が四歳になった。物心がついたとして、宇平は、内裏《だいり》雛と五人官女一対を買い求め、三月三日に内祝いをする。妻・ひさの実家の若松屋から男雛一つ、本家・松屋から女雛一つ、吹貫町に住む懇意の武藤治からも男雛一つ、朋輩の又七からも女雛一つが届く。

このほか、祝いの品として、石川丈右衛門（法六町）と八右衛門（同）から、それぞれ鯛一懸け、茨木屋万吉から鯉一懸け、盈屋清七から鯉の切身二ツ、婦の（下町）から小鯛一懸け、権平（同）から饅頭三十が寄せられた。

六月は、実母の二十三回忌を迎える。宇平は、上旬に名古屋へ出府の際、八事山興正寺に立ち寄って、回向料として青銅二十疋を納めた。

実母の二十三回忌に当たる六月二十一日は、村内寺町の浄土真宗・源徳寺和尚を招いて法事を営み、布施十疋を差し出した。八月二十三日の妹・しちの三十三回忌は、町内の浄土宗・福泉寺和尚を招く。布施は百文を差し出す。

いずれの法事も、斎の呼び人はなく、質素に営んだ。寛政十一年は、『萬般勝手覚』の後の記述から分かるが、凶作となった。

この寛政十一年に当たる一七九九年十一月、ヨーロッパでは、ナポレオンがクーデターを起こして、実権を握り、統領（執政）政府を樹立、その首位の座について独裁政治を始める。ここに、共和政を謳ったフランス革命は、名実ともに終止符が打たれた。

祖父の五十回忌を盛大に営む

寛政十二（一八〇〇）年は、宝暦二（一七五二）年に他界した祖父・二代源兵衛（命日八月二十六日）の死後四十八年だが、宇平は、来年が継母・しなの二十三回忌に当たるため、五十回忌法要を一年早める。

そして、前年が凶作だったにも拘わらず、「五十回忌は、大きな節目である」と言って、盛大に営む。宝暦二年は、長い付き合いが続く利兵衛母・げんが生まれた年でもある。

まず、三月二十二日に、白米二斗八升、キビ五升ほどで餅を搗く。二斗八升もの米を使って、餅を搗くのは、これまでに例がない。

餅は、キビ餅を含め、五百余に切り分け、一ヶ所当たり七つ、九つ、十一個ずつ、昼から村内を中心に、村内外の四十三ヶ所に配った。配り先も、これまでの最多である。

村外は八ヶ所。菩提寺の良興寺のほかは、荻原村の二代源兵衛妻・飛さの在所・糟谷友右衛門、糟谷直右衛門、糟谷弥助、糟谷忠右衛門、糟谷りさの糟谷一統五軒、寺嶋村の継母・しなの里・伊奈弥惣右衛門、津平村の十右衛門である。十右衛門は、父・源右衛門の葬儀に香典を寄せており、二代、三代の知己であろう。

村内は、甚太夫（渡内）、吉兵衛、三之助、林弥、権平、新蔵、永治、幸兵衛、源蔵、与左衛門、忠右衛門、婦の、彦八、喜平（以上下町）、きよ（藤屋）、かん（与兵衛妻）、善助（若松屋）、源八（同）、忠八（川崎屋）、清兵衛（河内屋）、市十（槌屋）、清七（盈屋）、喜左衛門（松屋）、又七（本町）、婦き（柏屋）、善六（大工）、治兵衛（叔父）、武藤治（吹貫町）、兵治（鍋屋）、岡右衛門（藤屋）、源蔵（法六町）、きよ（ぬし屋）、米津玄通（医者）、深尾嘉門（同）、源徳寺の三十五ヶ所に及ぶが、善助と治兵衛には、赤の餅を配った。

今回は、与兵衛ではなく、妻・かんに飾り餅が配られている。『萬般勝手覚』に、かんが、〝与兵衛後家〟と明記されるのは、五年後の文化二年だが、与兵衛は、この少し前に、他界したのではなかろうか。

新蔵は、天明四年の治兵衛と、ちせの婚礼祝い餅の配り先で、文化四年までの二十三年間に及ぶ付き合いとなる。永治は初出で、五年後の文化二年までの付き合い。幸兵衛は、七年前の寛政五年の宇平妻・ひさ披露の際、祝い品を寄せた。今後の登場はない。

経の前後に伽陀を入れた読誦

宇平は、飾り餅配りから四日後の二十六日に、良興寺和尚を招いて、二代源兵衛の五十回忌法要を営む。法要では、大無量寿経上巻、正信偈と和讃、前後に伽陀を入れて読誦、法談があり、五十回忌でもあるため、布施を五百文とはずむ。

斎は、良興寺和尚と、相伴に招いた吉兵衛、与左衛門、忠右衛門、源蔵（以上下町）、岡右衛門（藤屋）、善助（若松屋）、清兵衛（河内屋）、定八の九人を、一汁七菜の本膳でもてなす。定八は、初出だが、宇平は「昔勤めていた平七のことで、今は九久平村《くぎゅうだいら》（現愛知県豊田市）で勤めている」と話す。源右衛門のころ、万屋に勤めていた、と考えられる。

この後、清八（菓子屋）、彦八、利兵衛（以上下町）、又七（本町）、かん（与兵衛妻）、げん（利兵衛母）、治兵衛（叔父）、治作（治兵衛子）、手伝いの八人に、二番膳を出した。

料理人は、源蔵（下町）の息子・忠兵衛に頼んだ。十六年前の天明四年から登場していた忠兵衛との関係は分からない。ちなみに、この日の料理は次のようなものである。

（硯蓋）生盛《いけもり》七品　（汁）やきとう婦、志ゐたけ　（坪）里いも、銀杏、かちくり、かんぴょう、牛房
（飯）　（平皿）ひりょうづ　（猪口《ちょく》）百合志ら阿へ　（茶碗）志ゐ堂《た》け、長いも、く王《わ》しこん婦
（重引）クワ井、三ツ葉　（臺引）竹輪とう婦、可王《わ》たけ、香のもの

（お茶）通例　（菓子《くわし》）お保《ぼ》ろ　もち菓子

秋を迎え、宇平が急病を患う

前年に続いて、この寛政十二年も凶作で、宇平は夏を乗り切った七月二十九日夕方、過労からか、急病を患う。

如何なる症状が、出たのかは分からないが、いろいろ療治をしたが、効果が現れず、「高麗人参が良い」と医者に勧められ、入手して用い、八月十二日ごろには、快方に向かった。

「やれやれ、大分、気分が良うなった。一時はどうなるかと思ったわい」

半月近く、床に就いていたこともあって、宇平は喜びを露にした。

「ほんに、ようございました」

店を見ながら、看病を続けてきた、ひさもホッとした表情を見せた。宇平は「人参入手に当たり、彦六の手柄があった」と述懐する。

彦六は、使用人と思われるが、『萬般勝手覚』に初出で、再登場もなく、宇平との関係は、よく分からない。

この間に、縁者、知己等十八人が、白みそ一箱、饅頭一重、汁飴茶碗一杯、うどん粉一袋、おはぎ二重、茶飯一重、煮しめ一重、柿十七等の見舞い品を寄せた。

中でも、吹貫町の武藤治は、宇平の病状を心配し、四度にわたって、煮しめ付き茶飯、うどん、おはぎ、なよし（鯔《いな》）等を届けた。

今度は妻・ひさが体調を崩す

寛政十三（一八〇一）年は、辛酉《しんゆう》革命の年に当たり、二月五日に享和と改元された。万屋も変事に見舞われる。今度は、妻・ひさが体調を崩す。

原因は分からないが、『萬般勝手覚』にある「一両年の凶作」や、宇平の病気の看護、店の切り盛り等で、心労が重なったのだろうか。

享和元（一八〇一）年は、継母・しな（命日五月二十日）の二十三回忌に当たる。宇平は、『萬般勝手覚』に「断云《ことわりていう》一両年之凶作故、慶事、法事、或《あるい》ハ疱瘡祝イ等、餅搗配りハ相止《あいやめる》之旨、地下《じげ》申合候。尤《もっとも》他所、縁者などハ内々之心付計《こころづけばかり》致シ候」と付記する。

そして、「三月十八日、御可《おか》ざりを少し搗候。下女、不使《つかわず》。在所へ遣し候故、おかんさ（与兵衛妻）、おげんさ（利兵衛母）相頼、出来候」と書き留める。

搗いた餅は、しなの実家・伊奈弥惣右衛門（寺嶋村）、糟谷友右衛門、糟谷吉右衛門、糟谷直右衛門、糟谷りさ（以上荻原村）の他村五人と、村内は喜左衛門（松屋）、又七（本町）、善助（若松屋）、清八（菓子屋）、治兵衛（叔父）と、餅搗きを手伝った、げん（下町）、かん（同）両人の計七人に配る。このうち、治兵衛と善助には、赤の餅を配った。

二日後の三月二十日に、良興寺和尚を招いて取り越し法事を約《つづま》やかに営む。布施は二十疋だが、斎の相伴は、叔父・治兵衛と万屋久五郎の二人である。

料理も一汁五菜と、四年前の三代源兵衛である父・源右衛門の七回忌、一年前の祖父・二代源兵衛の五十回忌に比べると、随分質素である。

正当の五月二十日は、ひさの病状が思わしくないため、宇平は、自宅で法事ができず、朝、津平村の臨済宗・泉徳寺へ、斎米一升と布施百文を届けて祈祷を願い、塔婆を立てた。

ひさの病は快癒するが再発

妻・ひさの病状の変化について、宇平は『萬般勝手覚』に、次のように詳しく記すが、手を尽くして、懸命に妻を看病する宇平の姿も活写されている。

ひさは、三月前から、病に取り付かれ、ぶらぶらする、薬を用いるが効果はなく、三月二十三日から、上町の医者・米津玄通の薬を足したが、一向に病状が、すっきりしない。もともと薬が嫌いで、あまり飲まず、症状が自然に悪化する。

四月半ば過ぎから病状が、かなり悪化、五月は、とりわけ悪くなる。熱が出て動悸も激しく、顔が赤くなり、表情も険しくなった。

本人も気づいたようなので、相談のうえ、医者・織田立像を招いて、五月九日から薬を二服用いる。ところが、食事もだんだん取らなくなり、絶食同然となった。二十九、三十日ごろ、この状態を打ち破るべく相談のうえ、医者を替えた。

深尾嘉門に薬を求め、六月一日夕から飲み始めた。三日晩までは、「ヒュー、ヒュー」と、喉を激しく鳴らしていたが、それも無くなり、五日から食事の味が分かるようになったのか、三度の食事が摂れるようになり、やがて快癒する。

ひさが病を得た享和元年は、祖父・二代源兵衛の死後四十九年。五十回忌に当たるため、宇平は、七月の盆後、名古屋へ出府すると、八事山興正寺に参詣、回向料として南鐐一片を差し出し、五十回忌当日に当たる八月二十六日の勤行を願い、帰村する。

八月に入ると、ひさの病気が再発。宇平は、二代源兵衛の五十回忌正当の八月二十六日は、町内の福泉寺に法事を依頼、布施二百文と斎米、蝋燭二丁を差し出し、塔婆を立てた。

今井五周の見舞いを喜ぶひさ

九月の中旬から、ひさの病状が悪化する。このため、七月十七日の、蕗《ふき》や素麺を折節、届けた柏屋・婦きの見舞い以来、途絶えていた見舞い品が、九月二十二日から、また届くようになる。

九月三十日、一台の乗物が、万屋に吸い込まれるように入る。扉が開き、顧客の西尾藩家老・今井五周が降り立つ。今井家は代々、大給《おぎゅう》松平家西尾藩の家老職を勤める。五周は、今井家七代。俳人でもある。時に五十九歳。十年後の文化八（一八一一）年、六十九歳で他界する。

「遠いところを、ようこそ、お出でくださいました。ありがとう存じます。ささ、こちらへどうぞ」

宇平は、頭を下げ、丁重に挨拶し、五周をひさの病床へ案内する。ひさは、起き上がり、敷き布団の上に正座して待つ。

「具合は、如何じゃな」

五周の問いかけに、ひさは三つ指をついてお辞儀をする。

「早よう、良うなって、以前のように店に立ち、わしを迎えてくれ」

五周は、顔色が優れぬ、ひさを励ますかのように声をかける。ひさは、俯き加減に笑顔を見せ、応えた。

五周は六月二十五日、饅頭二十八個を見舞い品として届けており、ひさの病状悪化を知り、この日、見舞いに訪れた。五年前の寛政八年十二月、ひさの娘・松の出生時にも、見舞い品を寄せている。

ひさと五周は、如何なる関係があったのだろうか。五周が、万屋の単なる顧客だっただけではなさそうだ。ひさは行儀見習いとして、婚前、若松屋から今井家に、奉公に出ていた可能性が大きい。さすれば、五周が、わざわざ病中のひさを見舞うのも、納得できよう。

宇平は「五周様に『お目通りが叶った』と言って、大変喜んだ」、また、十月四日には、尾菱屋《おびしや》源助から求肥《ぎゅうひ》糖が届くが、「少し食べた」等、ひさの病床での様子を『萬般勝手覚』に折節、記しているが、ひさが、今井家で屋敷奉公をしていたとすれば、五周本人の見舞いを大いに嬉しく思った気持ちも分かる。

結局、ひさへの見舞い品は、寺町の源徳寺、小焼野村の了願寺、町内の福泉寺の三ケ寺を含む五十ヶ所以上から届く。

白みそ一重、納豆みそ一重、鷲塚素麺七把、御所素麺一箱、蕎麦粉一重、篭入り蕎麦切り、うどん一機、桃十一から十五、柿十、梨大三ツ、松茸小箱入り、鯉一本、煮しめ三重、饅頭五から三十、上菓子一袋、砂糖漬け一曲等である。初出の加藤丈助(小牧村)は、三度にわたって、桃(六月)、素麺(同)、柿（九月）を寄せた。

宇平は「ほかに、おかふ殿より、おはぎ餅等を少しずつ折節貰い、武藤治様より、そば切りを両三度、甘酒などを貰う。中でも、蕎麦を嬉しがり、また自らねだることもあった。松屋よりも折節、菜飯、松茸や豆腐の入った茶飯等を貰う。また『お松にやりくれめ』と言って致《よこ》した、ちょっとした包菓子等の見舞いの品々、人々ご持参数多《あまた》あり、書きもらし候」と記す。ひさの人望が窺われる。

病が再発した、ひさは十月に他界

九月半ばごろから、病状が悪化したひさは、療治の甲斐なく、十月十日朝五つ半時（午前九時ごろ）、少し熱を出し、呼吸も荒くなり、苦しそうな表情を見せていたが、やがて静かになり、自然に息を引き取った。

宇平は、午後から店を閉め、妻・ひさの喪に服した。

「宇平どん、この度は、ご愁傷さまじゃのう」

夕方である。津平村の大庄屋・大竹彦助が、悔みに万屋を訪れた。

「遠いところをお出でいただき、ひさも、さぞ喜んでおりましょう」

「奥方の死は、ちっと早い。残念じゃのう。気を落とされぬようにの」

「はあ。ありがとう存じます」

宇平は、かしこまって頭を下げた。

豪農の大竹彦介は、このころ、大多喜藩小牧陣屋支配の三十三ケ村等の大庄屋を勤める。上横須賀村は沼津藩の支配だから、彦助の管轄ではない。寛政三（一七九一）年五月に宇平の父・源右衛門が死去した際も、弔問している。万屋の知己であろう。

ひさの葬式は翌十一日、町内の福泉寺で良興寺和尚、伴僧一人、供一人によって営まれ、源徳寺、福泉寺、称名院、金剛院の和尚、伴僧、供等が立ち合い、花岳寺と華蔵寺は、使僧が訪れ、誦経した。町内残らず、外に法六町等から、百人余りが参列した。寺嶋村の伊奈弥惣右衛門夫婦、西尾の鳥山源兵衛子息・利兵衛等も列席、斎を受ける。鳥山源兵衛と同利兵衛は、寛政元（一七八九）年の大洪水の際、饅頭を持参して、見舞いに訪れた。また、九月二十三日には、鳥山利兵衛妻・ちかが、鷺塚素麺七把を持参し、病床のひさを見舞っている。

布施は、良興寺に五百文と白麻一反、伴僧に百文、供に五十文、源徳寺に二百文、伴僧百文、供に五十文、福泉寺に二百文と墓代百文、称名院に二百文、供二十四文、花岳寺に二百文、供に五十文、華蔵寺に二百文、金剛院に二百文、供二人に百文を、それぞれ差し出した。

一人娘の松は、まだ六歳

十二日晩方に、源徳寺和尚と伴僧により、灰葬が行われ、非時食は男女十三人が相伴する。清八（菓子屋）、又七（本町）、利兵衛（下町）、善兵衛（若松屋）、万吉（茨木屋）の五人が調菜を担当した。相伴人は、男衆が与左衛門（下町）、彦十（同）、治兵衛（叔父）、善助（若松屋）のわずか四人。女性の葬礼だけに少ない。

女中方は、ひさと関係が深かった、かん（与兵衛妻）、ちせ（治兵衛妻）、西お袋、もと（ひさの妹）、なき（川崎屋忠八妻）、彦十母、民（松屋喜左衛門妻）、寿永（地蔵堂）、松の七夜に呼ばれた、きぬの九人。ひさを偲んで嗚咽する、なきの姿が衆目を集めた。

香典は、三十三人が寄せた。内訳は、金銭が十七人。このうち百文が最も多く七人。実家の若松屋善助の二朱銀が最高で、西尾の鳥山利兵衛が白銀一枚を寄せた。線香、蝋燭等の物品を寄せたのが十六人である。

ひさの戒名は、奇峯妙雲信女。優れた峰に妙なる雲がかかる意で、人望があったようだ。〝中興の祖〟といわれる宇平に協力して、万屋を大いに盛り立てたことであろう。行年三十六。当時でも若い死である。一人娘の松は、まだ六歳である。

十一月九日までの一ヶ月間に、中帳《ちゆうちよう》（惆悵）見舞いとして、饅頭十一から三十七、牡丹餅二重、餡餅十七、菓子袋一ないし二、煎餅七枚、赤飯二升、餅米二升ないし三升、干しうどん二包、油揚げ十九枚、蜜柑少々、柿七、椎茸一袋、干瓢《かんぴよう》一包等が寄せられた。

見舞い品を寄せたのは、岡山村の臨済宗・花岳寺、寺町の浄土真宗・源徳寺、鎌谷村の同・蓮光寺、小焼野村の同・了願寺、幡豆郡鵜ヶ池村（現鵜ヶ池町）の同・通西寺、同今川村（現今川町）の同・厳西寺の六ヶ寺を含む三十六ヶ所に及んだ。

西尾藩家老の今井五周も、二男・数馬と連名で、山芋大七ツを届けた。ひさは、数馬付きの女中だったように思える。

宇平は、世話になった寺町のもん、家内の庄吉、地蔵堂の寿永、ひさの妹・もと、吹貫町の清八、ひさの遊芸師匠・らくの六人に、ひさ使用の黒縮紋付袷、古羽織、襦袢、刷り帯、椀等を記念品として贈った。

宇平は、贈った理由を次のように『萬般勝手覚』に記す。

もんには四、五月ごろから病床に就いた、ひさの面倒を見てもらい、秋以後も働いてもらう。九月十八日ころから、ひさの介抱を頼み、死後もいろいろ頼んで、十一月三日夕方に帰ってもらった。寿永には伽を頼み、大変世話になった。清八には沐浴を頼んだ。らくにも折節、頼みごとをした。

ひさの五七日に又門が調菜手伝い

十一月十四日は、ひさの節目となる五七日（三十五日）。それを前に、宇平は、尾州・八事山興正寺へ回向料として、白銀一枚（二匁ほど）を納めた。

当日朝は、良興寺和尚を招いて法要を営み、斎を供す。十三日夜に行った取り越しの勤めの布施として百文、当日の法事代二百文を差し出す。

斎の相伴人は、ひさを盛り立ててくれた、かん（与兵衛妻）、ちせ（治兵衛妻）、西お袋、なき（川崎屋忠八妻）、民（松屋喜左衛門妻）、みせ（技芸師匠）、そめ、きぬの女中方ばかり八人。やはり、すすり泣く、なきの姿に宇平は目を止めた。そめ、みせは、きぬと共に、松の七夜に呼ばれている。

宇平は、通例の一汁五菜でもてなすが、その精進料理を作る調菜手伝い・利兵衛の補佐役として又門を付けた。何故か、調菜人の名がない。おそらく、宇平が調菜の指揮を執ったのだろう。

「今日の料理はの、お前もよう知っちょる、又門の手が入っとるでのん。又門は、大きゅうなって、直《じき》に元服を迎える。わしの跡を継いで貰うつもりじゃ。お前も、陰ながら見守ってやっちょくれんかのう。頼むのん」

宇平は、妻・ひさの仏前へ進み出て、手を合わせて語りかける。

妻・ひさが、跡取りを産むことなく他界したため、宇平は、叔父・治兵衛の長男・又門を養子に迎え、将来、一粒種の娘・松と結婚させて、跡を継がせることを決断。料理店の店主にふさわしい調菜人になるための修業をさせていた。

料理店への脱皮を目指す宇平

町人活動の活発化による店の前の通行量の増加や、農家の綿織布の進展に伴う収入増から、割烹の需要が拡大しつつある時代を察知、宇平は、様々なものを扱う、いわゆる万屋から、料理店へ脱皮を図ろうとしていたのである。

ひさの五七日の一週間後となる十一月二十一日、宇平は、報恩講を兼ねて二斗一升もの白米と、キビ八升で餅を搗き、中張飾り配りをした。前年、前々年と凶作が二年続いたが、享和元年は持ち直したのであろう。

菩提寺・良興寺（東城村）、中張見舞いを寄せた花岳寺（岡山村）、通西寺（鵜ヶ池村）、了願寺（小焼野村）、厳西寺（今川村）、蓮光寺（鎌谷村）、源徳寺（上横須賀村）の七ヶ寺をはじめ、親類、懇意な三十四ヶ所に配った。報恩講を兼ねているため、花岳寺以外は浄土真宗大谷派の寺である。

寺を除く村外は、鳥山源兵衛、同利兵衛父子（西尾）、弥惣右衛門（寺嶋村）、今井数馬（西尾藩家老・今井五周二男）、こよ（岡山村）、治左衛門（下横須賀村）、尾﨑喝、清十、安兵衛、治郎七（以上友国村）の十ヶ所。「岩﨑利兵衛は、十月に内室が死去。白米八升を遣わしたので、今回は止めた」と宇平。

こよは初出で、文化二年までの四年間の付き合い。ひさの知り合いであろう。治郎七は、昨年の宇平病気見舞いに続き、今年はひさの病気見舞いを寄せた。やはり文化二年までの五年間の付き合い。同じく村内は、かん（与兵衛妻）、利兵衛、婦の、与左衛門、彦八（以上下町）、治兵衛（叔父）、善助（若松屋）、喜左衛門（松屋）、又七（本町）、武藤治（吹貫町）、小四郎（同）、婦き（柏屋）、深尾嘉門、兵治（鍋屋）、源蔵（法六町）、藤屋隠居、下男・与七の十七ケ所。一ヶ所当たり、七つないし九つ、あるいは十一個ずつである。

小四郎は、五年前の寛政六年、松の生誕祝いを寄せたのが初出。六年後の文化四年まで、母親と代わる代わる登場する。

「今回は、報恩講を兼ねて餅を搗いた。昨年（寛政十二年）、地下《じげ》で相談の上、祝儀、贈答は取り止めよう、と申し合わせた。近所の者は、年忌法事等を、とりわけ質素に勤めようとの趣旨を言うが、他所には及ばない」と、宇平は語り、気骨を示す。配り先は多いが、半数は村外だから、質素である、との判断なのであろう。

実相寺の和尚が来駕、誦経

「この度は、ご愁傷さまで、ござったのう。奥方が亡くなられた、と漏れ承ったので、遅ればせながら参上致した」

妻・ひさの四十九日の五日前、十一月二十四日のことである。上町村西野町（現西尾市上町）の実相寺和尚が来駕する。和尚と宇平は、八年前となる寛政五年の四霊追善懺法以来の知己。

「これは和尚さま。よう、お出でくださいました。ひさも、さぞ喜んでおることでございましょう」

宇平は丁重に挨拶する。

和尚は、仏壇の前に座り、香典として持参した長寿香五把包を置くと、ゆっくりした口調で観音経をあげると、腰を上げた。

「ありがとう存じました」

宇平は、深々と頭を下げ、和尚を見送った。

十一月二十八日は、妻・ひさの四十九日。この日朝、町内にある浄土宗・福泉寺の和尚を招いて法事を営む。斎を供し、布施二百文を差し出し、塔婆を立てた。

晦日朝には、村内寺町の源徳寺和尚を招いて、五十日目の斎を行う。和尚が、浄土三部経のうち、観無量寿経、阿弥陀経の二部を読誦したので、南鐐一片と、「草書淵海」一部、「志家蓮門篇」一部を差し出す。「亡霊の幸い（冥福）を大いに願ったが、時節柄、布施は減じた」と宇平は語る。

又門が元服して文助と改名

極月大晦日、又門が十六歳を迎えた。宇平は、『萬般勝手覚』に、「朝、元服致し申し候。直右衛門さ相頼み、茶漬け振舞う」と記し、直右衛門（渡内）に扇子一対を進上する。

この直右衛門は、地元、渡内・甚太夫の家内の者で、松の足立の際にも世話になった。

「この度は、おめでとうございます」

又門の元服を聞きつけた、向かいのかよが、酒一升を持参する。

「はあ、ありがとう存じます」

宇平は丁重に頭を下げ、受け取った。

また、このほか祝い品として、朋輩の又七から一升徳利入り白酒五合、糟谷直右衛門（荻原村）と若松屋善兵衛から、それぞれ酒一升が届く。

翌享和二（一八〇二）年正月十五日夜、直右衛門（渡内）、忠右衛門（下町）、利兵衛（同）、善兵衛（若松屋）、久五郎（万屋）等六人に、酒を出して振舞い、又門の元服を祝う。

そして、渡内の直右衛門、又門の父・治兵衛、福泉寺の三ヶ所に、鈴を一対ずつ贈った。又門は、名を文助と改める。

又門が元服して、文助と改名した五日後の正月二十日は、妻・ひさの百ヶ日。宇平は、お寺の都合がつかないため、一日早めて十九日朝、法事を営む。

村内寺町の源徳寺、小焼野村の了願寺、鵜ヶ池村の通西寺の三上人を招く。いずれも浄土真宗大谷派の寺である。一汁五菜でもてなし、布施を十疋ずつ差し出す。

『萬般勝手覚』に、調菜人についての記述はないが、元服して改名した文助も、かかわっていたであろう。

亡き妻を思い出し不要の事記す

五月二十四日は、弟・周八の二十三回忌に当たる。宇平は、一ヶ月引き上げて、四月二十四日に津平村の臨済宗・泉徳寺和尚を招いて法事を営む。相伴人なしの斎を勤め、布施二十疋を差し出す。

五月二十日は、父・源右衛門と、継母・しなの祥月命日。冨田村の臨済宗・西岸寺の首座《しゅそ》を招く。

斎を催し、布施十疋を差し出すが、宇平は『萬般勝手覚』に、「不要の事」と但し書きをして、次のように記す。

「二、三年前から、店に新しい雪駄置き箱が必要だ、と考えていた。妙雲（妻・ひさ）も同じ思いだったが、なかなか決断が出来ず、延び延びになったが、ようやく、十八日に大工・善六の造作で出来上がった」

何ゆえ、宇平は不必要な事を、わざわざ書き留めたのだろうか。

出来上がった箱を見た時、宇平は、亡き妻・ひさとのやり取りを思い出したが、「妻は、もういない。過去のことだ」と、その時は記載を思い留まった。しかし、父と継母の祥月命日を迎え、妻との思い出として、どうしても、書き留めておきたい、という衝動に、駆られたのではないか。

だが、雪駄置き箱の新調に、それほど金がかかるとは思えない。二人が如何なるやり取りをして、なぜ延び延びになったのかは、『萬般勝手覚』に何の記載もなく、分からない。

元文三年建築の前蔵を建て替え

享和二年も秋を迎えると、宇平は、懸案となっていた、老朽化が著しい前蔵の建て替えを決断し、上町の大工・善六を訪ねる。

「前蔵の傷みがひどいんでの、建て替えようと思っちょる。よろしゅう頼む」

「かなり年月《としつき》が経っておるように、見受けられますが、いつごろ建てられたので……」

蔵の状況を見に来た善六は、宇平に尋ねる。

「うむ。しかとは分からぬ。先代の時には既にあった、と聞いておるがの」

「左様でございますか。彦蔵どんにも話し、早速、段取りをつけましょう」

「じゃあ、よろしゅう頼むのん」

八月十八日に心付けを渡すと、早々に善六が、下横須賀村荒子の彦蔵を連れてやって来て、棚の取り外しから作業にかかった。

二十日に小屋を掛け、二十一日には瓦をめくると、柱の根付から元文三（一七三八）年三月の墨文字、二階の梁継ぎからは元文三年二月十五日、二階半《なかば》から鷲羅瀬万六《わしらせまんろく》云々、と書かれた墨蹟が、見つかった。

このことから、前蔵は、六十四年前の二代源兵衛の時代からあった建物、と分かった。鷲羅瀬万六は、普請にかかわった大工の棟梁であろう。〝建立〟という文字を記した棟札等は、見つからなかったが、宇平は、元文三年に二代源兵衛が建てた、と判断した。

十一月に前蔵の工事が終わる

八月二十六日夜、与左衛門男、若松屋男、忠兵衛（下町）、忠右衛門（同）、利兵衛（同）、久五郎（万屋）、治兵衛（叔父）、直右衛門（渡内）、家内の者合わせて十数人を動員して、地築作業にかかった。

翌日、宇平は、岡山村の大村氏に、砂石を貰いに行く。貰った三十俵ほどの砂石で、九月二日、彦八（下町）にも頼んで協力してもらい、地形ができ上った。宇平は、砂石の礼として、大村氏に油を少々持参する。

前蔵の普請が進み、十日、久兵衛（友国村）、久五郎、利兵衛に、日雇い人を加えて棟上げをした。宇平は、二十二日に荻原村の糟谷友右衛門、村内吹貫町の武藤治から、それぞれ板を借りて来た。これらの板を使って、普請は捗っていた。

ところが、領主が死去。「忌中穏便《おんびん》」の触れが出たため、善六等は遠慮して、二十八日から仕事を休んだ。時の領主は、三河国碧海郡大浜村（現碧南市）に陣屋を持つ、駿河国沼津藩主の水野出羽守忠友である。老中を務めていたが、九月十九日に死去した。

善六、彦蔵は、九月三十日になると、東南隅の柱を一本建てた。「忌中穏便」の触れが一部、解かれたのであろう、

十月五日から大工の善六、彦蔵は秘かに、中断していた普請を再開する。法六町の政蔵、西尾の義八、幡豆郡平口村（現平口町）の藤助の左官三人、岡崎の石屋・久蔵、瓦師の幡豆郡新渡場《しんどば》村（現新渡場町）の善右衛門と、息子の善蔵が加わり、進められる。

十七日に、屋根の漆喰塗りが仕上がった。太郎助(日傭)、久兵衛(友国村)、嘉助(同)、三之助(下町)、そのほか、利兵衛、仙蔵等を動員して、十一月六日までに瓦を葺き終え、十日までに一切の仕事が終わった。

三之助、太郎助、利兵衛は、九年前の寛政五年の東蔵石蔵の補修の際にも、棟上げに参画した。久兵衛は、前年の享和元年、ひさの病気見舞いを寄せた。嘉助は寛政七年、ひさから京参詣の土産を貰った。仙蔵は六年前の寛政八年、宇平道明けの際は店の者で、トロメン帯を土産に貰っている。三十二年後の天保五年まで登場するが、二代にわたるのかもしれない。

文助の成長ぶりを亡妻に報告

前蔵普請中の九月二十日朝、宇平は、十月十日に迎える妻・ひさの一周忌の法要を引き上げて勤める。利兵衛（下町）が、斎の調菜人を務め、文助が手伝う。

宇平は、先祖と共にまつられた妻・ひさの仏壇の前に進み出る。

「又門はの、元服して文助と名を改めた。料理の腕も上げておる。引き続き、励ましてやっちょくれ。頼むのん」

こう話しかけ、手を合わせた。

この日の料理も、五七日と同じで、一汁五菜である。良興寺和尚を招請して供した斎は、周助（下町）、治兵衛（叔父）、善助（若松屋）、又七（本町）、清八（菓子屋）の五人が相伴した。普請作業で出入りする大工の善六、彦蔵も招いて、本膳を振舞った。周助は初出で、翌享和三年の源右衛門十三回忌法要に呼ばれるだけである。

飾り餅は、白米五升、キビ二升ほどで搗いて、八人に配る。村外は糟谷直右衛門、糟谷吉右衛門、伊奈弥惣右衛門の三人、村内は、本家の松屋喜左衛門、ひさの里・若松屋善助と、女中方の与兵衛妻・かん、彦十母、川崎屋忠八妻・なきの五人である。

村外の糟谷直右衛門と糟谷吉右衛門は十一個ずつ、ほかは九つずつ、若松屋善助には、赤の餅が配られた。

九月二十六日には、町内の浄土宗・福泉寺で慈風上人が、説法をしたため、宇平は、弟・周八（命日五月二十四日）の二十三回忌と、妻・ひさ（命日十月十日）の一周忌の名目で、回向料として百文を差し出す。

妻・ひさの一周忌に当たる十月十日は、津平村の臨済宗・泉徳寺の和尚を招いて、斎を供す。布施は、十疋を予定していたが、和尚が法華経二巻を読誦したので、その志を受けて、二十疋を差し出した。

泉徳寺和尚が斎に訪れる

享和三（一八〇三）年が明けた。

「お招きいただき、かたじけない」

正月八日昼前、津平村の泉徳寺和尚が、万屋の店頭に立つ。この日朝、友国村の尾﨑喝方で、宇平の師匠・大超一行首座《しゅそ》の二十三回忌取り越し法事を勤め、食事に訪れた。

「よう、お出でくださいました。私事で法事に参列できず、申し訳ありませんでした」

宇平は、丁重に迎え入れて接待し、寸志として布施百文を差し出した。

八日は、商売初めの日で、宇平は、店を空けることが出来ないため、前日に尾﨑喝方に追善の干物を届け、和尚を斎に誘っていた。

二月二十六日は、初代源兵衛・弥四郎の祥月命日である。この日も、泉徳寺和尚を招いて、三月四日が命日である、と己（父・源右衛門姉）の二十三回忌の法要を併せて頼み、布施二十疋を差し出す。

三月二十日には、父・源右衛門（命日五月二十日）の十三回忌法要を二ヶ月引き上げて勤める。良興寺和尚を招いて斎を行い、一汁七菜でもてなす。布施は二十疋を差し出す。

吉兵衛（下町）、利兵衛（同）、周助（同）、治兵衛（叔父）、善助（若松屋）、岡右衛門（藤屋）、又七（本町）の七人が相伴する。茶菓子は、饅頭二個ずつと、羊羹一棹である。調菜人は、町内の忠右衛門、彦八、利兵衛の三人が務める。

また、白米八升、ほかに二升ほど、合わせて約一斗で、飾り餅を搗いて、村内外の十三軒に、九つないし、十一個ずつ配った。村外は、荻原村の糟谷友右衛門、糟谷直右衛門、糟谷弥助、糟谷忠右衛門の四人である。

村内は治兵衛（叔父）、与左衛門（下町）、利兵衛（同）、与兵衛妻・かん（同）、又七（本町）、兵治（鍋屋）、善助（若松屋）、喜左衛門（松屋）、清八（菓子屋）の九人で、善助には、妻・ひさの一周忌と同じように、赤の餅が配られた。

文助、松が揃って麻疹にかかる

五月を迎えると、一日早々から、文助が高熱を出す。はしか（麻疹）である。六日には松が感染、発症する。十七人から饅頭五ツ、煎餅七枚から十枚、茶飯一重、瓜漬け二ツ、鳥目等の見舞いを受ける。

文助は、十三、十四日には快復。松も、十二、三日後には治った。幸い、二人とも、軽くて済んだ。肥立ちが早く、宇平は「験《げん》が良い」と喜ぶ。文助が十八歳、松は八歳の時である。

父・源右衛門の十三回忌正当の五月二十日、宇平は冨田村の臨済宗・西岸寺和尚を招請、法事を営む。布施百文を差し出し、一汁五菜でもてなす。

源右衛門妻で実母の在所・白木屋分蔵一人が相伴する。宇平は「分蔵が長年雇う下男が、ことし源徳寺に墓を造ることが出来た。父の十三回忌の年で、父のお蔭と喜び、参詣の度に父を弔っている。信心深い下男を雇った、分蔵に謝意を表したく招いた」と話す。

八月二十三日は、妹・しちの三十七回忌である。大工の善六、彦蔵と左官の政蔵、義八、藤助の五人が、昨年建て替えた前蔵の仕上げの造作にかかるため、前日の二十二日に津平村の臨済宗・泉徳寺に斎米一重と布施百文を届け、法事を頼んだ。

八月二十九日からは、三日がかりで、昨年新調なった前蔵に荷物を運び込んだ。建て替えから十ヶ月が経ち、漆喰、壁等が乾いたからである。

荷物の運び込みを終えた宇平は「委細は記し置かないが、普請中に長持二竿分の物を貰った。この度、二代源兵衛が建立した前蔵を建て替えが出来たのは、先祖のお蔭。嘉助が諸事の世話し、よく働いてくれた」と述懐する。

妻の三回忌は女中方ばかり相伴

ホッとする間もなく、宇平は九月二十三日、妻・ひさ（命日十月十日）の三回忌法要を取り越しで、良興寺和尚を招いて勤め、布施二十疋を差し出した。斎には、本家・松屋の若き跡継ぎ・喜三郎のほかは女中方を呼んだ。

呼ばれた女中方は、かん（与兵衛妻）、ちせ（治兵衛妻）、もと（ひさの妹）、彦十母、民（松屋喜左衛門妻）、なき（川崎屋忠八妻）、みせ（技芸師匠）、げん（利兵衛母）、かよ、きぬ、のと等十三人。なきは、顔を伏せ、目を潤ませる。

げんは、手伝いを兼ねて相伴する。のとは、十二年前の寛政三年に死去した三代源兵衛・源右衛門の灰葬に参列、三十五日の斎等に呼ばれている。きぬは、享和元年に死去した、ひさの灰葬に列席、かん、ちせ、もと、なき、彦十母、民等と共に斎に呼ばれた。

「春の父・源右衛門の十三回忌は、女中方を相伴させずに営み申した。して、今回は、女中方ばかりに致した。今後は男衆、女中方ともに、相招く所存でござる。本日は、ゆるりと、ご会食くだされ」

宇平は、こう挨拶し、三月に引き上げて営んだ父・源右衛門の十三回忌法要の時と同じように、一汁七菜でもてなした。茶菓子は、米饅頭二つずつと、羊羹一棹を出した。これも、三月の源右衛門十三回忌法要と同じとみていい。

この日も、宇平は、亡き妻・ひさに、後継者の文助の成長ぶりを草葉の陰から見てもらおう、と調菜人・利兵衛の手伝いとして参加させた。

斎の相伴人が十四人と多かっただけに、飾り餅配りは、糟谷吉右衛門(荻原村)、糟谷直右衛門(同)、白木屋分蔵、与左衛門、若松屋善助の五人にとどめた。吉右衛門、直右衛門、分蔵の三人は、十一個ずつ、与左衛門と善助には赤餅を配った。

文助が調菜人として腕を振るう

十七日後の妻・ひさの三回忌正当の十月十日は、岡山村の臨済宗・花岳寺の暘州《ようしゅう》和尚と、元孟首座《げんもうしゅそ》を招いて、法事を営む。布施二百文を差し出して、塔婆を立てる。宇平は布施が足りないと思ったのか、翌日、さらに百文を持参する。

斎は、これまた、五月二十日に営んだ父・源右衛門の十三回忌正当の法事同様、一汁五菜でもてなす。相伴したのは、叔父で文助の父・治兵衛、ひさの実家・若松屋善兵衛の極身近な二人だけだが、文助が、いよいよ調菜人として、腕を振るう。調菜人の手伝いとして、初めて料理作りに参加してから は、二年が経つ。

「うむ、よし。良い出来じゃ」

文助が作った料理の味見をした宇平は、独り頷きながら、満足そうに笑顔を見せ、呟く。そして、ひさの仏前に行き、正座すると、

「文助は、どうやら調菜人として、独り立ちできたようじゃ。お前が草葉の陰から見守ってくれたお陰じゃ。すまんこちゃったのう。もう安心じゃ」

こう、文助の成長ぶりを報告した。

川崎屋忠八内室・なきが訪れる

秋の日は短い。早々《はやばや》と夕闇が訪れる。

「こんばんわ。ちっと、お参りさせていただきたく、参りました」

川崎屋忠八内室・なきが玄関に立つ。

「こりゃどうも。さあ、どうぞ、こちらへ」

宇平は、通夜に訪れた、なきを仏壇に案内する。なきは、持参した白蝋五丁と朱蝋二丁を仏前に備え、静かに手を合わせる。黙祷を終えると、

「いつも笑顔で迎えてくださった、ひさ殿が『いらっしゃい』と言って現れ、一服立ててくださるような気がして……。未だ、お亡くなりになられたようには思えません」

「相変わらず目が潤んでおりますぞ。なき殿も、もう、泣きなさることはあるまい。二年が経ちましたからなあ」

「まあ、ご冗談を」

なきは、恥ずかしそうに俯く。

「いや、失礼。すまんこって……。ひさも喜んでおりましょう。ありがとうございました」

宇平は、頭に手をやった後、頭を下げる。そして、「ひさのつもりでござる」と言うと、抹茶用の茶碗を取り出し、茶筅を手際よく動かし、一服立てて勧めた。

友国村で先祖の講を勤める

享和四（一八〇四）年は、甲子《かっし》革命の年に当たり、二月十一日に文化と改元される。改元の触れがあったのは、二月下旬。宇平は、『萬般勝手覚』に「当正月十九日より改元云しよし」と記しており、年が明けると、早くから、改元が噂されていた。ヨーロッパでも政変があり、ナポレオンが皇帝の座に就く。

このころ、〝せともの〟の産地として知られる尾州春日井郡瀬戸村（現愛知県瀬戸市）では、薄くて軽く、見栄えのいい磁器に押され、陶業が斜陽化していた。後に磁祖と崇められる陶工・民吉（加藤）は、尾張藩熱田奉行・津金胤臣《つがねたねおみ》の援助で、起死回生を目指して、染付磁器づくりに取り組んでいた。

しかし、なかなか思うような製品が出来ない。そこで、改元され、文化元（一八〇四）年となったばかりの二月二十二日、瀬戸に新たな〝器の文化〟を創出しようと、磁器の本場である九州の天草へ向け出立する。民吉が、三十三歳の時である。

民吉が九州に向かって旅立った四日後の二月二十六日は、初代源兵衛の祥月命日。宇平は、津平村の臨済宗・観音寺和尚を招いて、斎を供し、布施百文を差し出す。法事に観音寺和尚を招くのは初めてである。

宇平は、泉徳寺和尚を招くつもりだったようで、「泉徳寺和尚をお招き申し上げしところ、講義の席が出来て、処々にお出でになり、この節は、遠州（現静岡県）へお出での故、同じ村で同じ宗派の観音寺和尚にお願いした」と話す。

泉徳寺和尚は、七年前の寛政九年に、友国村の尾﨑喝方で営まれた師匠・大超一行首座《しゅそ》の十七回忌法事で、宇平と意気投合しただけに、法談がうまく、このころ、評判が各地に伝わり、人気が出ていたようだ。

三月四日は、乳母の十三回忌法要を、町内の浄土宗・福泉寺和尚を招請して営む。斎を供し、布施二百文を差し出し、塔婆を立てた。

八月二十日には先祖の講を、友国村の岩﨑利兵衛方で勤める。縁者で、文化元年が年忌に当たる六霊の回向を頼み、布施二百文を差し出した。何か事情があったのだろう。宇平は「傳心庵と手前が、当番だが、代わってもらった」と振り返る。

しなの二十七回忌を盛大に営む

翌文化二（一八〇五）年三月には、継母・しな（命日五月二十日）の二十七回忌法要を引き上げて勤める。飾り餅の配布先、呼び人も多い。前年の文化元年が、出費の多い年忌がなく、作物の出来も良かったのだろう。

宇平は、松屋の内室・民に手伝ってもらい、十七日に白米一斗七升、キビ五升で餅を搗く。米の白い餅二百六十九個が、出来上がった。仏前に十四個を供え、二百五十個を村内外の二十八軒に、一軒当たり十一個、九つ、七つずつ配る。

村外は、東城村の良興寺、荻原村の友右衛門、直右衛門、吉右衛門、忠右衛門、りさの糟谷一統と、寺嶋村のしなの実家・伊奈弥惣右衛門の七軒。

村内は、甚太夫（渡内）、吉兵衛、利兵衛、与左衛門、由右衛門、彦八、喜平、忠右衛門（以上下町）、治兵衛（叔父）、岡右衛門（藤屋）、新兵衛（池田屋）、善助（若松屋）、清兵衛（河内屋）、又七（本町）、喜左衛門（松屋）、分蔵（白木屋）、清八（菓子屋）、兵治（鍋屋）、かぢ源（鍛冶屋源蔵）、丸源（丸屋源七）の二十一軒である。善助には今回も赤餅が配られた。

丸屋源七は初出。『萬般勝手覚』には、ほかに、法六町の源七、町名のない源七、尾張屋源七が登場する。この四人の関係が、よく分からない。町名のない源七は、尾張屋と判断して、話を進めてきた。

宇平は、餅の配り先について、『萬般勝手覚』に次のような注釈をつける。

「大工の善六にも、頼み事をしたので、土産に白の餅を五つ遣わせた」「喜平は娘が手習いに来る故遣わす」「由右衛門は、先ごろ藤屋の借家に引っ越してきた」「おかんは、親仁の看病故、若松屋に引っ越したので見合わす」

ところで、若松屋に引っ越した、かんの親仁とは、若松屋善助、と考えて間違いない。すると、かんは、宇平の妻で、四年前の享和元年に他界した、ひさの姉妹であろう。

二十日に良興寺和尚を招いて法要を営み、布施二百文を差し出す。斎は、一汁八菜とおごった。治兵衛（叔父）、吉兵衛、忠右衛門、与左衛門（以上下町）、新兵衛（池田屋）、岡右衛門（藤屋）、善兵衛（若松屋）、又七（本町）、分蔵（白木屋）、清八（菓子屋）、喜三郎（松屋）、彦八（下町）、利兵衛（同）、幸七（寺町）の十四人が相伴する。

この日の調菜人は、下男の源治郎。呼ばれた彦八、利兵衛、幸七が、手伝いを兼ねて加わった。幸七について、宇平は「時々、雇っていたので、何となく呼び申した」と話す。

相伴するはずだった亡き妻・ひさの父で、若松屋の主人・善助は病床にあり、欠席したため、送り膳とした。

若松屋当主で妻・ひさの父が他界

翌日の二十一日五つ時（午前八時ごろ）、若松屋善助が死去。その報が宇平にもたらされた。娘・ひさの死から四年後である。

「なに、親仁殿が亡くなられたと……、真か。やはり、病の快癒はならなかったか」

知らせを受けた宇平は一瞬、背筋をピンと伸ばすと、肩を落とし、力なく答える。

二十二日に営まれた若松屋善助の葬礼に参列した宇平は、香典として、南鐐一片を差し出した。

四月二十日は、生まれて間もなく死去した弟・曽十の三十三回忌。宇平は、法事を町内・浄土宗の福泉寺和尚に依頼、布施二百文を差し出し、塔婆を立てる。

一ヶ月後の父・源右衛門の後妻で継母・しなの二十七回忌正当となる五月二十日は、津平村の臨済宗・観音寺和尚を招いて法事を営む。布施百文を差し出し、塔婆を立てた。この日は、本家・松屋でも年忌法事があり、宇平は呼ばれていたが、代わりに娘の松を相伴させた。

六月は、実母の三十三回忌がある。名古屋へ出府した宇平は、九日に帰村するが、八事山興正寺に参詣し、実母の回向料として、銀札三匁分を献上した。

命日の二十一日には、小焼野村の浄土真宗・了願寺と、冨田村の同・通西寺の和尚を招いて法要を営む。布施二百文ずつと、饅頭を五個ずつ差し出した。

一人娘の松が疱瘡にかかる

宇平が継母、実母、弟の年忌を営んだ文化二年は、死に至る病と恐れられた疱瘡が、流行った年でもある。十月二十一日昼過ぎ、十歳になる娘・松が高熱を出す。

「疱瘡やもしれぬ。えらいこっちゃ」

宇平は早速、道士・鈴木源龍を招いて療治に当てる。

「どうじゃな、源龍どん？」

「疱瘡でござる」

「やはり……。とにかく、よろしゅうお頼み申す」

宇平は、気落ちしたような表情を見せ、正座して頭を下げる。

「分かり申した。一所懸命やってみましょう」

「して、源龍どん、病状は良い方に向かっちょるかのん」

宇平は、源龍に毎日のように、問いかける。

そうした中、松が十五日目に小用に立った。

「本日、厠へ行かれました。もう大丈夫でしょう」

源龍は、宇平に報告する。

「左様か。左様か。いろいろ世話をかけたのん、ほい。すまんこっちゃった」

ジリジリしながら、松の快癒を待ちわびていた宇平は、ホッとした表情で、頷きながら笑顔を見せ、頭を下げる。

松は、源龍の言葉通り、十六日目に治癒した。

見舞客も多く、本復までに八十人を超える人々が、煎餅七枚から十六枚、金平糖一袋、饅頭二十七から六十四、菓子袋、赤飯二升余、餅二箱（四升余）、餡餅六十、飴一曲《まげ》（物）、鰹節二ツ、糝粉《しんこ》一重（砂糖付き）、蜜柑少々、干瓢少々等の見舞品や、四百文から三十二文の見舞金を寄せた。

かんも、見舞い金を寄せるが、『萬般勝手覚』に、与兵衛後家とある。この表現は初めてだが、少なくとも、親仁の看病のため、若松屋へ引っ越す前に、夫の与兵衛に先立たれていたことは、まず間違いない。

松の全快を仏の導きと喜ぶ宇平

宇平は、一人娘の死に至る病からの本復が、よほどうれしかったのだろう。一石三斗もの白米を調達。十一月二十四日に、源治郎（下男）と、春《す》へ（渡内）に頼んで米を炊く。翌二十五日に源治郎、幸七（寺町）、春へ、下女で餅を搗いた。そして、ちせ（治兵衛妻）と、松の七夜に呼んだ、かのに丸めてもらい、配り始める。

宇平は「祝い餅配り全部で、およそ八十五ケ所、このうち他所二十八ケ所。志を今井五周様、数馬様に遣わし申し候。寺町・幸七どのへ手拭い一筋、外に岡山村の花岳寺へ、浄水の礼として、兔丸一包を遣わし申し候」と、『萬般勝手覚』に記す。

幸七は、伽衆の一人として、罹病中の松の世話をした。今井五周は、ひさの病中見舞いの際等に触れたように、西尾藩の家老。数馬は五周の二男で、今回は、煎餅等の見舞い品を寄せた。

「今年の冬は暖かく、娘の疱瘡が快癒。米は必要なだけ確保できて、病気見舞の礼を、そつなくできたのは、仏の導きじゃ」と、宇平は喜び、翌文化三年正月は、神棚に酒、湯などの供物を一切しなかった。そして、「子孫、コレニナラへ」と『万般勝手覚』に書き残した。信心深い宇平の面目躍如である。

ところで……。信心深い宇平の言葉は、守られたのか、守られなかったのか。この後、『万般勝手覚』に、このことに関する記述はなく、残念ながら分からない。

文化三年は豊作に恵まれる

文化三（一八〇六）年は、五月十一日朝、宇平は、幼くして他界した、もう一人の弟・周八（命日五月二十四日）の二十七回忌法事を引き上げて、津平村の臨済宗・観音寺和尚を招いて営む。そば切りを振舞い、布施十疋を差し出し、塔婆を立てた。

そして、二十日は、父・源右衛門と継母・しなの祥月命日に当たるが、鵜ヶ池村の浄土真宗・通西寺の二男を招いて斎を供す。茶飯と、平《ひら》（松もどき、酢和え）を振舞い、布施百文を差し出した。

農作物の収穫が終わり、村は秋本番を迎えた。

ピーピー、ヒャララー、ピー、ヒャララー　ドンドコ、ドンドコ

笛、太鼓の音《ね》が、一段と高くなった天空を駆け抜ける。透き通るような空気の下には、歓喜に溢れた村人のざわめきが滞留する。

「サァー、寄ってらっしゃい、見てらっしゃい」

〽とざい、とーざい　ベケ、ベンベンベンベン　この世の名残イー、夜も名残イー、死にに行く身をたとふればぁー

呼び込みの声に続いて、三味線の伴奏に合わせ、独特の節回しが際立つ、浄瑠璃語りの訛声《だみごえ》も聞こえる。

村方文書によれば、この文化三年は作物の作柄が良く、九月八、九日に催された上横須賀村の産土神・春日神社の祭礼は、神子《みこ》舞に加え、人形浄瑠璃が上演された。

娘の疱瘡快癒から一年後に他界

娘・松の疱瘡快癒から一年一ヶ月後の文化四（一八〇七）年、宇平は正月上旬から病の床に就き、

二月七日夕五つ半時（午後九時ごろ）、冥土へと旅立った。

行年は天明四年、〝小袖のお目見〟をした際、二十歳だったとすると、四十三。戒名は、前にも触れたが、鉄翁志堅居士である。「翁」の字が、入っているのは、当時、老人と呼べる四十歳を超えており、老人の敬称とされる「翁」の風格を備えていたからであろう。

この世を去る者があると、往々、この世で勃興する者がいる。宇平が他界した文化四年、九州で、染付磁器精製の技術を習得した陶工・民吉が、故郷・瀬戸村へ帰村。衰微していた瀬戸窯業の復興を目指し、染付磁器製造の普及に乗り出す。

宇平の葬式は、死去翌日の八日に営まれる。導師の良興寺和尚が、伴僧、供の二人を従えて臨む。ほかに九ヶ寺の和尚、供合わせて十七人が臨席した。約百十人が参列し、宇平の遺徳をしのんだ。村外の弔問者は六人。今回も津平村の大庄屋・大竹彦助が含まれている。

斎には、寺方から良興寺の和尚、伴僧、供の三人、源徳寺と通西寺の和尚、金剛院の和尚と供の二人の計八人が呼ばれた。

灰葬は九日晩方、良興寺和尚と伴僧の二人によって行われた。非時食は、四十人分の支度をしたが、文助は、「少々是ハ余り呼人多し、重テハ、ヘラシ申べく候」と、『萬般勝手覚』に書き留める。

布施は、良興寺に五百文と白麻一反、伴僧二百文、供に五十文、臨席した福泉寺に二百文、供に五十文、称名院に二百文、供に二十四文、花岳寺に二百文、供に五十文、華蔵寺に二百文、金剛院に二百文、供二人に二百文、通西寺に二百文、供に五十文、蓮光寺に百文、巌西寺に二百文、供に五十文、源徳寺に二百文、供に五十文を、それぞれ差し出した。

三十九人から香典を受ける

また、香典を寄せたのは三十九人で、うち金銭は、妻の実家・若松屋善助、母の実家・白木屋分蔵の南鐐一片を最高に二十一人。鍋屋兵治と西尾の鳥山利兵衛も、白銀を寄せるが、中心は百文、二百文。金銭のほかは、丁子香《ちょうじ》二包、陀羅尼香二包、五種香二匁位《ぐらい》、卯丸一包、朱蝋燭十一丁等である。

中張見舞いは、二十六人が饅頭六十包、油揚げ三十枚、丸揚げ五丁、赤飯三升計《ばか》り、茶飯三升計り、素麺百文計り、干しうどん百四、五十文位、そば粉二升計り、牡丹餅三重、椎茸一箱、三日飾り、七日飾り、二七飾り等を寄せた。

文助は、宇平の病中の世話をした万屋久五郎、利兵衛（下町）、家内の嘉助と甚助、それに下女・みよ、らく（寺町）等の男女七人に、宇平愛用の布子、花色紋付、麻羽織、襦袢、袷、割木等を記念品として贈る。

らくは、宇平の妻・ひさ死去の際も、記念品を贈られている。宇平夫婦と入魂《じっこん》だった、と言えよう。嘉助は、友国村の嘉助と同じで、友国村から万屋へ、しばしば手伝い来ていて、そのうちに万屋で働くようになった、と考えた。

これまで述べてきたように、四代源兵衛・宇平は、老境を迎えていたであろう父の三代源兵衛・源右衛門の後ろ盾となって、叔父・治兵衛とともに、寛政元（一七八九）年に未曾有の水害に見舞われた万屋を立て直した。

さらに、四年後の寛政五年、大雨で田畑が大きな被害を受ける中で、破損がひどくなった東蔵石蔵の緊急補修、その九年後の享和二（一八〇二）年には、耐用年数が来ていた、と考えられる前蔵の建て替えを成し遂げた。

叔父・治兵衛を独立させる

この間、父親の三代源兵衛・源右衛門の弟で、結婚後も同居していた叔父の治兵衛を独立させ、町内に東の店を持たせた。

その時期は、はっきりしないが、寛政七（一七九五）年正月に妻・ひさが、同勢四人で京参詣に出かけ、万屋に留守見舞い品が寄せられるが、その時、『萬般勝手覚』に「東ノ・治兵衛」とあり、独立していた。

寛政五年以前には「東ノ・治兵衛」なる表現はなく、翌寛政六（一七九四）年は、前にも触れたように、『萬般勝手覚』に慶弔等の出来事の記載が一切ない。すると、この寛政六年に独立させた可能性が大きい。

また、村人の活動が活発化、通行量も増えつつある時代の流れを読んで、うまい食べ物を出す本格的な料理店に転身を図ろうと、次代を担う文助を調菜人に育て上げ、万屋のさらなる発展の基盤造りをした。まさに中興の祖にふさわしい仕事ぶり、と言えよう。

寛政七年、妻・ひさが、京参詣に出かけるころには、旅に出る村人も増えつつあったと思われる。十返舎一九の『東海道中膝栗毛』が出版されるのは、七年後の享和二（一八〇二）年である。このころには、東海道は行きかう旅人で溢れた。

子供に読み書きを教えた宇平

万屋が、いつごろから料理店に転業したかは、はっきりしない。寛政三（一七九一）年の父・源右衛門の初七日、二七日《ふたなのか》の斎は、後に呉服屋に転身する本家・松屋から仕出しを取り寄せている。九年後の寛政十二年三月二十六日に営んだ祖父・二代源兵衛の五十回忌取り越し法要でも、知人の息子に、調菜人を頼んでいる。

ところが、享和元（一八〇一）年三月二十日に営んだ継母・しなの二十三回忌の取り越し法事には、調菜人手伝いがいることから、宇平は、前年の祖父の五十回忌取り越し法事以降、本格的な料理店への転身を徐々に進めていった、と考えていいだろう。

また、宇平が、文化二（一八〇五）年三月に、引き上げて営んだ継母・しなの二十七回忌飾り餅の配り先に、喜平（下町）が含まれる。喜平について、宇平は「娘が手習いに来る故、遣わす」と『萬般勝手覚』に書き留めている。そして、二年後の文化四年二月九日に行われた宇平の灰葬には、手習いに来ていた子供五人が参列している。

このことから、宇平は、子供に読み書きなどを教える、寺子屋的なことをしていたことも分かる。宇平の代からであろうから、蔵の補修や建て替え、治兵衛を独立させたことと相まって、〝中興開山〟と称された、と思われる。

さらに、宇平が、万屋の歴代当主の中で、ただ一人、戒名に「居士」の尊称を持つ理由を考えてみたい。町内で、知る人が宇平に出くわすと、『「うへぇー」と言って頭を下げ、挨拶した』、また、近所の子供たちが、宇平を見かけると、「『あっ、うへいせんせいが来るだに』『あっ、ほんとだ』と声を掛け合い、『せんせい、こんにちは』と言って、おじぎをしながら通り過ぎると、『うへぇー』と大声で囃したてた」という逸話が残る。

その真偽は、ともかくとして、宇平は、多くの人々に一目置かれたが、鉄のような堅固さだけでなく、子供たちに、親しみを持って迎えられるような柔軟さも、兼ね備えた人物であった、と思われる。

津平村の大庄屋・大竹彦助は、寛政三（一七九一）年五月二十日、宇平の父・源右衛門が死去した際に続いて、享和元（一八〇一）年十月十日、宇平の妻・ひさが死去した際、文化四（一八〇七）年二月七日、四代源兵衛・宇平他界の時も弔問する。源右衛門の代からの知り合いだが、宇平の知己と考えられ、宇平の交遊の広さが窺われる。

多くの僧侶が次々、弔問に訪れる

宇平の他界から六日後の文化四（一八〇七）年の「彼岸の中日」に当たる二月十三日、上町村（現上町）の実相寺、池田村（現一色町）の長久院、赤羽村（同）の清秀寺の和尚が、飴と丁子香を一包ずつ持って万屋に立ち寄った。

文助が読経を願うと、宇平を偲んで、金剛般若経一巻を読誦した。いずれの寺も臨済宗である。和尚たちは、この日、岡山村の臨済宗・華蔵寺で催された懺法講の帰りに万屋を訪れた。華蔵寺は、前にも述べたが、元領主・吉良上野介義央の墓があることで知られる。

二月十六日には、彼岸法会の帰りに、額田郡針崎村（現岡崎市）の勝鬘《しょうまん》寺と、木田村の正向寺の和尚、冨田村の願専寺の使僧が立ち寄り、やはり、宇平の冥福を祈って経をあげた。いずれも浄土真宗の寺である。

他にも、荻原村の浄土真宗・教蓮寺、鎌谷村の同・蓮光寺、今川村の同・厳西寺、岡山村の臨済宗・花岳寺、同・華蔵寺、津平村の同・観音寺、冨田村の同・西岸寺、寺津村の同・金剛院、幡豆郡小山田村（現吉良町）の曹洞宗・勝楽寺等の和尚が、線香一包や蝋燭十丁計りを持参して、弔問に訪れており、宇平の宗派を問わない信心深さが感じ取れる。

ただ、宇平と親しかった泉徳寺和尚の弔問がないのが、奇異に感じられるかもしれない。だが、泉徳寺和尚は、二年前となる文化二年十月十日の宇平妻・ひさの祥月命日以後の登場がない。おそらく宇平より年長であろうから、一足早く、文化三年には他界していた、と思われる。

また、宇平は、寛政五（一七九三）年の「彼岸の中日」に、同年中に年忌を迎える四霊の追善懺法、七年後の寛政十二年には、祖父・二代源兵衛の五十回忌の法要を、それぞれ盛大に営んでいる。

この間、寛政七年三月三日には、約やかだが、藤次郎の五十回忌法要を営んでいる。藤次郎が、何代目の万屋当主と如何なる関係にあったのかは、はっきりしないが、当主ではない。過去の当主や、その妻以外の家人の五十回忌法要を、時の当主が営むのは稀ではないだろうか。

さらに、宇平は文化二年十月下旬、死去する一年ほど前、一粒種の娘・松が疱瘡にかかった際、道士の鈴木源龍を招いて治療に当たらせたところ、治癒したため、翌年の正月、神棚に供え物を一切しなかったのも、仏教に対する信仰の篤さを物語る。こうした信心深さが評価され、居士の尊称が与えられたのであろう。

大超一行首座に読み書き、算盤習う

ところで、前に触れたが、『萬般勝手覚』に宇平の師匠として、大超一行首座《しゅそ》の名が記載されている。首座とは禅宗の役僧で、一山で坐禅修行をする首位の者をいう。

宇平は幼いころ、大超一行首座について、在家ながら信心を深めると同時に、読み書き、算盤も修得した、と考えられる。それで、成人して、子供たちの手習師匠を務めることが、出来たのではないだろうか。

また、『萬般勝手覚』が出来て、付け始められたのは、三代源兵衛・源右衛門の時代であることを前述したが、この時、実際に起筆したのは、読み書き、算盤を大超一行首座に学んだ宇平ではなかったか。そう考えられなくもない。

大超一行首座が、どこの禅寺の僧かは分からない。だが、宇平は、出自である友国村の尾崎喝家で、営まれる大超一行首座の年忌法要には、律儀に回向料を贈っている。首座に対する宇平の感謝の気持ちの大きさが窺われる。

友国村には、傳心庵と称す臨済宗の寺があった。寛政五（一七九三）年に、宇平が催した四霊の追善観音懺法に列席し、同じ年に営まれた大超一行首座の二十三回忌法要で、和尚が宇平から布施を受け取った傳心庵の役僧だった可能性はある。

三　最盛期を築いた五代源兵衛・文助

五代源兵衛・文助もまた中興開山

四代源兵衛・宇平の他界で、文助が、五代源兵衛として跡を継ぐが、文助もまた、宇平同様、『萬般勝手覚』に「万屋の〝中興開山〟」と書かれている。宇平が万屋発展の基礎を固めたとすれば、文助は、その基礎の上に城郭を築いた、と言えよう。

文助は、万屋所有の田畑の石高を一代で倍増させ、村役人を勤めた。四代源兵衛・宇平から引き継いだ田畑は約九反一畝、石高にして約十石九斗だったが、長男の六代源兵衛・弥三郎に引き継いだ時は、約二町一反九畝、石高にして約二十六石六斗六升になっていた。約一町二反六畝、石高にして約十五石七斗六升増やしたことになる。

天明五（一七八五）年の上横須賀村の石高は、千三十四石余。天保五（一八三四）年の戸数は二百一軒。天明五年以降の石高の変動は少ないといわれ、一戸当たりの平均にすると、石高は五石一斗余となる。

五代源兵衛・文助の時代に、一般的な地主から、村役人が勤められる本格的な地主の仲間入りをした、と考えられる。

ここで、文助の生い立ちを振り返っておこう。

四代源兵衛となる宇平が、〝小袖のお目見〟をした天明四（一七八四）年の十二月、万屋に同居する三代源兵衛の弟・治兵衛が、冨田村の商家・糟谷善右衛門の娘・ちせと結婚。二人の長男として、およそ一年後の天明六年正月二十九日夜五つ時（午後八時ごろ）に生まれた。幼名・又門である。

文助は妻と兄妹のように育つ

四代源兵衛・宇平の妻・ひさは、又門の出生から、ほぼ十年後となる寛政八（一七九六）年十二月九日に、娘・松を産むが、約五年後の享和元年十月十日、第二子を産むことなく他界する。

その時、又門は十五歳。四代源兵衛・宇平は、将来、松と結婚させ、家督を継がせようと、又門を養子に迎える。同年十二月晦日、又門が十六歳となり、享和二（一八〇二）年正月十五日、元服の祝いをし、名を文助と改める。

万屋四代源兵衛・宇平の養子となり、元服して改名した文助は、松と兄妹同様に育つ。そのため、享和三（一八〇三）年五月一日に文助が麻疹にかかると、五日後の六日には、松が麻疹にかかる。幸い二人とも十三、四日後には快癒する。

この年の九月二十三日に、取り越しで営まれた四代源兵衛・宇平の妻・ひさの三回忌法要で、調菜人となるべく修業を続けていた文助は、前年の享和二年に行われた同人の一周忌法要に続いて、調菜人・利兵衛の手伝いとして参加する。

そして、命日の十月十日に行われた法事の斎では、調菜人・文助として、自ら料理作りをする。料理は、基本的な一汁五菜。文助が十八歳の時である。

文助が二十二歳で万屋の当主

文助は、文化四（一八〇七）年二月七日、四代源兵衛・宇平の死去により、万屋の当主として、五代源兵衛を名乗る。時に二十二歳。妻となるはずの宇平の一人娘・松は、まだ十二歳である。一人で、法事を粛々とこなしていく。

二月二十一日、文助は、八事山興正寺へ遣いを出し、宇平の回向料として、南鐐一片を献上。三月七日には、宇平の三十五日（三月十一日）取り越し法事を挙行する。鶏ケ池村の浄土真宗・通西寺和尚を招いて、相伴人なしで、斎を行い、布施百文を差し出す。

また、飾り餅を、約二斗六升もの米と、キビ五升余で搗き、三百八十個ほどに切り分け、丸めたりして、十ケ寺と村内外の二十八軒に、九つあるいは十一個ずつ配った。

十ケ寺は、良興寺、通西寺、源徳寺、厳西寺（以上浄土真宗）、金剛院、長久院、花岳寺、実相寺、清秀寺（以上臨済宗）、福泉寺（浄土宗）で、これらの寺は、万屋、中でも四代源兵衛・宇平との付き合いが、深かったのであろう。

村外は、伊奈弥惣右衛門（寺嶋村）、加藤治左衛門、鈴木平六（以上下横須賀村）、糟谷吉右衛門、糟谷平蔵、糟谷直右衛門、糟谷友右衛門（以上荻原村）、加藤丈助（小牧村）、鳥山源兵衛、同利兵衛（以上西尾）、尾﨑喝、安兵衛、清十（以上友国村）の十三軒。

丈助は、享和元年六月と九月に、ひさの病気見舞いを寄せた。平六は、初出で万屋との詳しい関係は分からない。三十一年後の天保九年に再登場する平六は、嗣子であろうか。

村内は、かん（与兵衛後家）、与左衛門、利兵衛、喜平（以上下町）、喜左衛門（松屋）、善助（若松屋）、又七（本町）、武藤治（吹貫町）、小四郎（同）、兵治（鍋屋）、源蔵（法六町）、白分（白木屋分蔵）、新兵衛（池田屋）、婦き（柏屋）、清八（菓子屋）の十五軒となる。

万屋が、法事の飾り餅を、十ヶ所もの寺に配るのは、初めてのことである。また、三十八ヶ所に及ぶ配り先は、七年前の寛政十二（一八〇〇）年に宇平が営んだ、二代源兵衛の五十回忌の四十三ヶ所に次ぐ多さ。ここにも、宇平の信心深さ、交遊の広さ、文助の宇平に対する敬意の念が窺われる。

三月十一日の宇平三十五日正当には、良興寺和尚を招き、法事を営む。布施二十疋を差し出し、一汁五菜で斎を催す。父・治兵衛、与左衛門、喜平、忠右衛門（以上下町）、又七（本町）、新兵衛（池田屋）、善兵衛（若松屋）、分蔵（白木屋）、清八（菓子屋）、岡右衛門（藤屋）の十人が相伴。勝手方は利兵衛（下町）、喜三郎（松屋）、源治郎（万屋内）等が務める。

宇平の四十九日は簡単に済ます

三月二十三日朝、文助は、宇平の四十九日（三月二十五日）法要を引き上げて、取り延べていた初代源兵衛・弥四郎（命日二月二十六日）の祥月命日の法事と併せて、福泉寺和尚に頼んで営み、布施二十疋を差し出す。三十五日の法要を盛大に行ったため、四十九日は通常の祥月命日並みに済ませた。

宇平の四十九日の法要から、ほぼ一ヶ月後の四月二十日朝には、三代源兵衛・源右衛門（命日五月二十日）の十七回忌法要を、良興寺和尚に依頼、やはり引き上げて勤める。

斎には、良興寺和尚のほか、与左衛門（下町）、新兵衛（池田屋）、善助（若松屋）、又七（本町）、分蔵（白木屋）、清八（菓子屋）、喜三郎（松屋）、父・治兵衛の八人を呼んで、一汁七菜で、もてなし、布施二十疋を差し出す。調菜人は利兵衛と源治郎である。

飾り餅は、米一斗二升、キビ二升で搗いて、村内外の十七軒に配った。このうち、村内の与左衛門

（下町）と善助（若松屋）の二軒は赤餅、他の十五軒は、一軒当たり、九つないし十一個ずつ渡した。

配り先は、村外が糟谷吉右衛門、糟谷直右衛門、糟谷友右衛門（以上荻原村）、伊奈弥惣右衛門（寺嶋村）の四軒。村内が与左衛門、善助のほか、吉兵衛（下町）、利兵衛（同）、喜平（同）、忠右衛門（同）、新兵衛（池田屋）、岡右衛門（藤屋）、清兵衛（河内屋）、又七（本町）、喜左衛門（松屋）、分蔵（白木屋）、清八（菓子屋）の計十三軒である。

宇平百ヶ日と源右衛門十七回忌

五月十七日は、宇平の百ヶ日に当たる。この日朝、源右衛門（命日五月二十日）の十七回忌と併せた法要を、臨済宗・花岳寺住職の暘州《ようしゅう》和尚を招いて、斎の呼び人なしで勤める。布施は二百文。供の子供には二十四文を手渡す。

収穫を終え、秋が深まる九月十六日。義母・ひさ（命日十月十日）の七回忌の飾り餅を米およそ四升、キビ少々で搗き、村内の利兵衛、喜平、彦十、与左衛門、与兵衛後家・かん（以上下町）、新兵衛（池田屋）、善助（若松屋）、忠八（川崎屋）の八軒に配る。善助と与左衛門は、今回も赤餅が配られた。他は九つずつで、村外はない。

九月二十日朝には、義母・ひさの七回忌の取り越し法要を勤める。良興寺和尚を招いて、布施二百文を差し出し、一汁五菜また二菜（但し茶碗なし）でもてなした。斎には、女中方ばかりを呼んだ。先代の四代源兵衛・宇平による三回忌のやり方を踏襲したのだろう。

斎の相伴人は、かん（与兵衛後家）、もと（ひさ妹）、きと（鍋屋）、なき（川崎屋忠八妻）、みせ（技芸師匠）、かよ（下町）、かの、きぬ、う多の九人で、三回忌より四人少ない。かよ、かの、きぬは、かん、なき、みせ等と共に、九年前の寛政八年極月十四日に催された松の七夜祝いに呼ばれている。う多は初出だが、今後、しばしば登場する。

文化五年からも毎年年忌法要

文化五（一八〇八）年は、四代源兵衛・宇平の一周忌に当たる。文助は、命日の二月七日に良興寺和尚を招いて法要を勤める。前年の三代源兵衛・源右衛門の十七回忌法要と、ほぼ同じ規模である。勝手方は利兵衛（下町）、源治郎（万屋内）、幸七（寺町）が務める。

斎の呼び人は、父・治兵衛（下町）、与左衛門（同）、新兵衛（池田屋）、若善（若松屋善助）、又七（本町）、喜三郎（松屋）、分蔵（白木屋）、清八（菓子屋）の八人。料理も同じように、一汁七菜でもてなす。布施は二十疋を差し出す。

飾り餅は、米およそ一斗、キビ少々で搗いて、村内外の十八軒に配る。村外は六軒で、花岳寺（岡山村）、加藤丈助（小牧村）、糟谷吉右衛門、糟谷直右衛門、糟谷友右衛門（以上荻原村）の五軒に十一個ずつ、伊奈弥惣右衛門（寺嶋村）には九つ渡した。

村内は十二軒で、利兵衛（下町）、与兵衛後家・かん（同）、左兵衛（同）、忠右衛門（同）、新兵衛（池田屋）、岡右衛門（藤屋）、又七（本町）、分蔵（白木屋）、喜左衛門（松屋）、清八（菓子屋）の十軒に九つずつ渡す。与左衛門と善助は、やはり赤い餅である。

左兵衛は初出だが、十四年後の文政五年には、吉田村の左兵衛として登場する。別人かもしれないが、左兵衛は吉田村の出身者で、自分の村に戻ったのではないか。三十五年後の天保十四年まで、万屋との付き合いが続く。

また、町内の浄土宗・福泉寺で、米一升と蝋燭三丁、回向料二十疋を差し出して、祈祷を願い、塔婆を立てた。

この年の八月にフェートン号事件が勃発する。イギリス軍艦「フェートン号」が、オランダ国旗を掲げて長崎港に侵入、オランダ人の人質を取って、水、食料を奪取する。

幕府は外国船対策を強化するが、この後もイギリス船が相次いで、日本列島周辺に現れるようになり、文政八（一八二五）年の異国船打払令へと繋がっていく。

暴風雨に見舞われ、救い米

つまり、文化五年という年は、幕府の鎖国政策に楔が打ち込まれ、本格的な開国へ向けた胎動が感じられる年だが、上下横須賀村は、七月二十五日に暴風雨に見舞われる。このため、不作となり、上横須賀村は十月一日、沼津藩大浜陣屋へ善処願いを出し、救い米五十俵が提供される。

村方文書に、「御勝手御難渋にも有之候に付差し上げ候」と、陣屋の役人に、救い米に対する礼金を出したことが記されている。

このように、藩への村の願いが叶えられた場合は、陣屋役人に礼をすることが、慣習となっていたようである。礼金は、陣屋役人と村役人との潤滑油なのだろうが、〝官官接待〟の源流を見る思いだ。

文化六（一八〇九）年は、四代源兵衛・宇平の三回忌に当たる。文助は、命日の二月七日、良興寺和尚を招いて法要を営む。斎の呼び人は、一周忌と同じ八人だが、料理は、前年の不作を考慮してか、一汁五菜と一段階落とした。勝手方も、一周忌と同じ利兵衛（下町）と、源治郎（万屋内）が担当。幸七（寺町）が手伝う。町内の浄土宗・福泉寺では、米二升三合と、鳥目二十疋を差し出し、祈祷をしてもらう。

飾り餅は、前年の不作にも拘わらず、一周忌と同じように、米およそ一斗、キビ少しで搗く。白い餅百九個、赤餅二十個、併せて百三十個ほどになった。キビ餅は、わずか十六個である。十六軒に配る。村外は荻原村の糟谷吉右衛門、糟谷直右衛門、糟谷友右衛門の三軒と、一周忌の半数である。村内は、一周忌より父・治兵衛（下町）分が、増えて十三軒。かんは最後の登場である。

白は、七つから十一個ずつ、赤は、村内の与左衛門（下町）、善兵衛（若松屋）のほか、父・治兵衛に少し配った。白七つの所は、キビ二つを足し、九つとした。

四月二十日は、子供のうちに他界した宇平の弟・曽十の命日。三十七回忌法要を、やはり福泉寺和尚を招いて勤め、布施二十疋を差し出した。

六月二十一日には、先代の四代源兵衛・宇平実母の三十七回忌正当法要を営む。福泉寺で祈祷を願った。この後、八事山興正寺へ志百文を差し出す。

文化七、八年は〝遠忌〟の年

文化七（一八一〇）年は、万屋の〝遠忌〟の年である。

正月二十七日は、心光清元比丘尼の命日。文助は、けじめとなる百回忌法要を営む。町内の浄土宗・

福泉寺の和尚を招いて勤め、斎を催し、塔婆を立てる。布施は二十疋である。

心光清元比丘尼は、『萬般勝手覚』では、続柄が分からない。「万屋・仏の系譜」は、宝永八（一七一一）年に他界した初代源兵衛・弥四郎の母とするが、『萬般勝手覚』に、初代の妻の名前も戒名も、出てこないので、妻の可能性がある。

十一月一日には、やはり福泉寺の和尚を招いて、二代源兵衛の妻・飛さ（命日十二月二十四日）の五十回忌法要を引き上げて営み、塔婆を立てる。布施は、やはり二十疋。飾り餅は、飛さの在所・糟谷友右衛門と、一統で関係が深い糟谷直右衛門の二軒に、十一個ずつ配った。

文化八（一八一一）年もまた、親鸞聖人の遠忌を含む、年忌の当たり年である。

二月二十六日は、初代源兵衛・弥四郎の百回忌。前年の心光清元比丘尼に続く、けじめの年忌である。文助は、良興寺和尚を招いて、法要を勤める。布施は、五十疋とはずむ。

斎の呼び人は、父・治兵衛、新兵衛（池田屋）、与左衛門（下町）、利兵衛（同）、岡右衛門（藤屋）、善兵衛（若松屋）、喜三郎（松屋）、分蔵（白木屋）、清八（菓子屋）の九人。一汁七菜でもてなす。勝手方は、今回も源治郎（万屋内）と、呼び人の利兵衛が務めた。

飾り餅は、米八升と、キビ三升五合で搗く。出来上がった米の餅七十五、キビ餅十二、赤餅少々を村内の十一軒に配った。

福泉寺（下町）、利兵衛（同）、新兵衛（池田屋）、岡右衛門（藤屋）、又七（本町）、喜左衛門（松屋）、分蔵（白木屋）、清八（菓子屋）、忠八（川崎屋）の九軒に、九つないし十一個ずつ、与左衛門（下町）と善助（若松屋）の二軒は、赤餅を少しずつ渡した。

飾り餅の配り先に、村外がなく、斎の呼び人の家と、かなり重なるのは、初代から縁のある者に、絞ったためではないか。福泉寺でも、布施二十疋、斎米一升を差し出して祈祷を願い、塔婆を立てた。文助にとっては、儀礼を尽くした勤め、と言えよう。

二十六ヶ所に親鸞遠忌の餅配り

五月に入ると、文助は、浄土真宗の開祖・親鸞聖人の五百五十回忌、三代源兵衛・源右衛門の後妻で、四代源兵衛・宇平の継母・しなの三十三回忌法事を営む。親鸞は承安三（一一七三）年に生まれ、弘長二（一二六二）年十一月二十八日に入滅した、とされ、文化八年は五百五十回忌に当たる。

文助は、五月十五日に、親鸞聖人五百五十回忌と、しなの三十三回忌（命日五月二十日）を兼ねた飾り餅を搗く。

米およそ二斗を使い、二百二十個ほどの白い餅にした。赤餅も作り、福泉寺、源徳寺、良興寺の三ヶ寺を含め、村内を中心に、村内外の二十六ヶ所に配った。キビ餅はない。

村外は、良興寺を除くと、しなの在所・寺嶋村の伊奈弥惣右衛門、荻原村の糟谷直右衛門、吉田村、友国村各一ヶ所の四ヶ所だけ。

寺以外の村内は、吉兵衛、利兵衛、与左衛門、彦八、重蔵、喜平、忠右衛門、半六（以上下町）、岡右衛門（藤屋）、兵治（鍋屋）、源蔵（鍛冶屋）、善助（若松屋）、忠八（川崎屋）、喜左衛門（松屋）、分蔵（白木屋）、清八（菓子屋）、清兵衛（河内屋）、幸吉（万屋男）、善六（上町）の十九ヶ所。

この内、与左衛門と善助には、赤い餅を配った。他は、糟谷直右衛門の十一個以外は、九つずつ、白い餅を分配した。重蔵は初出で、三年後の文化十一年までの短い付き合い。本町の半六は、十四年前の寛政九年以来登場しない。したがって、この半六は、三年後に登場する下町の半六、即ち池田屋半六と判断した。

二月の初代源兵衛・弥四郎の百回忌法要の飾り餅は、八升の米を使っている。そして、今回は二斗、合わせると、二斗八升の米を使ったことになり、前年の文化七年は、米の作柄が良好だった、と言えよう。

盛大に親鸞五百五十回忌

四日後の五月十九日、文助は、親鸞聖人五百五十回忌の法要を盛大に営む。良興寺の和尚と後住、源徳寺和尚の三人を招く。良興寺和尚に金百疋、後住に三十疋、源徳寺和尚に二十疋の布施を差し出し、斎を供す。斎の呼び人は男衆、女中方合わせて二十二人。

男衆は、父・治兵衛、利兵衛、与左衛門、重蔵、忠右衛門、半六（以上下町）、岡右衛門（藤屋）、兵治（鍋屋）、源蔵（鍛冶屋）、善助（若松屋）、清兵衛（河内屋）、喜三郎（松屋）、白分（白木屋分蔵）、清八（菓子屋）の十四人。

女中方は、もと（ひさの妹）、かよ（下町）、民（松屋喜左衛門妻）、なき（川崎屋忠八妻）、きと（鍋屋）、ちせ（治兵衛妻）、きぬ、う多の八人。う多は、きぬと共に、四年前の文化四年九月の宇平妻・ひさの七回忌法要の斎に呼ばれている。

当然ではあるが、男衆も含め、いずれも浄土真宗の壇・信徒である。勝手方は、源治郎（万屋内）、利兵衛（下町）、幸七（寺町）、幸吉（万屋内）の四人が務めた。

翌日の、しなの三十三回忌正当の五月二十日は、良興寺和尚一人を招いて、法事を営む。斎の呼び人は、四代源兵衛・宇平母の実家である白木屋分蔵と、父・治兵衛の二人きり。また、町内の浄土宗・福泉寺で祈祷をあげてもらい、塔婆を立てた。

翌文化九（一八一二）年の年忌は、四代源兵衛・宇平の弟・周八の三十三回忌のみ。命日の五月二十四日に、福泉寺和尚を招いて勤め、布施二百文を差し出し、塔婆を立てた。

三代、四代の年忌を併せて営む

文化十（一八一三）年は、年が明けると、万屋にのっぴきならぬ何かが、出来《しゅったい》したのだろうか。四代源兵衛・宇平の七回忌に当たる二月七日、文助は、福泉寺和尚に祈祷を願い、布施二十疋を差し出し、塔婆を立てただけである。

そして、五月七日に、三代源兵衛・源右衛門（命日五月二十日）の二十三回忌の取り越し法事と、四代源兵衛・宇平の七回忌の取り延べ法事を併せて営む。

良興寺和尚を招いて、一汁七菜でもてなし、布施三十疋を差し出す。父・治兵衛、利兵衛、与左衛門、重蔵、半六（以上下町）、岡右衛門（藤屋）、善助（若松屋）、喜左衛門（松屋）、分蔵（白木屋）、平太夫（菓子屋）の十人が、斎の相伴をする。調菜は、源治郎（万屋内）が担当した。平太夫は、清八の一族である。

飾り餅は、村内外の十七ヶ所に配った。村外は良興寺（東城村）、伊奈弥惣右衛門（寺嶋村）、糟谷直右衛門（荻原村）の三ヶ所。

村内は、利兵衛、与左衛門、吉兵衛、重蔵、忠右衛門、半六（以上下町）、岡右衛門（藤屋）、兵治（鍋屋）、善助（若松屋）、喜左衛門（松屋）、分蔵（白木屋）、平太夫（菓子屋）、忠八（川崎屋）、善六（大工）の十四ヶ所である。

村外の糟谷直右衛門の十一個以外は、村内外とも九つずつで、今回、赤餅を配ったのは、与左衛門だけである。

斎米の献納を取りやめる

五月二十日の源右衛門の二十三回忌正当では、取り延べていた三月四日が命日の源右衛門姉・と己の三十三回忌と併せて、町内の浄土宗・福泉寺の和尚を招いて法要を営む。呼び人なしの一汁三菜でもてなし、布施三十疋を差し出し、二霊分の塔婆二本を立てた。

この文化十年の十月十日は、宇平妻・ひさの十三回忌だが、急に約《つづま》やかになる。文助は、良興寺和尚を招いて法要を営み、斎を催すが、呼び人は、ひさの在所の若松屋善助と、父・治兵衛の二人だけ。布施は二十疋である。

飾り餅も、村内の利兵衛（下町）、与左衛門（同）、彦十（同）、新兵衛（池田屋）、善助（若松屋）、忠八（川崎屋）、喜左衛門（松屋）、清八（菓子屋）、分蔵（白木屋）の九人に配るに止めた。全員九つずつで、与左衛門と、喜左衛門には、赤餅を渡した。

また、文助は、福泉寺で祈祷してもらい、布施二十疋を差し出し、塔婆を立てるが、予定していた斎米一升の献納を取り止めた。十一月十三日には、母・ちせが他界する。文助が二十八歳、松も十八歳になっていた。

村方文書によれば、文化十年の水田の収穫は、皆無であった。このため、文助は、斎米の献納を取り止めたのだろう。また、早くから凶作を予想して、二つの年忌を併せて営むなど、法事の出費を抑えたようだ。

文助は凶作脱出を神に願う

年が明けた文化十一（一八一四）年は、皇帝ナポレオンが退位させられ、エルバ島に流されるが、文助にとっても、辛い年になる。

二月二十六日の初代源兵衛の祥月命日に合わせ、福泉寺の顕光和尚に頼み、四代源兵衛・宇平の乳母（命日三月四日）の二十三回忌法要を引き上げて営む。

和尚に布施二百文を差し出し、塔婆を立て、一息つくと、文助は、家内の恵、嘉助、その、の三人を呼んだ。

「骨休みを兼ねて、京へ参詣に行って来んかいのん、ほい」

「それはまた、何ゆえ？　去年は、田んぼが壊滅状態。お店も大変だと思いますが……」

嘉助が驚いた表情を見せ、訝しげに問う。

「うむ。そちの申す通りじゃ。米は獲れぬし、客も少のうなった。今年は、何とかせねば、と思うての。『苦しい時の神頼み』と申すではないか」

文助は真顔である。

「はあー。そりゃ、そうですが……」

三人とも、同調せざるを得ぬ、といった表情になり、嘉助が代表して答える。

「どうせ、願いごとをするなら、いっそ、京まで出向いた方が、良いんじゃないか。そう思うてのん」

「かしこまりました。ならば、参りましょう」

三人は、頷きながら答える。

「ほんじゃ、頼むのん」

三月十二日、恵、嘉助、その、の三人が京参りに出発する。行く先は、養父の四代源兵衛・宇平の妻・ひさが訪れて霊験のあった、稲荷神の総本社・伏見稲荷である。

三人は、五穀豊穣と商売繁盛を願い、十八日後の三月三十日、無事帰宅する。蕗《ふき》四把、鯒《こち》一本、丸揚げ二丁、椎茸、牡丹餅、茶飯等の留守見舞いの品をもらった十二人を含め、十七人に蝋燭五丁、五種香一服、手拭い一筋、団扇一本等の土産品を配った。

だが、三人の京参詣も、ご利益はなく、村方文書によれば、文化十一年も、前年の文化十（一八一三）に続いて、水田の収穫は皆無だった。文化十一年には、諸国の飢饉が横須賀村にも及んだ、と言われる。このため、田畑を手放す村民も出始める。

こうした中、文助は、流れ地となった上町に住む清水八左衛門所有の村内八王子地内の田畑十五筆、計約二反九畝（石高約三石三升）を、八十両で購入する。

文助と八左衛門との関係は分からないが、流れ地を買うのは初の試みで、先代・宇平の蓄財が、助けになったのかもしれない。五代源兵衛を襲名して、八年目のことである。

跡取りの幼名は弥四郎

諸国に飢饉が波及した文化十一年も、暮れかかった十二月十三日昼七つ時（午後四時ごろ）、待望の第一子が生まれる。文助が二十九歳、松は十九歳である。

『萬般勝手覚』に、何故か、松と文助の婚礼、町内への披露等の記載がない。二人は、幼いころから一緒に住んでおり、既定の事実で、改めて披露する必要がなかったのではないか。実質的に二人が結ばれたのは、文化十一年の初めか、前年の文化十年であろう。

第一子は男児で、弥四郎と名づけられた。弥四郎は、初代源兵衛と同じ名前である。また、前にも触れたが、伯父で、養父でもある四代源兵衛・宇平の幼名も、弥四郎であった可能性が大きい。ひょっとすると、万屋では、二代以降は嫡男の幼名を代々、弥四郎と名付けていたかもしれない。何故なら、本家の当主が喜左衛門を名乗る前は代々、喜三郎を名乗っているからだ。

万屋代々当主の幼名が、弥四郎でなかったとすると、五代源兵衛・文助は将来、六代源兵衛を名乗ることになる長男に、「初代のような、また、養父のような男になって欲しい」との願いを込めて、弥四郎と名づけたのであろう。

弥四郎の出生を祝い、四十一ヶ所から見舞いの金品が届いた。お強《こわ》三升、饅頭十六から三十、菓子袋、ウグイ三本、瓜漬け三、山の芋五ツ、酒一升、絞り八尺、産着、扇一対等の品物がほとんどだが、下横須賀村荒子の取上《とやげ》婆さ・りわの子・吉十、本町の松屋喜左衛門、下横須賀村須の加藤治左衛門は、銀二朱を寄せた。

当初から登場する〝上横の彦十〟は、若松屋彦十として菓子袋を寄せる。若松屋に勤めるようになったのか、それとも、若松屋として独立したのだろうか。喜平は、はりまや喜平として初登場、饅頭三十個を届ける。

文助は、十九日に下横須賀村荒子の取上婆さ、げん（利兵衛母）、かよ（下町）、もと（ひさ妹）、りつ（白分）、なよ（藤屋）、なき（川崎屋）、かの、きぬ、う多、かふ、きりや等世話になった女中方十五人を呼んで、七夜の祝儀を行う。家内八人、東店三人も列席する。荒子の取上婆さには、礼として金二百疋と半紙等を差し出した。

かよは寛政三（一七九一）年の三代源兵衛・源右衛門の五七日斎以来、げんは寛政四年の四代源兵衛・宇平乳母の葬式以来、かのは寛政八年の松の七夜祝儀以来、かふは享和元（一八〇一）年に、四代源兵衛・宇平の妻・ひさの病気見舞いを寄せて以来、きぬは同年の、ひさの灰葬以来、う多は文化四（一八〇七）年の、ひさ七回忌以来の付き合いである。

このほか、村内を中心に、村内外の四十二軒に、祝いの餅を配った。村外は、糟谷直右衛門（荻原村）、清十（友国村）の二軒だけである。

上横須賀にも伊丹の酒

弥四郎が生まれた翌年の文化十二（一八一五）年は、ナポレオンがエルバ島を脱出、皇帝に復帰するが、ワーテルローの戦いで敗れ、〝百日天下〟に終わり、セントヘレナ島に流される。文助にとっても、浮沈の激しい一年となる。

四月二十九日、文助は、初節句を迎える跡取り・弥四郎を、家内の嘉助の案内で、法六町と町内に披露。二十六人から祝いの品を受ける。

この中に、丸屋・源七がいるが、『萬般勝手覚』に、起筆当時の天明四（一七八四）年から、登場してきた源七という名が、以後、現れることはない。はりまや喜平もいるが、以後、江戸時代に登場することはない。

祝いの品は、「酒一升」が最も多いが、受納品一覧に、一件だけ「男山一升」と書かれたのがある。わざわざ、酒の銘柄が書いてあるのは、当時、「男山」は、地酒とは一線を画す、高級酒だったからである。

「男山」は、清酒発祥の地とされる摂津伊丹（兵庫県伊丹市）の酒。当時、伊丹産の酒は、「伊丹酒」として名を轟かせ、江戸に「下《くだ》る」酒の中でも別格であった。贈り主は、男の子の誕生祝だから、伊丹酒の中でも「男山」を選んだのであろう。

伊丹「男山」の酒造元・木綿屋は、寛文（一六六一――一六七二）年間に創業し、明治に廃業している。理由は、はっきりしないが、明治時代に入って行われた酒造制度の変更と、酒税の大幅な引き上げが原因、と思われる。

ほかの祝い品は、鰹節、鯛一枚、豆腐五丁、火鉢等だが、もう一つ、茶わん五入《いり》が注目される。贈答品の茶碗は、薄くて軽い磁器と考えられる。

磁祖・民吉が、九州から尾州瀬戸村に帰り、染付磁器作りを大々的に始めて八年が経つ。瀬戸の磁器は、このころには、高級品だが、庶民にも手が届くようになったのだろう。

初節句を祝い柏餅を配る

五月一日には、跡取り・弥四郎の初節句の祝儀として、文助は、村内を中心に、十八人に柏餅を配る。村内は利兵衛、与左衛門、房右衛門（以上下町）、万吉（茨木屋）、半六（池田屋）、岡右衛門（藤屋）、治太夫（大黒屋）、兵治（鍋屋）、伊右衛門（きりや）、善助（若松屋）、忠八（川崎屋）、松屋喜左衛門）、分蔵（白木屋）、清八（菓子屋）、善六（上町）の十五人。

半六が、前年の文化十一年から池田屋半六として登場する。村内には、池田屋新兵衛がいる。十三年前の享和元年から『萬般勝手覚』に登場し、前々年の文化十年には退場する。半六が新兵衛の跡を継いだのだろうか。

房右衛門は、弥四郎披露の際、祝い品を寄せた。八年後の文政六年二月の四代源兵衛・宇平の十七回忌と妻・ひさの二十三回忌まで、しばしば『萬般勝手覚』に登場する。糟屋の屋号を持つので酒屋ではないか。

伊右衛門は、法六町に住し、八年前となる文化四年に営まれた宇平の葬儀に出席するのが初出。以来、文政六年の宇平十七回忌まで登場する。文助の知己であろう。

村外は、糟谷直右衛門（荻原村）、加藤治左衛門（下横須賀村）、荒子の取上婆《とやげ》さ（同）の三人である。

五月二十日は、三代源兵衛・源右衛門の後妻で、養父の四代源兵衛・宇平の継母に当たる、しなの三十七回忌である。この日は、源右衛門の祥月命日でもある。

文助は、町内の浄土宗・福泉寺の和尚を招いて法要を営む。斎を供すが、呼び人は、三代源兵衛・源右衛門の異母弟で、父の治兵衛一人。布施二百文を差し出し、塔婆を立てる。

飾り餅は、村内外の十一人に、白の餅を九つずつ配る。赤の餅はない。村外は、しなの在所・伊奈弥惣右衛門（寺嶋村）ただ一人。村内は利兵衛、与左衛門、房右衛門、忠右衛門（以上下町）、半六（池田屋）、喜左衛門（松屋）、清八（菓子屋）、岡右衛門（藤屋）、善助（若松屋）、白分（白木屋分蔵）の十人である。

父と弟を相次いで失う

八月に入ると、文助を大きな悲しみが襲う。

「治兵衛殿が、お亡くなりになりました」

二日、東店から知らせが入る。

「なにっ、親仁殿がか……。一体、如何致したんじゃ？　五月の法要に呼んだ折は、至極元気じゃったが……」

「卒中のようで、突然、倒れられ、そのまま……」

「左様か」

文助は、放心したように力なく頷くと、肩を落とした。

同じ八月の二十六日には、治兵衛の二男・治作の訃報が入る。

「なに、今度は、弟か」

文助は、目を剥き、信じられない、といった表情で絶句する。

父と弟の相次ぐ他界にもめげず、文助は、法六町の鍋屋兵治からの流れ地である五反田の中田二筆、計約一反四畝（石高約一石七斗五升）を三十両で購入する。

万屋は、兵治と、三代源兵衛・源右衛門の代である寛政四（一七九二）年から慶弔等の餅配り、見舞い品、祝い品のやり取りをしており、頼まれたのかもしれない。

四年連続の凶作に見舞われる

村方文書によれば、文化十二年も、大洪水により、田畑の収穫が皆無となった。これで、水田の収穫がないのは、三年続きである。兵治も、田畑の一部を手放さざるを得なくなったのだろう。

この文化十二年の大洪水も、上流の他領・岡山村で、矢作古川の自然堤防が、決壊したことによるもので、二十六年前の三代源兵衛・源右衛門の時代にあった、寛政元（一七八九）年の大洪水を彷彿とさせる。

翌文化十三（一八一六）年、文助は父・治兵衛の一周忌正当の八月二日に、弟・治作（命日八月二十六日）の一周忌と併せて、良興寺の和尚を招いて法事を営む。斎を供し、布施三十疋を差し出す。

斎の呼び人は、本家・松屋の喜左衛門と、一統の菓子屋清八のほかは、かよ、かふ、と己（以上下町）、げん（利兵衛母）、見よ（若善娘）、りつ（白分）の女中方で、総勢八人。

げんは寛政四年以来二十四年の付き合い。と己は、げんと共に十三年前の享和三年五月に、文助と松が、はしかに罹った際、見舞い品を寄せた。二年前の文化十一年には、文助長男・弥四郎の出産見舞いを寄せている。

りつは、同年の弥四郎の七夜祝儀に招かれた。かふは、享和元年、四代源兵衛・宇平の妻・ひさの病気見舞いを折節寄せており、付き合いは十五年になる。

八月二十六日は、二代源兵衛の祥月命日。弟・治作の一周忌正当でもあり、町内の浄土宗・福泉寺の和尚を招いて斎を営み、塔婆を立てる。布施は二百文。これ以外は、前年もそうだが、簡単な祥月命日の法要だけである。

村方文書によれば、文化十三年も、前年に続いて出水に見舞われる。川下の幡豆郡八幡川田《はちまんかわだ》村（現吉良町）で、矢作古川の自然堤防が切れ、田畑に大きな被害が出た。文助も、その対応に追われていたのだろう。凶作は、四年連続となる。

渡内・甚太夫の流地を購入

文化十四（一八一七）年は、凶作が続く中、年忌の多い年となる。このため、文助は、二つずつまとめ、一緒に営む。

初代源兵衛・弥四郎の祥月命日の二月二十六日に、翌日が命日の子供のうちに他界した、もう一人の弟・万作の十七回忌を併せて、町内の浄土宗・福泉寺和尚に法要を願い、布施二十疋を差し出す。

三代源兵衛・源右衛門の姉・と己の三十七回忌に当たる三月四日には、やはり、福泉寺に祈祷を頼み、塔婆を立てる。

五月二十日は、三代源兵衛・源右衛門の二十七回忌。義理の母に当たる四代源兵衛・宇平の妻・ひさ（命日十月十日）の十七回忌の法要を引き上げて、良興寺の新住持を招いて、一緒に勤める。斎の呼び人は、利兵衛、重兵衛、忠右衛門、与左衛門、房右衛門（以上下町）、忠八（川崎屋）、白分（白木屋分蔵）、岡右衛門（藤屋）、善助（若松屋）、喜左衛門（松屋）、平太夫（菓子屋）の十一人である。布施も五十疋とはずむ。

天明四年の『萬般勝手覚』の起筆当時から登場する与左衛門は、今回が最後。少なくとも三十三年間の付き合い。二代にわたるのかもしれない。重兵衛は、初出だが、二年後の文政二年までの付き合いとなる。

翌文化十五（一八一八）年は、仁孝天皇の前年即位に伴い、四月二十二日に文政と改元されるが、その一ヶ月前の三月四日は、養父で伯父に当たる四代源兵衛・宇平の乳母の二十七回忌法要を営む。福泉寺和尚を招請して、呼び人なしで斎を行い、布施二十疋を差し出し、塔婆を立てる。これ以外は、祥月法要の簡単な記載だけである。

文助は、この文化十四、十五（文政元）年も依然として、文化十年から続く凶作、文化十二、十三年と二年連続の水難の対応に追われていた、と思われる。

そうした中で、文政元年、渡内・甚太夫の流れ地である宮後の二ヶ所の上田併せて約八畝（石高約一石一斗七升）を、十四両二分で購入する。

甚太夫は、現当主・五代源兵衛となる又門の出生を祝って産着、妻・松の出生時には、木綿半反と餅一機を届けた万屋の古くからの知己の一人である。

文政二年二月、組頭に就任

年が明け、文政二（一八一九）年正月を迎えた。五代源兵衛・文助は、万屋と懇意な庄屋・大黒屋治太夫に呼び出される。

「源兵衛殿、済まぬが、組頭を引き受けてもらえまいか」

治太夫は、水難を受け続ける中で、商売を繁盛させ、流れ地となった水田や、畑を購入した文助の働きに期待をかけたのである。

「どなたかが、都合が悪くなられたので……」

「うむ。実は、九郎左衛門殿の病状が思わしくなくてのう」

「左様で……。しかし、私は……。ほかに適任の方がいらっしゃるのでは？」

「近年の水害で、陣屋に色々と願い事をせねばならぬ。そちの手腕を借りたいんじゃ。家業も大変じゃと思うが、短期間で構わんから、何とか受けてもらえんかのん、ほい」

治太夫は、頭を下げながら懇願する。

「分かりました」

文助は、庄屋・治太夫の申し出を受けた。

村方文書によれば、上横須賀村の与《くみ》（組）頭の一人・九郎左衛門が病で、役を勤めることが困難になったとして、役職辞退の申し出があり、五代源兵衛・文助が後役に推挙された。

沼津藩主で、領主・水野出羽守の碧海郡大浜陣屋（現碧南市）に提出された村役人推挙の文書に「源兵衛は、前々から実体《じってい》まじめで、正直者」とある。堅実な性格で、処世術にも長けていたのであろう。

文助は、二月から村方三役の組頭に就任する。時に三十四歳。円熟の境地を迎えていた。上横須賀村の村方三役、つまり村役人は、庄屋（文政六年から名主）一人、組頭三人、百姓代二人で構成されており、文助は組頭の末席に名を連ねる。

就任した月に村役人の初仕事

文助が組頭に就任した文政二年二月の七日は、養父の四代源兵衛・宇平の十三回忌。良興寺和尚を招いて、法要を営み、布施三十疋、供に二十四文を差し出す。斎は、茶菓子付きの一汁三菜と質素に勤める。

その代わりなのだろう、呼び人は大吉、利兵衛、久介、房右衛門、重兵衛、かふ（以上下町）、治太夫（大黒屋）、伊右衛門（きりや）、久五郎（万屋）、岡右衛門（藤屋）、善助（若松屋）、喜左衛門（松屋）、分蔵（白木屋）、清八（菓子屋）、甚助（店の者）、幸吉（中野村）、利助（木田村）の十七人と多い。

神籤の〝大当たり〟のような大吉は、初出で、再登場もない。吉兵衛の親子を区別するため、親の吉兵衛を大吉と表現した可能性がある。久介も初出で、八年後の文政十年まで付き合いが続く。十八年前の享和元年から付き合ってきた、かふは今回が最後。

木田村の利助も初出。万屋と如何なる関係かは不明だが、親類で、以後も、しばしば登場する。幸吉は、八年前の文化八年当時は、万屋に勤めていた。呼び人の利兵衛、久五郎、店の甚助が、調菜を担当。店の彦蔵と幸吉が、配膳等の手伝いをした。

飾りも、「水難後五ヶ年中は休む」との村中の申し合わせから、村内はなく、他村の伊奈弥惣右衛門（寺嶋村）、糟谷直右衛門、糟谷忠右衛門、糟谷弥助（以上荻原村）の四軒からカワタケ、麩等が寄せられただけである。

この水難とは、『萬般勝手覚』に記載はないが、前述したように、村方文書にある矢作古川の自然堤防決壊により、五年前の文化十二（一八一五）年六月と、四年前の文化十三（一八一六）年閏八月の二年連続で起きた洪水のことである。

そして、この二月、文助は、村役人として初の仕事を務める。

上横須賀村の村方三役である庄屋・治太夫（大黒屋）、上席組頭の清兵衛（河内屋）、五太夫の二人、仲右衛門、岡右衛門（藤屋）の百姓代二人とともに、文化十二、十三年に発生した矢作古川の本囲堤《もとかこい》（自然堤防）の切れ込み（決壊）に伴う租税定免の継続を、領主・水野出羽守の大浜陣屋に願い出る。

さらに、翌文政三（一八二〇）年十月に、被害を受けた村内の自然堤防の村による自普請、十一月には自普請した後の堤敷きについては、租税永引きの許可を願う。

村役人一同で考えた結論である。ただ藩に救援を求めるだけではなく、自分たちの身も切る、相互扶助の復興策を提案したのである。自然堤防の村による自普請を願い出て、その代わりに堤敷きの租税永引きを要望するやり方は、まさに地方自治の原点と言えよう。

頻繁に行われた村役人の異動

文政三年時の庄屋は、治太夫が病で急死したため、兵治（鍋屋）に交代、組頭は五代源兵衛・文助（万屋）のほかは岡右衛門（藤屋）、庄屋をしていた治太夫の息子・治太夫（大黒屋）に交代。百姓代も仲右衛門と、もう一人が本家・喜左衛門（松屋）に交代している。

上横須賀村では、村役人は病死、病気による体調不良等で交代、異動が、かなり頻繁に行われており、庄屋（名主）を含め、代々同じ家が勤める訳ではなく、常に実働部隊であった、と考えられる。ただ、庄屋・名主は、村内のトップクラスの財力と、格式を持った家から出されたようである。しかし、農家兼業だが、商家が多かったためか、江戸時代を通じて、かなりの消長が見られる。

なお、本家の喜左衛門（松屋）は、文政十（一八二七）年に名主を勤め、天保八（一八三七）年から天保十五（一八四四）年まで、八年間にわたって名主の地位にあった。

組頭就任翌年の文政三年は、文助が村役人の仕事に、忙殺されたためであろうか、『萬般勝手覚』は、十月まで祥月命日の法事の簡単な記載だけである。

十一月に入ると、文助は、十三日の母・ちせの祥月命日に併せ、幼くして他界した妹・しま（命日十一月二十三日）の二十三回忌法要を営む。福泉寺和尚を招いて斎を催し、布施二十疋を差し出し、塔婆を立てた。

松の罹病で父の七回忌法事を延期

文政四（一八二一）年は、家内に何ごともなく半年が過ぎ、、夏も終わり、秋を迎えようとしていたが、七月下旬、文助の妻・松が痢病を患う。夫の文助が慣れぬ村役の仕事に追われていたため、心労が重なったのであろう。

村内の十七人から、饅頭百文分、氷砂糖少々、菓子一折、素麺七包、干しうどん二包、うどん二升余、梨六ツ計《ばかり》、山の芋五本、小鯛七ツ、イナダ三本等の見舞いの品が寄せられる。

幸い、松は、六日間ほどで快癒したが、文助は、父・治兵衛の七回忌法要を、命日の八月二日に勤めることが出来なかった。このため、弟・治作の命日の八月二十六日に、治作の七回忌法要を併せて、良興寺和尚を招いて営む。

斎の呼び人は、利兵衛、恵二、久介（以上下町）、重吉（左官）、大工（善六）、万久（万屋久五郎）、善助（若松屋）、喜左衛門（松屋）、白分（白木屋分蔵）、清八（菓子屋）、彦蔵（店の者）の十一人で、布施は三十疋を差し出した。

恵二は初登場。四年後の文政八年十一月の母・ちせの十三回忌に、飾り餅が配られるのが最後。父母の知己と思われる。重吉も初登場で、翌文政五年までの付き合い。

飾りは、母の里・糟谷善右衛門、糟谷庄兵衛、糟谷幸右衛門（以上冨田村）、伊奈弥惣右衛門（寺嶋村）の村外四人と、村内十一人の、合わせて十五人に配った。村外に荻原村の糟谷関係者がいないのは、万屋本体ではなく、父と弟の年忌のためであろう。村内の十一人は、呼び人と十人が同じで、利兵衛（下町）の代わりに権平（同）に配った。

また、この八月二十六日は、二代源兵衛の祥月命日。弟・治作の七回忌を兼ねた祈祷を町内の性勒《せいろく》尼に《に》願い、布施二十疋のほか、米一升、蝋燭二丁を差し出した。性勒尼に年忌を依頼するのは、今回が初めて。

性勒尼が『萬般勝手覚』に初登場するのは、十六年前の文化二年十月。松の疱瘡見舞いを寄せた。法事を依頼したのは前年の文政三年が初めて。六月二十一日の四代源兵衛・宇平実母の祥月命日に祈祷を願った。寿永の後を継いだ地蔵堂の尼僧と考えられる。

松が第二子となる女児を出産

翌文政五（一八二二）年は、晩秋を迎えた九月二十六日昼四つ半時（午前十一時ごろ）、文助の妻・松が第二子である女児を出産。こぎと名付ける。

松が、二十七歳の時である。兄・弥四郎とは八つ違いになる。四十一人が、饅頭百文分、煎餅十五枚、牡丹餅二升余、菓子袋一ツ、鯔《いな》五ツ、クジメ九ツ、赤鯛一枚、里芋二升余、瓜漬け、沢庵漬け、縞産着等の見舞い品を寄せる。

十月一日には、七夜の儀を催す。下横須賀村荒子の取上婆さ、げん（下町）、きぬ（同）、その（店の者）、とき（樽屋伊七内室）、なよ（藤屋）、せ以（万久娘）、見よ（若善娘）、なき（川崎屋忠八内室）、松屋、りつ（白分）、重吉（左官）等十四人を呼び、一汁三菜でもてなす。

今回も、町内の利兵衛を調菜人に頼み、店の彦蔵が手伝った。荒子の取上婆さには、礼物として、金二百疋のほか、餅一重を手渡した。

ときは、二十一年前の享和元年に宇平妻・ひさの病気見舞いを寄せた。『萬般勝手覚』には、と己も登場する。五年後の文政十年時点では、「菱屋と己」とある。ときと、と己は別人のように思える。

そのは、幡豆郡平原村（現平原町）の出身。三代源兵衛・源右衛門の晩年、麦秋に日傭として万屋に出入り。源右衛門の介護にも携わった。その後、宇平に下女として雇われた。八年前の文化十一年には、文助の命で、店の嘉助等と商売繁盛を願い、京参詣に出かけた。後に東店に移り、婆さになるまで勤める。二十六年前となる宇平の道明け以来、交際が続いた、なよは今回が最後。

樽屋伊七は、こぎ出生の際、見舞い品を寄せ、この日の七夜祝儀に内室が招かれた。翌文政六年の宇平十七回忌・ひさ二十三回忌の合同法要の斎に招かれるのが最後となる。前年の父・治兵衛と弟・治作の七回忌に呼ばれた重吉は、こぎの出生に当たり、見舞い品を寄せたことから呼ばれたが、今回が最後の登場である。

年の瀬を迎えた十二月、文助は、上町に住む大工の善六に頼まれ、上畑二十六歩（石高約一斗一升）を一両で購入する。

宇平と妻・ひさの年忌を一緒に

文政六（一八二三）年は、養父である四代源兵衛・宇平と、その妻・ひさ、それに三代源兵衛・源右衛門の年忌の年である。

宇平の命日に当たる二月七日朝、良興寺の和尚を招いて、宇平の十七回忌と、八ケ月引き上げた、ひさの二十三回忌（命日は十月十日）の法事を一緒に営んだ。

文助は、昨秋が娘の誕生で、物入りだったため、経費節減を図ったのではないか。夫婦一緒なら大義名分が立つからであろう。その代わり、一回の法要としては盛大に営んだ。水難からは、八年近くが経つ。

米およそ二斗とキビ五升で、飾り餅を搗く。全部で二百五十二個にまとめ、村内外の二十八軒に九つずつ配る。村外は良興寺（東城村）をはじめ、伊奈弥惣右衛門（寺嶋村）、利助（木田村）、糟谷林

右衛門、糟谷忠右衛門、糟谷弥助（以上荻原村）の六軒。

村内は、権平、馬久、半兵衛、彦八（以上下町）、伊七（樽屋）、岡右衛門（藤屋）、才兵衛（大竹屋）、善助（若松屋）、忠八（川崎屋）、平蔵（白木屋）、喜左衛門（松屋）、白分（白木屋分蔵）、清八（菓子屋）、半六（池田屋）、兵治（鍋屋）、万久（万屋久五郎）、河清（河内屋清兵衛）、房右衛門（糟屋）、伊右衛門（きりや）、幸吉（中野村）、甚助（幡豆）、彦蔵（店の者）の二十二軒である。

馬久は、二年前の文政四年七月、松が罹病の際、見舞い品を寄せた。略称であろう。正式名は、分からないが、馬方と思われる。すると、馬屋久兵衛、馬屋久介とでも言ったのかもしれない。

四十年近く前の天明四、五年当時に、上町に住していた久兵衛がいる。近年では、九年前の文化十一年、文助の長男・弥四郎の生誕見舞いを寄せた銭屋久兵衛がいる。この二人の久兵衛、文政四年から登場する久介と馬久との関係は分からないが、馬久は、今後十八年間にわたり登場する。

半兵衛は初登場。二年後の文政八年に営まれる母・ちせの十三回忌には飾り餅を配られ、四年後となる文政十年の四代源兵衛・宇平妻・ひさの二十七回忌の斎に相伴するのが最後である。才兵衛も初出だが、以後、明治時代まで、長期にわたって登場する。

甚助は四年前の文政二年まで、万屋に勤めていた。幡豆が在所で、その後も村内で勤めているのか、幡豆に戻ったのか、どちらかであろう。中野村が在所の幸吉も、十二年前は万屋に勤めていた。

本山の東本願寺に初めて献金

さらに、斎では、飾り餅の配布先と十四人が同じだが、男女二十人もの呼び人を招いて、良興寺和尚を含め二十一人を一汁七菜でもてなした。布施も五十疋とはずんだ。本山にも二十疋を献上した。本山への献金は、今回が初。本山は、京都・東本願寺である。

呼び人は、男衆が兵治、半六、万久、岡右衛門、才兵衛、伊七、馬久、半兵衛、善助、喜左衛門、白分、清八、甚助、幸吉、利兵衛（下町）、利助（木田村）の十六人。

女中方は、なき（川崎屋）、りつ（白木屋）、きぬ、う多の四人。う多は、きぬと共に、十六年前の文化四年のひさ七回忌に続いて、文化八年の親鸞聖人五百五十回忌、文化十一年の源治郎七夜祝儀に参列している。性勒尼には送り膳をする。勝手方は、斎の参集者の半兵衛と利兵衛が担当した。

五月二十日は、三代源兵衛・源右衛門の三十三回忌である。良興寺和尚を招いて法要を営み、布施二十疋を差し出す。宇平夫婦の年忌を盛大に、営んだだけに、約やかである。斎の呼び人は、ごく近い親戚の宇平妻・ひさの在所・若松屋善助、本家・松屋喜左衛門、一統の菓子屋清八の、わずか三人で、飾り餅配りもない。

十月十日の義母に当たる宇平妻・ひさの二十三回忌正当は、良興寺和尚を招いて、斎の呼び人なしで、法要を営む。布施は十疋を差し出す。このほか、町内の浄土宗・福泉寺で、斎米三升、蝋燭二丁、布施百文を差し出し、祈祷をしてもらい、塔婆を立てた。

文政七、八、九年は簡単な記載

文政七（一八二四）年は、三月四日が四代源兵衛・宇平の乳母の三十三回忌だが、町内の浄土宗・福泉寺に、祈祷を願っただけ。祥月命日並みの法事である。

そして、文助は四月、法六町に住む八右衛門所有の一ノ割の上畑等三筆、計八畝一歩（石高十斗一升五合）が、流れ地となったため、約九両一分二朱で購入する。

前年の文政六年は、凶作だったようで、八右衛門は、田畑の一部を手放さざるを得なくなったのだろう。八右衛門は、二十五年前の寛政十一年、松が、四歳になった内祝いに鯛を届けた。九年前の弥三郎の初節句には、祝い品として樽酒一升を寄せている。

夏も終わりの七月二十九、三十日、使用人の惣重、重野の二人が、相次いで発熱、下痢を伴う急症にかかった。八月二日までに、深尾（嘉門）、織田（立像）、米津（玄通）、浅井の各医者を頼んだ。

尾州・瀬戸村では、四代源兵衛・宇平が死去した文化四年、九州から帰村、瀬戸窯業を隆盛に導き、磁祖として崇められるようになった陶工・民吉が、七月四日に死去する。行年五十三。この年、万屋の使用人も罹った伝染性の急症が、流行ったのかもしれない。

文政八（一八二五）年は、十一月十三日、母・ちせの十三回忌法要を営む。良興寺和尚を招いて斎を催す。呼び人は、二年前となる文政六年の三代源兵衛・源右衛門の三十三回忌法要と同じで、若松屋善助、松屋喜左衛門、菓子屋清八の三人。調菜人は利兵衛。店の彦蔵が手伝った。布施は二十疋、本山へも十疋を差し出す。

飾りは、十五人に配る。村外は良興寺（東城村）のほかは、伊奈弥惣右衛門（寺嶋村）、母・ちせの在所・糟谷善右衛門、糟谷庄兵衛、糟谷幸右衛門（以上冨田村）の四人。

村内の十一人は恵二、利兵衛、馬久、半兵衛、八才（以上下町）、半六（池田屋）、藤岡（藤屋岡右衛門）、安右衛門（江戸屋）、万久（万屋久五郎）、若善（若松屋善助）、喜左衛門（松屋）、白分（白木屋分蔵）、

清八（菓子屋）、兵治（鍋屋）、彦蔵（店の者）である。

初出の八才は、四年前の文政四年、松が罹病の際、見舞金を寄せた。十五年後の天保九年まで交流がある。安右衛門も初出。十一年後の天保七年まで付き合うことになる。

また、町内の浄土宗・福泉寺では、布施十疋、斎米三升と蝋燭二丁を差し出し、祈祷してもらった。この年の『萬般勝手覚』の記載は、母・ちせの十三回忌だけで、祥月法事の記載もない。

翌文政九（一八二六）年は、『萬般勝手覚』に記載があるのは、祥月命日の法事だけである。年忌等がなかったためかもしれないが、村方文書によれば、文政九年は田畑の作柄が平年を下回った。このため、文助は、村役人の一人として、対応に追われたのだろう。

倹約令の初出は文政十年

文政十（一八二七）年、春本番を迎えた三月十五日朝、六歳になる長女・こぎが熱を出す。文助は、病気見舞いの品を断る。倹約令が出ていたためであろう。

それでも、親類や心安い家には断りきれず、三十四人から届けられた金品を受け取る。品物は、二十人からで、生姜《しょうが》糖一袋、菓子袋、煎餅十五枚、羊羹一本、うどん・蕎麦切、糝粉《しんこ》一重、蕎麦、鰹節二ツ等である。

金銭を寄せたのは十四人。二十四文から二百文で、百文が九人と最も多い。こぎの病は、十日後の二十五日ごろには快癒する。

五月二十日は、三代源兵衛・源右衛門の三十七回忌。良興寺和尚を招いて法事を営む。四、五月は農繁期を迎えるため、法事を引き上げて三月までに勤めることが多いが、今年は、娘・こぎが病を患ったため、三月に行うことが出来ず、この日になった。

斎の呼び人も、「時分柄せわしい」として、年忌が重なり、三月に出来なかった三十三回忌法事同様、善助（若松屋）、喜左衛門（松屋）、清八（菓子屋）の三人きりにした。布施は三十疋、本山へ十疋を差し出す。また、飾りは、倹約年限中だとして見合わせた。

町内の浄土宗・福泉寺では、布施二十疋、斎米一升、蝋燭二丁を差し出して、祈祷をしてもらい、塔婆を立てた。

天保年間（一八三〇―一八四四年）に入ると、『萬般勝手覚』には、毎年のように「倹約年限中」の記述があるが、文政十（一八二七）年が倹約令の初出である。

しかし、『萬般勝手覚』の記載から推測すると、文政六（一八二三）年ころから二つの法事を併せて営んだり、約やかにしたり、万屋の財政状況が厳しくなりつつある感じがする。沼津藩の財政も、このころから逼迫し始めたのではないだろうか。

東蔵の普請で法事を延期

この文政十年は、義母である四代源兵衛・宇平の妻・ひさの二十七回忌にも当たるが、命日の十月十日は、町内の浄土宗・福泉寺で、布施二十疋と斎米一升を差し出し、祈祷を願い、塔婆を立てるにとどめた。

文助は、『萬般勝手覚』に、こう記す。「東蔵の普請、秋中の故、法事相延ばし、十一月の仕上がりの砌《みぎり》、相勤め申したく候」。

つまり、文助は、倹約年限中にも拘わらず、開始時期は分からないが、十月十日ごろは東蔵の普請をしていたことが分かる。おそらく、東蔵が風雨等で被害を受け、急きょ普請せざるを得ないような状況に、追い込まれたのであろう。

取り延べた、ひさの法事は、十一月十五日に良興寺和尚を招いて行い、斎を催す。布施は三十疋で、本山へも二十疋を差し出す。

斎の呼び人は、利兵衛、半兵衛、久介（以上下町）、安右衛門（江戸屋）、半六（池田屋）、盈屋（同）、岡右衛門（藤屋）、善助（若松屋）、喜左衛門（松屋）、白分（白木屋分蔵）、清八（菓子屋）、忠八（川崎屋）、兵治（鍋屋）、才兵衛（大竹屋）、又七（本町）の十五人。

倹約年限中のため、五月に営んだ三代源兵衛・源右衛門の三十七回忌法要同様、飾りはないが、斎の呼び人は、近親者のわずか三人だった五月の三十七回忌に比べ、十二人も多い。源右衛門の三十七回忌法事の埋め合わせをしたのだろうか。

三つの法事を一緒に営む

文政十一（一八二八）年は、三代源兵衛・源右衛門の祥月命日の五月二十日に、同じ命日の源右衛門後妻・しなの五十回忌、取り延べておいた四代源兵衛・宇平の乳母（命日三月四日）の三十七回忌法要を併せて営む。

良興寺和尚を招いて、斎を供す。斎の呼び人は、前年に営んだ三代源兵衛・源右衛門の三十七回忌法要と同じ顔ぶれと言える善兵衛（若松屋）、喜左衛門（松屋）、清八（菓子屋）の三人だけである。むろん、飾りもない。布施は二百文。本山へも百文を献上する。

また、町内の福泉寺と、性勒尼に祈祷を願う。福泉寺では、布施二十疋と斎米一升を差し出し、塔婆を立てる。性勒尼には、布施二十疋を差し出す。

『萬般勝手覚』に、倹約年限中の文言はない。だが、飾りもなく、村方文書によれば、前年の文政十年に続いて、この文政十一年も水難で、作柄が悪かった。おそらく、倹約令が出ていたであろう。

文政十二（一八二九）年は、伯父で、養父の四代源兵衛・宇平（命日二月七日）の二十三回忌がある。二月五日、良興寺の和尚と後住を招いて、法要を引き上げて営む。布施は三百文、本山と後住にも二百文ずつ差し出した。斎を供し、茶飯付きの一汁五菜でもてなす。

呼び人は、岡右衛門（藤屋）、兵治（鍋屋）、安右衛門（江戸屋）、若善（若松屋善助）二人、喜左衛門（松屋）二人、川忠（川崎屋忠八）内儀、白分（白木屋分蔵）、清八（菓子屋）二人、石半・多け（下町）、利兵衛（同）、馬久（同）、才兵衛（大竹屋）、半六（池田屋）、万久（万屋久五郎）、林右衛門（幡豆）、清兵衛（幡豆郡行用村）の十九人。町内の性勒尼と、げんには送り膳をする。調菜人は、呼び人の半六が務めた。

石半は、略称。正式名称が分からないが、石屋であろうか。村内にいる半兵衛かもしれない。石半・多けは、七年前の文政五年、こぎ出生時、文政十年にこぎが熱を出した際にも見舞い品を寄せている。

糟谷林右衛門とは異なる幡豆の林右衛門、行用村の清兵衛は初出。幡豆の林右衛門は十一年後の天保十一年まで、しばしば登場する。行用村の清兵衛は六年後の天保六年までの付き合い。二人は、万屋の店員を勤めたのかもしれない。

斎の呼び人は多いが、倹約年限中だとして、飾り配りは、村方を止め、村外の良興寺の和尚と後住、荻原村の糟谷直右衛門、冨田村の糟谷善右衛門と糟谷庄兵衛、寺嶋村の伊奈弥惣右衛門の六人だけである。正当の二月七日は、町内の浄土宗・福泉寺で祈祷を願って、布施二百文を差し出し、塔婆を立てた。

村方文書によれば、文政十（一八二七）、十一年の水難により、作付けが出来ない所があることから、文政十二年から文政十四（一八三一）年まで、荒地は、開墾を終える三年間は免税、または貢租の軽減をする鍬下を領主から仰せ付けられた。

弥四郎が元服、弥三郎を名乗る

この文政十二年の四月四日、五代源兵衛・文助は、渡内の幸右衛門に立ち会いを頼んで、十六歳になった長男・弥四郎を元服させる。

幸右衛門は初登場だが、文助が元服する際の立会人・直右衛門の親族かもしれない。懇意な二十五人が酒一升を中心にイカ七ツ、アイナメ七ツ、鯛一枚、饅頭百文分、末広一対等の祝い品を寄せた。

弥四郎は、弥三郎を名乗る。初代源兵衛・弥四郎の上を行ってほしい、ということか。文助の長男にかける期待の大きさが見て取れる。

五月二十四日は、四代源兵衛・宇平の弟・周八の五十回忌に当たる。福泉寺に布施百文、斎米一升、蝋燭二丁を差し出し、祈祷を願う。

文政十三（一八三〇）年は、江戸の大火、京畿地震により、年の暮も押し迫った十二月十日に改元され、天保元年となる。万屋も何らかの異変に見舞われた可能性がある。

文政十三年（天保元年）から翌天保二（一八三一）年にかけての二年間は、『萬般勝手覚』に、祥月命日の法事二、三件の簡単な記載しかない。天保三年に至っては、祥月命日の法事の記載すらない。

天保三（一八三二）年二月下旬に、五代源兵衛・文助は、病床に伏すが、文政十三（天保元）年ごろから、健康状態が、あまり良くなかったのではないか。

三月に入ると、文助は、十七年前の文化十二年の流れ地等購入した五反田の中田二筆のほか、宮後、神ノ木の上、中、下の畑五筆、併せて約三反四畝（石高約四石二斗七升）を買い戻したい、という鍋屋兵治に五十両で売却する。兵治は、衰えていた家業の復興を果たしたが、文助は十分な働きが出来ず、経済的に苦しんでいたのかもしれない。

懇願され藤屋九平の土地を買う

十一月になると、文助の病が小康状態になったようだ。流れ地の買い手がなく、金策に行き詰った藤屋九平が病床の文助を訪ねた。十九歳になる弥三郎も同席している。

「源兵衛どん、体調がすぐれんようじゃのう」

「はい。ちっと……」

「ここんところ、米もあまり獲れんし、いろいろ苦労が絶えんからのう。こんな時に申し訳ないんじゃが、うちの田んぼを引き取ってもらえんかのう」

「……」

「お主の家も大変なことは、よう分かっちょる。商売で儲けが出たら、すぐにでも買い戻す所存じゃ。何とか、お願い申す」

「分かりました。多くは用立てられませんが、それでも良いとおっしゃるなら、何とか致しましょう。藤屋さんとは、岡右衛門殿のころからの長いお付き合いですから……」

「すまぬ。礼を申す」

九平は、正座して、頭を深々と下げた。

文助は、九平から、村内の来光、前田等の上田七筆、新田辻等の上畑三筆、併せて十筆の流れ地約四反五畝（石高約五石一斗六升）を買い受けた。価格は分からないが、相場からは、かなり安い値段と考えられる。

文助の晩年は毎年、倹約令

天保四（一八三三）年二月七日は、伯父で養父の四代源兵衛・宇平の二十七回忌である。良興寺和尚を招いて、法要を営む。布施は三百文。供には三十二文を差し出し、本山にも百文を献上した。

斎の呼び人は、四年前の二十三回忌より三人多い村内外の二十二人。村外は糟谷善右衛門（冨田）、加藤治左衛門（下横須賀村）、利助（木田）、林右衛門（幡豆）の四人。

村内は忠右衛門、権平、馬久、忠八、喜代蔵（以上下町）、安右衛門（江戸屋）、兵治（鍋屋）、九平（藤屋）、若善（若松屋善助）二人、善吉（同）、川忠（川崎屋忠八）なき、松喜（松屋喜左衛門）二人、

白分（白木屋分蔵）、清八（菓子屋）二人、池半（池田屋平六）の十八人である。

喜代蔵は初出で、翌天保五年に再登場する。文助の灰葬に参列し、香典を持参する。忠八は、厄介なことに下町に二人いる。一人は川崎屋忠八。もう一人の忠八は、二十八年前の文化二年、松が疱瘡を患った際に見舞い寄せて以来の付き合い。五年後まで続く。

他に家内、東店、合わせて十三人が列席する。松が生まれた四代源兵衛・宇平のころは、家内は四人だったから、使用人も増えて、最盛期を裏付ける。今回も性勒尼、げんに送り膳をする。

飾り配りは、二十三回忌と同じように少なく、東城村の良興寺、荻原村の直右衛門（糟谷）、冨田村の善右衛門（糟谷）、庄兵衛（同）、西尾の八左衛門（鈴木）と、他村の五ヶ所のみである。西尾の八左衛門は初出。寺嶋村の伊奈弥惣右衛門に代わって登場するが、両者の関係は分からない。『萬般勝手覚』に、何故か「倹約年限中」の文言がない。ところが、飾り配りは、他村ばかりなので、おそらく天保四年も倹約令が出ていた、と考えてよい。村方文書によれば、天保四年も凶作。それを裏付けるように、『萬般勝手覚』に宇平の二十七回忌以後、この年の記載はない。

文助の葬儀に百五十人が参列

天保五（一八三四）年二月九日は、三代源兵衛・源右衛門実母の百回忌に当たる。町内の浄土宗・福泉寺で祈祷をあげてもらい、布施十疋と斎米一升を差し出し、塔婆を立てると、病床にあった五代源兵衛・文助は、養生も叶わず、八日後の二月十七日昼九つ時（正午ごろ）、他界する。行年四十九であった。

弥三郎は、『萬般勝手覚』に、父・文助の病状について、次のように記す。

「辰（天保三年）二月下旬より病に相成る。名古屋・沼場様の薬を用いるが、はきはきと仕《つかまつ》らず。その後、飯沼様の薬を夜ごと用いるが、是にても、はきと仕らず。今年（天保五年）正月より日増しに体力が弱り候」

三代源兵衛実母の百回忌法要は、実際には六代源兵衛となる弥三郎が、取り仕切ったのであろう。前年に営まれた、四代源兵衛・宇平の二十七回忌法要も、弥三郎の仕切りだった可能性が大きい。

文助の葬式が、死去翌日の十八日に営まれる。良興寺和尚が上京中のため、代僧として、木田村にある同じ浄土真宗の正向寺老僧、伴僧二人、供三人が中心となり、源徳寺、福泉寺、称名院の長老、伴僧、供等が立ち合った。

養父・宇平の時の一・四倍に当たる百五十人ほどが参列する。町内の者、村内縁者のほかは、村内の兵治、長右衛門、九郎作（以上法六町）、仙蔵、傳十（以上本町）、伊兵衛（渡内）、玄通（上町）、彦蔵（大工）、甚吉（杉屋）の九人で、四つ時（午前十時ごろ）に始まり、八つ半（午後三時）に及んだ。

九郎作、杉屋甚吉は初登場。伊兵衛は、二十九年前の文化二年に松が疱瘡に罹った際、見舞い品を寄せた。三人とも、九年後の天保十四年まで、付き合いが続く。長右衛門は、先代であろうが、四十一年前の寛政五年、四代源兵衛・宇平が妻・ひさを披露した際に、祝いの品を寄せたのが初出。郷士の〝三人衆〟の一人・尾﨑士郎の先祖である。

翌十九日九つ半（午後一時ごろ）から灰葬。良興寺和尚が、まだ他行中のため、代僧の正向寺老僧と源徳寺和尚によって執行され、七十人分の食事を支度した。これも宇平の時の四十人に比べ、一・

七、八倍。
文助は、宇平の灰葬の際、「あまりに呼び人多し、重ねては減らすべき」と『萬般勝手覚』に記したが、弥三郎は、減らすどころか、大幅に増やした。父・文助が村役人を勤め、万屋の最盛期を築いただけに減らすことが、出来なかったのであろう。

布施は、良興寺（正向寺）に金百疋と白麻一反、伴僧の一人に二百文、残る二人に百文ずつ二百文、供三人に百文ずつ三百文、源徳寺の徳上和尚に三百文、伴僧二人に百文ずつ二百文、供二人に五十文ずつ百文、福泉寺和尚に三百文、供に五十文、称名院の長老に二百文、供に五十文を差し出した。

葬儀代は三代源兵衛の二・五倍

香典は、六十八人が寄せた。金銭を寄せたのは三十八人。最高額は宇平の時と同じ南鐐一片。四代源兵衛・宇平の時は、若松屋善助と白木屋分蔵の二人だったが、一人増え三人。白銀を寄せたのも、鍋屋兵治と鳥山利兵衛（西尾）の二人から一人増えて三人である。

南鐐一片を寄せたのは若松屋善助、糟谷善右衛門（冨田村）、鈴木八左衛門（西尾）の三人、白銀は鍋屋兵治、白木屋分蔵、鳥山傳兵衛（西尾）の三人。鳥山利兵衛と鳥山傳兵衛は同族なので、銀の香典提供者で増えたのは、糟谷善右衛門と鈴木八左衛門の二人である。

善右衛門は、文助の母・ちせの里、八左衛門は、前に触れたように、一年前の四代源兵衛・宇平の二十七回忌から、飾り餅を配る他村の縁者として、寺嶋村の伊奈弥惣右衛門に代わって登場した。

また、金銭を寄せた一人に万屋又七がいる。宇平朋輩・又七の嗣子であろうか。又七が万屋を冠して『萬般勝手覚』に記されるのは、今回だけである。

残る三十人からの香典の品は、五種香一袋、白檀香、朱蝋燭十六丁、蝋燭十丁から二十四丁、卯丸一包から三包等である。

弥三郎は、文助の介添人、湯潅《ゆかん》人等、病中、死後の世話をした、家内の嘉助、東店の万兵衛、利吉（上町）、利兵衛（下町）、馬久（同）、按摩・文忠、店の藤吉の七人に、文助の羽織、浴衣、襦袢、布子、縞単物《ひとえ》、紬《つむぎ》男帯、股引等を記念品として贈る。万兵衛は、文助の父・治兵衛の跡を継いだ次兵衛の後継者である。

葬儀代は、全部で約五両三分二朱かかった。香典など諸納を差し引くと、実際の出費は三両三分ほどとなった。

葬儀代が分かる四十三年前の三代源兵衛・源右衛門の寛政三年は、約二両一分だから、約二・五倍である。倹約令が続く中、庶民経済の拡大が窺える。そのため、放漫経営に陥り、田畑を手放す者の出たことからも頷ける。

五代源兵衛・文助が他界した天保五年もまた、倹約年限中である。このため、弥三郎は、淋し見舞いを断ったが、それでも十六人から干瓢《かんぴょう》一把、椎茸一袋、蕎麦一ないし二篭、煎餅、浅草海苔、クワイ少々、お強《こわ》一升五合計《ばかり》、餡餅二升計、線香一箱等が届けられた。

したがって、倹約令について言えば、文助の晩年は、死去する七年前の文政十年以降、毎年、出ていた、と考えてよい。だが、五代源兵衛・文助の盛大な葬儀を見ても、効果が、それほど上がっているようには思えない。

組頭を九年にわたって勤める?

文助が、組頭をどれほどの期間勤めたかは、はっきりしない。また、上横須賀村では通常、百姓代を勤めた者が組頭に昇格するが、文助が百姓代を勤めたのか、勤めずに組頭に就任したのか、も分からない。

と言うのは、文助が百姓代を勤めた可能性がある文化七(一八一〇)年から文政元(一八一八)年までの九年間と、組頭を勤めたかもしれない文政十一(一八二八)年から天保四(一八三三)年までの六年間の史料が、見当たらないからである。

文助が、組頭を文政二(一八一九)年から文政四(一八二一)年まで、と文政七(一八二四)年から文政十(一八二七)年まで勤めたことは、史料で分かる。文政五(一八二二)、六の二年間は、はっきりしない。

しかし、文政五、六年は、勤めていたと思われ、文政二年から文政十年まで九年にわたって勤めた可能性が大きい。文政十年には、名主に就任した本家・松屋喜左衛門の下で組頭を勤めた。

文助は、死去する二年前の天保三(一八三二)年二月下旬に病を得て、薬も効果がなかったことが、『萬般勝手覚』の記述から分かるので、組頭を勤めたのは、最大でも天保三年初めまでの十三年間である。

文助の葬儀の参列者は、万屋歴代当主の中で最も多い約百五十人で、伯父で養父の四代源兵衛・宇平の約百十人を上回り、香典を寄せた人も、宇平の三十九人の二倍近い。歴代当主の中で最も多い六十八人から寄せられた。
また、野送りには、横須賀村下村（下横須賀村）の村役人六人が、残らず参列した。文助が、上村（上横須賀村）の役人を真面目に勤めて、万屋の権威を高め、最盛期を築いたことは間違いない。

文助は歴代当主ただ一人の養子

文助は、万屋の高度成長を成し遂げた立役者である。その原動力となったのは何か。文助は、万屋歴代当主の中で、ただ一人の養子である。

一般に、養子は置かれる立場から、人間関係が鍛えられるため、立身する者が多い。堅実な性格の文助も、四代源兵衛・宇平の下で、子供のころから、厳しくしつけられ、帝王学と、優れた処世術を身に着けたに違いない。そして、文助には、〝運命が性格の中にあった〟のかもしれない。

調菜人の経験があるだけに、料理作りに関心を持ち、客の要望を的確につかみ、好まれる料理作りを進めた。その中に小鍋立てが、あったのかどうかは、分からない。いずれにしても客の心をつかむのがうまく、再来者を増やした。

飢饉により、田畑を手放す村民がいる中で、頼まれたため、やむを得ずの行為だったかもしれないが、田畑を手に入れ、東蔵の普請までしている。やはり、文助は、卓越した危機管理能力を持つ男であった、と言えよう。しかし、その晩年は、真面目な性格が、負に働いたように思えてならない。

〝中興開山〟とされる四代源兵衛・宇平も、勤めなかった村役人を長年勤め、万屋発展に尽くし、葬儀の参列者も、宇平を約四十人も上回った五代源兵衛・文助の戒名は、荘翁香厳信士である。

尊称に居士が付かなかった文助

堅実な性格の文助は、厳しさが、香るような正直者の翁ではあったが、尊称（位号）に居士は付けられていない。何故だろう。

文助は、文化七（一八一〇）年、命日の正月二十七日に、「万屋・仏の系譜」では初代源兵衛の母とされる心光清元比丘尼の百回忌、十一月一日に二代源兵衛の妻・飛さ（命日十二月二十四日）の五十回忌を営んだ。

翌文化八年は、二月二十六日に、初代源兵衛である感光道栄信士の百回忌、五月十九日には、親鸞の五百五十回忌の法要を、それぞれ盛大に営んでいる。

だが、年忌の法事は、菩提寺の浄土真宗・良興寺と、町内の浄土宗・福泉寺の二ヶ寺が中心。同じく町内の性勒尼、寺町の浄土真宗・源徳寺にも依頼するが、養父である四代源兵衛・宇平のように幅広く、様々な宗派の寺の住職に頼んでいない。

住職との交流において、文助は宇平に及ばなかった、ということであろうか。あるいは、宇平は、大超一行首座《しゅそ》という禅僧の弟子であったが、文助に禅僧の師匠はいない。そのためか、禅寺との付き合いも、あまりない。そうした差なのかもしれない。

四　名前を剥奪された六代・源治郎

万屋の衰退が始まる

天保五（一八三四）年二月、五代源兵衛・文助の他界により、六代源兵衛を継いだ弥三郎は二十一歳。ここから万屋の衰退が始まる。最盛期は大抵の場合、衰退への萌芽が見られるものである。

五代源兵衛・文助の晩年は、不作続きで、毎年のように倹約令が出されており、客が一回に注文する料理が減り、客足も遠のくといった衰退への芽が出ていた。

文助は、真面目さだけでは乗り切れぬ家業に四苦八苦。そうした中で、思うように危機管理能力も発揮できず、その心労から、病魔に襲われたのかもしれない。

山の頂上を極めた後は、下るしかない。下る途中で、再び頂上を目指すことはできるであろうが、頂上をいつまでも歩き続けることはできない。そこに盛者必衰の理がある。

六代源兵衛・弥三郎は、五代源兵衛・文助の時代に始まった天保の飢饉の最中に受け継ぎ、天保の改革、ペリーの来航に端を発した開国への動き、安政の大地震、安政の大獄、幕末の動乱、王政復古と、目まぐるしく変わる世の中で、苦難の道を歩んだことは間違いない。万屋当主の中では、最も波乱に満ちた人生を送った、と言えるかもしれない。

弥三郎が受け継いだ時の所有田畑の石高は、約二十六石六斗六升であった。二年後の天保七（一八三六）年三月には、約二十二石一斗となった。わずか二年間で四石五斗六升ほど石高を減らしている。

だが、これは弥三郎が、資産を食い潰したわけではない。先代の五代源兵衛・文助が資金繰りに行き詰った藤屋九平から流れ地として買い入れた田畑を、商売が軌道に乗り、約束通り買い戻したいと言う九平の要望で、十筆約四反五畝のうち、六筆約三反二畝を二十両で、売り渡したためである。

明治九年には田畑の石高は激減

しかし、死去する四年前の明治九（一八七六）年八月時点の石高は、田畑合わせて五石九斗二升七合八勺である。何と、先代の文助のころに比べると、五分の一に激減している。零落と言っていいだろう。しかし、農家としての体裁は、何とか保っていた。

何故、これほどまでに、落ちぶれてしまったのであろうか。六代源兵衛・弥三郎の軌跡を追っていこう。

天保五（一八三四）年二月、父である五代源兵衛・文助の葬儀を終え、六代源兵衛を継いだ弥三郎は、父・文助の四十九日（七七日《なななのか》）を迎える四月、白米二斗五升で餅を搗く。

仏事では、三十四年前の寛政十二年三月に営まれた二代源兵衛の五十回忌の二斗八升、二十七年前の文化四年に営まれた四代源兵衛・宇平の三十五日の二斗六升に次ぐ量で、この宇平三十五日以降では最も多い。

二斗以上の米を使って飾り餅を搗くのは、文化八年の親鸞聖人五百五十回忌を兼ねた宇平継母・しなの三十三回忌以来のことで、二十三年ぶりである。倹約年限中だが、前年の天保四年は、少なくとも不作ではなかった、と思われる。

四月二日に、四十九日（四月五日）の飾り配りとして、村内外の三十五軒に配る。湯滝人の利兵衛

（下町）、利吉（上町）の二人と、福泉寺以外は、村外の良興寺、花岳寺の二ヶ寺を含む三十二軒で、ほとんどが村外。「村方は、倹約年限中のため止め、他所ばかり」と、弥三郎は言う。

翌三日には、父・文助の志だとして、村内吹貫町の矢内勇助に頼んで、徳寿性人（上人）に金百疋を献上する。徳寿上人は初出だが、尾州八事山の和尚ではないか。勇助は、文助の葬儀の際には、香典を寄せており、文助の代からの知己であろうか。

失念したひさの三十三回忌も

父・文助の忌明けの四十九日正当となる四月五日に、四代源兵衛・宇平の妻・ひさ（命日十月十日）の三十三回忌法事を併せて営む。良興寺和尚を招いて斎を行う。布施は三百文。供に三十二文を差し出す。

呼び人は、利兵衛（下町）、五兵衛（同）、藤屋九平、江戸屋安右衛門、鍋屋兵治、松屋喜左衛門二人、白木屋分蔵、万屋久五郎、池田屋平六、杉屋清蔵、同乙吉、馬久、若松屋善助二人、菓子屋清八、川崎屋忠八二人、若松屋善吉、糟谷善右衛門、八左衛門（西尾）、甚助（幡豆）、清兵衛（行用村）、利吉（上町）、伊助（友国）、按摩・文忠の二十六人。

五兵衛は、文助の葬儀に参列し、香典を寄せたことから招かれたのだろう。以後の登場はない。初出の伊助は、文助の百ヶ日に、送り膳先として登場するだけである。

ほかに、東店を含め家内十三人を列席させ、茶菓子付き一汁五菜の料理で、もてなす。性勒尼、げん、福泉寺、そして志を寄せた、ひしや忠右衛門に送り膳をした。調菜は、呼び人でもある、利兵衛と半六が担当した。

ひしや忠右衛門は、二十九年前の文化二年、母・松が疱瘡に罹った際、見舞いを寄せたのが初出。その後は、忠右衛門としての登場はあるが、ひしや忠右衛門としては、今回が二度目。寛政年間に登場した菱屋太兵衛との関係は、よく分からない。

弥三郎は「倹約年限中ゆえ、手軽に仕り候」と語るが、二十六人の呼び人は、少なくない。飾り餅も、二斗五升もの白米を使い、村内は、わずか三軒で、ないに等しいとしても、村外は三十二軒。配り先が、全部で三十五軒と多く、とても倹約しているようには思えない。

弥三郎は父・文助を敬愛しており、不作でもないのに、村役人まで勤めた父を辱めるような、徹底した倹約ができなかったのだろう。倹約令の中、村内に配ることが出来ないため、苦肉の策として、村外に配ったのではないか。

ひさの三十三回忌は本来、前年の天保四年の十月十日だが、弥三郎は「父の病状が大変悪く、失念。今回父の忌明け法事に併せて勤めた」と述懐する。

弥三郎が、天保四年に宇平妻・ひさの三十三回忌法事を勤めることが出来なかったのは、弥三郎が、述懐するように、病に伏す父・文助の看病と、代理の仕事に、明け暮れていたのであろう。父の名代をせざるを得なかった弥三郎の苦労ぶりが窺われる。

町内の浄土宗・福泉寺では、父・文助の四十九日の祈祷をし、初七日からの四十九日までの布施七百文を差し出し、塔婆を立てる。そして、ひさの三十三回忌の法事分として、斎米料と布施合わせて二百文を差し出し、塔婆を立てた。

岡崎産御影石の石塔を立てる

父・文助の死から三ヶ月後の三代源兵衛・源右衛門夫婦の祥月命日に当たる五月二十日、弥三郎は、良興寺和尚を招いて、布施百文を出して斎を行う一方、父の遺徳をしのんで、高さ一尺八寸（約六十センチ）の石塔（墓石）を立てる。

岡崎（現愛知県岡崎市）産の御影石を使い、岡崎城下の石工が制作した。代金は一両である。文助の葬儀代が、五両三分二朱ほどかかっていることから、比率からすると、平成の現代と同じような感じであろうか。

村方文書によれば、この天保五（一八三四）年は、五月に難渋者救済のため、上横須賀村は、下横須賀村と共同で、拝借米三百五十俵を大浜陣屋に願い出る。麦も不熟で、米をはじめ穀類の値段が日増しに引き上げられ、困窮者が増えたためである。

この願いは、却下されるが、六月に再度、拝借米を願い出て、一人当たり七升五合の割合で、六十八俵一斗を借りることができた。三百六十四人分である。

このころの人口は、上横須賀村が七百九十四人（天保五年）、下横須賀村が六百四十八人（天保十二年）、両村で千四百四十二人。約四分の一に、拝借米が給付されたことになる。もっとも、逆説的に考えるなら、四分の三は困窮していなかった、とも言える。

弥三郎は、このような状況の中、なぜ一両もの散財をして、亡父の石塔を立てたのか。豊作を亡父の霊に願ったのだろうか。余力があったための見栄からか、それとも文助が築き上げた家格を重んじたのだろうか。その心情は、残念ながら、『萬般勝手覚』から汲み取ることはできない。

五月二十七日は、父・文助の百ヶ日。良興寺和尚を招いて法事を営む。布施として二百文を差し出す。斎の呼び人は、本家・松屋喜左衛門と、四代源兵衛・宇平の妻・ひさの実家である若松屋善兵衛の二人だけ。利兵衛、万兵衛、こぎ、伊助の四人に送り膳をする。

また、町内の浄土宗・福泉寺に祈祷を願い、斎米一升分の代金百文、布施百文、蝋燭二丁を差し出し、塔婆を立てた。

そして、盆の七月二十日、弥三郎は、親族の東店・次兵衛と、名古屋の八事山興正寺へ赴き、父・文助、祖父・治兵衛、祖母・ちせ、母方の祖母・ひさ、叔父・治作の五柱の〝ハコツ〟を納め、回向料として百疋を差し出す。

〝ハコツ〟とは「歯骨」であろう（故鈴木悦道老師談）。『萬般勝手覚』に、万屋当主が、八事山に歯骨を納めた、という記述は、初めてである。

倹約年限中に盛大に父の一周忌

翌天保六（一八三五）年の二月十七日は、父である五代源兵衛・文助の一周忌に当たる。弥三郎は、米一斗で飾り餅を搗いて、二月十三日に配る。

前年は、拝借米を受けたため、今年も倹約年限中で、村方は見合わせた。東城村の良興寺、荻原村の糟谷林右衛門、糟谷友右衛門、糟谷弥助、冨田村の糟谷善右衛門、糟谷庄兵衛、西尾の鈴木八左衛門、行用村の清兵衛、幡豆の林右衛門の九人に、九つずつ配っただけである。

しかし、正当の二月十七日の法要は、初代源兵衛・弥四郎の祥月命日（二月二十六日）の取り越し法事と一緒に、良興寺和尚を招いて盛大に営む。朧《おぼろ》饅頭の茶菓子付き、一汁七菜でもてなし、布施三百文。供に三十二文を渡す。

斎の呼び人は、松屋喜左衛門、菓子屋清八、若松屋善助、同善吉、万屋久五郎、川崎屋なき、杉屋清蔵、同乙吉、藤屋九平、ひしや忠右衛門、池田屋半六、江戸屋安右衛門、鍋屋兵治、左官・久五郎、権平（下町）、利吉（上町）、清兵衛（行用村）、林右衛門（幡豆）、糟谷善右衛門（冨田村）、安兵衛（幡豆郡富好新田）の二十人。

東店を含めた家内十三人も列席した。ほかに性勒尼、げん（利兵衛婆さ）、他行中で欠席した江戸屋安右衛門の三人に送り膳をした。勝手方は、利兵衛、半六が調菜し、万兵衛、林右衛門、清兵衛が手伝った。

富好新田の安兵衛は、誰との関係は不明だが、親類。文助の葬儀に参列し、香典を寄せた。忌明けの四十九日には、飾り餅を配っている。富好新田は、郷士三人衆の一人である吉良上野介義央の命で干拓され、上横須賀村からは、南に一里ほどの距離になる。

また、町内の浄土宗・福泉寺で、斎米一升、布施百文と蝋燭二丁を献上して、祈祷を願って、塔婆を立てた。性勒尼には、百万遍の念仏を頼んで、布施五百文を差し出した。

六日後の二月二十三日には、寺方二十人を招いて懺法講を、これまた盛大に営む。俗人は弥三郎をはじめ六人が出席した。布施を別にして、三貫八百四十七文の費用が掛かった。弥三郎は、このうち一貫六十文を負担した。

父・文助の一周忌法事といい、懺法講といい、倹約とは程遠いやり方である。思ったほどの不作ではなかったかもしれないが、弥三郎の危機管理能力の低さが窺われる。

母・松が信州・善光寺に参詣

倹約令が続く最中の天保五年に夫を失った松は、万屋の行く末に不安を持つ。夫の一周忌を天保六年二月十七日に終え、喪が明けたのを機に、息子・弥三郎が、立派に跡継ぎとしてやっていけるよう、信州（現長野県）の善光寺詣でを決断する。

「源兵衛どの、信州の善光寺さんへ、お参りに行こうと思うんじゃが……」

「母上、それはまた、何ゆえ？」

「ええ、今年は、お参りするに、ちょうど良い年なんじゃ。いろいろ、お願いをして来ようと思いましての」

「左様でございますか。そんなら、どうぞ、お出かけください」

善光寺は、宗派に関係なく、しかも女性の宿願が、達成される数少ない霊場として知られる。七年ごとに、前立《まえだち》本尊が開帳される丑と未の年は、特に霊験あらたかだ、として参詣者が多い。天保六年は、その未年に当たる。

弥三郎の母・松は早速、由う、甚助（幡豆）と、みし（池半）の同勢四人で、三月十二日、善光寺詣でに出発する。由うは、十三年後には東店の店主となる万兵衛の妻として登場する。甚助は、以前の使用人である。

松等一行四人は、開帳された前立本尊に手を合わせ、回向柱に手を当て、願いが叶うよう祈祷。四月四日七つ時（午後四時ごろ）、無事帰宅する。二十三日間の旅であった。

土産は筆一ツ、朱蝋五丁、白蝋五丁、五種香一服、鞠一ツ、扇一本、紐二筋等で、留守見舞いを寄せた人等十三人に配った。留守見舞いは断ったにもかかわらず、帰村後も寄せられる。四月十一日までに、十三人が、蕎麦二篭（凡《およそ》三升）、豆腐二丁から五丁、小豆飯凡一升五合、蕗二把、イカ五ツ、饅頭等を届けた。

一行四人は、天保四、五年の作柄が良くなかっただけに、五穀豊穣、商売繁盛を強く願ったであろうが、残念ながら、願いは達せられなかった。

村方文書によれば、天保六年は、七月に二度の大風雨に見舞われたため、不作となり、上横須賀村は、定免の破免を願い出て認められ、検《け》見《み》取りとなり、納米が定免の天保五年の千三百九俵から七百三十八俵に減った。

このため、十一月十三日に迎えた祖母・ちせの二十三回忌は、町内の性勤尼に布施百文を差し出し、経をあげてもらうだけにした。

文助三回忌は一周忌より約やか

天保七（一八三六）年は、父・文助の三回忌に当たるが、前年の天保六年が大風雨で、検見取りとなったため、弥三郎は『萬般勝手覚』に、「けん屋く年限中故、錺《かざ》りは他所計《ばか》り。村方ハ見合申候。別して當年、相改けん屋く、きびしく御座候」と記す。

このため、米八升で搗いた飾り餅を二月十三日に、他村の糟谷善右衛門、糟谷庄兵衛（以上冨田村）、糟谷林右衛門（荻原村）、鈴木八左衛門（西尾）、林右衛門（幡豆）、良興寺（東城村）の六人と、村内だが、湯潅人の利兵衛（下町）と利吉（上町）の二人に配る。

命日の二月十七日は、良興寺和尚を招いて、三回忌の法要を営んだ。斎の呼び人は、松屋喜左衛門、菓子屋清八、若松屋善助、同善吉、池田屋半六、杉屋清蔵、同乙吉、藤屋九平、ひしや忠右衛門、万屋久五郎、川崎屋なき、白分りつ、左官・久五郎、鍋屋兵治、善右衛門（冨田村）、林右衛門（幡豆）、利兵衛（下町）、利吉（上町）の村内外十八人。一汁五菜でもてなす。東を含めた家内十三人も列席する。

このほか、性勒尼、江戸屋安右衛門、げん（下町）の三人に送り膳をする。安右衛門は最後の登場である。勝手方は、利兵衛、万兵衛が中心となり、隣家衆が手伝った。

一周忌に比べ、飾り餅は二升減、配り先は一人減、斎の呼び人は二人減と、少しずつ減らしている。料理も、一汁七菜から一汁五菜に落としている。茶菓子は一周忌同様、朧饅頭。布施は、一周忌と同じ三百文だが、供は八文減らし、二十四文を差し出した。

町内の浄土宗・福泉寺では、一周忌と同じように、斎米一升、布施百文、蝋燭二丁を差し出して、祈祷を願い、塔婆を立てる。しかし、性勒尼による百万遍の念仏は取り止めた。

弥三郎がせつと結納を交わす

弥三郎は、父・文助の三回忌法要を済ますと、二日後の二月十九日、村内の伊勢屋惣兵衛と本家・松屋喜左衛門の二人を仲人に立て、幡豆郡乙川村の商家・大竹喜兵衛の娘・せつと結納を交わす。

乙川村は、万屋のある上横須賀村から一里半近く南東の、三河湾に近い矢崎川の左岸に位置する。やはり、現在は愛知県西尾市吉良町内である。舟運が盛んで、西三河最大の前方後円墳・正法寺《しょうぼうじ》古墳（墳長約九十四㍍）があり、古くから開けた地域である。

五世紀初頭の築造と推定される正法寺古墳は、現在、国の史跡に指定されており、周辺が公園化され、隠れた桜の名所となっている。

結納の品は、次の通りである。『萬般勝手覚』に「七種仕り候」とあるが、品数が合わない。実際の品数とは関係なく、結納の品は、奇数で表現する。五種では少ない、九種では多過ぎる。その中間をとって、七種としたのであろう。

一、五本入り扇箱　のし（あわび）　こん婦　春こ婦《す》　寿留女《するめ》　一、飛かのこちりめん婦り袖

一、京錦絵巻一本　一、機綢（几帳）一対　一、家内喜多留《やなぎたる》一荷

そして、この日、仲人の二人と、利兵衛（下町）、馬久（同）、半六（池田屋）、清蔵（杉屋）、乙吉（同）、九平（藤屋）、忠右衛門（ひしや）、善助（若松屋）、鍋兵（鍋屋兵治）、万久（万屋久五郎）、忠八（川崎屋）、善吉（若松屋）、白分（白木屋分蔵）、清八（菓子屋）の十五人を呼んで、もてなす。

勝手方は、馬久、利兵衛、千次右衛門、彦兵衛、万兵衛が担当した。千次右衛門は初出だが、二年後の婚礼の際も料理方に名を連ねる。せつの関係者と考えられる。彦兵衛は、矢作古川対岸の天竹村の南に接する横手村（現西尾市横手町）出身の店の者。

村方文書によれば、天保七（一八三六）年も、天候不順が続き、凶作。二年連続で検見による貢納を、領主に願い出て認められた。納米は、前年の天保六（一八三五）年の七百三十八俵から、さらに

減少し、六百九十九俵となった。

　この天保七年は、作付けは無事に終わったものの、四月中旬から五月十日ごろまで雨天が続き、時々、強い東や西の風が吹き、実った稲穂は倒れ、綿作は、ことごとく根腐れを起こし、生い立ちが難しいほどの被害を受けた。

　八月十日は、藤次郎妻の百回忌に当たる。弥三郎は、町内の浄土宗・福泉寺で布施百文、斎米一升、蝋燭二丁を差し出し、祈祷をしてもらい、塔婆を立てる。藤次郎の万屋内の肉親関係は定かでないが、前に触れたように、二代源兵衛の弟の可能性が大きい。

悪いことは重なる？　騒動勃発

　悪いことは重なるものである。藤次郎妻の百回忌から三日後の八月十三日には、追い打ちをかけるように、台風に見舞われる。昼七つ時（午後四時ごろ）から、強風が吹き始め、雨も激しくなり、夜九つ時（午前零時ごろ）になって収まった。

「やれ、やれ、ようやく収まったか。酷い風雨じゃったなあ」

　寝ずの番をしていた弥三郎も、ようやく眠りに就く。

　四月から五月にかけての長雨と、この台風の襲来により、水田は、一面が擦れて白くなった稲穂に包まれ、綿作も、ほぼ壊滅状態となった。

　台風の三日後の八月十六日には、ついに騒動が勃発する。

「何《なん》か、騒がしいようじゃのう。何ごとじゃ」

店の奥にいた弥三郎は、店の者に尋ねる。

「はい、向かいの乙吉どんの所に、人が押しかけて、暴れております」

「そりゃいかん。直ぐ、名主の兵治殿に知らせて参れ。知っておるやもしれんが……。わしも様子を見に行く」

六つ時（午後六時ごろ）、寺町・彦蔵宅と下町・杉屋乙吉宅に、百姓十四人が押しかけ、家の一部を壊す騒ぎとなった。小規模かもしれないが、明らかに〝打ちこわし〟である。

騒ぎの二年前の天保五（一八三四）年二月、五代源兵衛・文助の葬儀の際、万屋は彦蔵方で米一俵を買い、五貫二十七文を支払っていることから、彦蔵は、米屋と考えられる。

一方、杉屋乙吉は、『萬般勝手覚』では杉屋音吉とも書く。七年後の天保十四年五月、万屋は、油屋音吉方に百十四文を支払う。杉屋乙吉は、油屋と考えていいだろう。

この騒動は、波及せず、四人が手鎖で五人組預け、残り十人は手鎖なしで五人組預けの処分を、それぞれ受け、決着したが、翌八月十七日には、谷村（都留）の百姓たちによる米屋打ちこわしから甲斐国（山梨県）一国規模の百姓一揆となった「天保騒動」が起こった。

三州加茂郡一帯でも、九月二十一日に、「鴨の騒立《さわだち》」と呼ばれる百姓一揆が起こる。参加者は一万人以上とされる。さらに横須賀村と同じ沼津藩領の幡豆郡寺津村（現寺津町）でも、九月二十四日夜から十六日にかけて、小作騒動が惹起した。

天保七年は、天災も加わり、格差が拡大、貧富の差が決定的となり、庶民の我慢も限度に達した年、と言えよう。

天保八年は内憂外患が顕在化

翌天保八（一八三七）年は、二月十九日、ついに、大阪東町奉行の元与力・大塩平八郎による乱が、勃発する。

内通者が出たために、半日で鎮圧されるが、六月一日には、禅僧・良寛の故郷・越後国（新潟県）柏崎で、国学者の生田万が大塩門弟と称して、貧民救済のため、柏崎代官所を同志数人と襲撃する生田万の乱が惹起する。良寛の死から六年後のことである。

生田万の乱があった六月は、二十八日に浦賀沖に来航したアメリカ船籍のモリソン号が、異国船打払令により、浦賀奉行による砲撃を受けて退去。その後、七月に鹿児島湾に入港しようとして、再び薩摩藩の砲撃を受ける事件が起こる。

幕府は、翌年になって、オランダ商館長の報告から、モリソン号が日本人漂流民七人を送還し、通商を開こうと来航した事実を知るが、このモリソン号砲撃事件は、幕府の対応を批判し、鎖国政策を非難した蘭学者の渡辺崋山、高野長英らを処罰する二年後の天保十年五月の「蛮社の獄」へと繋がる。

このように、天保八年は、内憂に加え、外患が顕在化した年と言える。横須賀村も、天保六年の二度の大風雨に続いて、天保七、八年と二年続きで、台風に見舞われる。しかも、天保八年は二度も台風に襲われ、甚大な被害を蒙る。

村方文書によると、八月五日夜九つ時（午前零時ごろ）から風雨が激しくなり、明け六つ（午前六時ごろ）からは暴風雨となり、四つ時（午前十時ごろ）、ようやく鎮まった。

この台風により、横須賀村の上村（上横須賀村）で、十一軒ほどの屋根が吹き飛ばされた。下村（下横須賀村）では、居宅一軒、小屋一軒が倒潰し、十五軒ほどの屋根が損壊した。

稲作は、早稲と中作が、稲穂の出揃ったところで、強い風が吹いたため、穂が擦れて白穂になったのをはじめ、晩作も吹き倒された株が相当あり、回復が困難となるほどの被害を受けた。綿作は花が損じ、被害は見当がつかない状況となった。

一週間後の十三日は、夜八つ時（午前二時ごろ）から、時が経つとともに風雨が強まり、十四日六つ時（午前六時ごろ）から烈風となり、村民は、一時は、どうなることか、と心配したが、昼九つ時（正午ごろ）になって、ようやく鎮まった。

横須賀村内の被害状況は、居宅の全壊が十七軒、小屋七軒、土蔵一軒。畑は綿作のほか、大豆、菜、ソバ、麦類に至るまで、ほぼ潰滅状態となった。

婚礼どころではない天保八年

こうした厳しい状況が続く中、弥三郎は、婚礼どころの騒ぎではなく、婿入りも出来ずにいた。

二つの台風を切り抜けた弥三郎は八月二十六日、二代源兵衛の八十六年祥月命日に、同じ命日の父・文助の弟、つまり叔父・治作の二十三回忌法事を、良興寺和尚を招いて一緒に勤めると、ようやく大竹喜兵衛方へ婿入り、九月二十一日に道明けの挨拶に参上する。

時に、六代源兵衛・弥三郎は、二十四歳。若樽一荷、鰹節二本等の土産を持って、仲人の松屋喜左衛門、親戚の若松屋善助とともに訪れた。善助も若樽一荷を持参した。

十月十日は、四代源兵衛・宇平の妻・ひさの三十七回忌に当たるが、法要は、良興寺和尚を招いて質素に営む。布施は三百文で、供に二十四文を差し出したが、斎の呼び人は、喜左衛門（松屋）、清八（菓子屋）、善助（若松屋）、忠八（川崎屋）、白分（白木屋分蔵）、万久（万屋久五郎）、利兵衛（下町）、利吉（上町）の八人。家内両家の十三人も列席する。性勒尼、げん（利兵衛内）、若善隠居の三人には送り膳をした。

呼び人は、前年に営まれた父・文助の三回忌の半分以下と少ない。勝手方は、呼び人の利兵衛と、東店の万兵衛が務めたが、料理も一汁三菜である。飾り餅は、菩提寺の良興寺と、ひさの実家・若松屋善助の二軒に、九つずつ配っただけである。

弥三郎は「凶作ニ付、ケンやく年限中故、隣家之外《ほか》、親類も阿《あ》らまし、よび候。かざり付之《の》物ハ一切配不申《くばりもうさず》候。尤《もつとも》、他所まで屋《や》め之《の》取極なり」と『萬般勝手覚』に記す。

町内の浄土宗・福泉寺では、斎米一升と布施百文に、蝋燭二丁を添えて差し出し、祈祷を願い、塔婆を立てた。

弥三郎とせつの婚礼が行われる

そして、年が明けた天保九（一八三八）年二月晦日に、弥三郎と、せつの婚礼が、ようやく行われる。依然として凶作、倹約年限中だとして、弥三郎は、飾りは親類衆も含め全部断わり、せつの父親・大竹喜兵衛から、夜着布団等が入った一荷（白木の長持）だけを、婚礼の前日の二十九日に受け取った。

婚礼の参加者は、せつの在所がある乙川村からの来客、喜兵衛（父親）、りと（母親）、平六（下横須賀村下河原)、随縁寺(駒場村《こまんば》)等十二人のほか、村方の取持ち客、杉屋清蔵、藤屋九平、若松屋善助等十六人を含め、およそ七十人である。

平六は、文化四年に営まれた四代源兵衛・宇平の三十五日法事の飾り餅が配られて以来、三十二年ぶりの登場。嗣子かもしれない。五年後の天保十四年までの付き合いとなる。

馳走は、念入りに仕立てられた一汁三菜。白朧饅頭、羊羹、餅菓子の三つ盛の茶菓子が添えられた。料理方は、父・文助の代は店にいた惣助(上町)に依頼。結納の際に料理作りに携わった千次右衛門と、林右衛門(幡豆)を添えた。

弥三郎は「凶作が続いており、倹約年限中故、予《か》ねて、お上より一汁三菜に限るとのお達しがあり、守ったが、それでも、大いに奢った。このことは、隣家と申す取持ちに任せたので、致し方ないことである」と振り返る。

祝儀も一切断ったが、村内外の四十六人が、二朱包、一朱包、酒一升から二升、指樽《さしだる》一荷(二升)、若樽一荷(同)、鰹節二本から五本、豆腐五丁から七丁、茶飯一機、餅一荷、上菓子一箱、饅頭百文分、餡餅一機、杉原紙二丈、カピタン風呂敷、襦袢、扇子一対、山高扇子箱、日干し鮎十匹、アサリ二升五合等の金品を寄せたため、内々に受け取った。

大竹喜兵衛が十五軒を〝舅廻り〟

「この度、娘・せつが万屋に嫁入りして参りました。お引き立て、よろしゅうお願い申し上げます」

せつの父・喜兵衛は、町内の源九郎(若松屋)の案内で、土産の山高扇子一本を持って、挨拶しながら、役人衆、親類、知己、隣家二十五軒を訪れた。〝舅廻り〟である。

時の役人は、松屋喜左衛門（名主）、白木屋分蔵、長右衛門、黒野治太夫（以上組頭）、吉兵衛、九郎左衛門（以上百姓代）の六人である。

隣家衆は、権平、半六（池田屋）、馬久、清蔵（杉屋）、阿波屋（利八）、乙吉（杉屋）、次郎兵衛、九平（藤屋）、忠兵衛の九人、知己は、福泉寺、源徳寺、甚太夫（渡内）、兵治（鍋屋）、万久（万屋久五郎）、伊勢惣（伊勢屋惣兵衛）の六人、親類は若善（若松屋善助）、善吉（若松屋）、川忠（川崎屋忠八）、清八（菓子屋）の四人である。

せつのお袋さん・りとも、東店の次兵衛方・ちせの案内で、隣家・親類衆を挨拶して廻る。土産は、仲人の松屋喜左衛門と、伊勢屋惣兵衛に菓子袋を一つずつ持参した。

嫁回りは、三月一日に源徳寺、福泉寺、甚太夫と町内、親類、三月四日に他村の良興寺（東城村）、天野喜兵衛（木田村）、鈴木平六（下横須賀村下河原）、加藤治左衛門（同村須）、糟谷善右衛門（冨田村）、糟谷林右衛門（荻原村）、糟谷友右衛門（同）を訪れた。天野喜兵衛は、十六年前の文政五年九月、弥三郎の妹・こぎが産まれた際の祝いとして、産着を寄せた。今回の婚礼でも祝い品を寄せた。

土産として、良興寺に菓子袋、仲人、隣家に風呂敷、役人衆には上半紙二帖ずつ、そのほかには、主に半紙二帖を持参した。

婚礼に要した費用は、全部で金十四両一分二朱と五十九文であった。五十四年前の天明四（一七八四）年に行われた、祖父母の婚礼の費用に比べ、二倍以上かかっている。ここでも庶民経済の伸展が窺える。時に、弥三郎が二十五歳、せつは二十歳。凶作続きのため、結納から婚儀まで、二年もの月日がかかった。

せつは、「乙川村への〝新客〟を済ませていない」として、三月十三日、食籠《じきろう》入りの餅一荷を土産に持って、実家の大竹喜兵衛方へ出かける。弥三郎の母・松、妹・こぎ、東店の次兵衛方・ちせが同行、十七日に帰る。

夫の身内の女性が、妻と一緒に、妻側の身内に挨拶に行く行為が〝新客〟なる習俗と考えられるが、具体的な内容は分からない。

初産の男児は死産だが七夜祝い

せつが、〝新客〟から帰宅した四日後の三月二十一日、せつの帯直しに、乙川のお袋さん・りとが入来する。せつのお袋さん、仲人である松屋喜左衛門の内儀・てる、東店婆さ・その、の三人を呼んで、一汁五菜で祝う。下男・助右衛門と、そのが料理人を務めた。

また、乙吉（杉屋）、清蔵（同）、半六（池田屋）、次兵衛（東店）、利兵衛（下町）、忠兵衛（同）、万久、伊勢惣、若善、善吉（若松屋）、川忠、白分、喜左衛門（松屋）、清八（菓子屋）、善右衛門（富田村）、助右衛門（下男）の十六人に、祝い餅を二つずつ配った。

そして、四月四日を迎えた。

「おお、生まれたか」

夜九つ半時（午前一時ごろ）、介添人からの連絡で、眼をこすりながら、じりじりして出産を待っていた、弥三郎は産室に急ぐ。

「うーん。如何致した」

弥三郎は、泣き声を上げず、動かぬ赤子を見て、不審気に問う。

「残念ながら、お生まれになった時は産声がなく、既にお亡くなりになっておられました」

取上婆さ・きわが、神妙な表情で答える。

「なにっ」

弥三郎は、言葉を失い、呆然として肩を落とし、立ち尽くす。

せつが出産したのは男児だったが、死産であった。

「死んでおったとはいえ、せっかく生まれてきた子じゃ。祝おうてやらねばならぬ」

弥三郎は、沈痛な表情で、妻・せつに、語りかける。せつは、うな垂れ、無言のまま、小さく首を縦に振る。

「残念じゃったのう。気を落とさぬようにの」

出産児の訃報を聞きつけた仲人の伊勢屋惣兵衛、松屋喜左衛門をはじめ、十二人が見舞いに駆け付ける。

仲人のほかは、万久（万屋久五郎）、菓子屋清八（吹貫町）、鈴木平六（下横須賀村下河原）、大竹喜兵衛（乙川村）、半六（池田屋）、善助（若松屋）、善吉（同）、忠八（川崎屋）、利吉（上町）、馬久（下町）で、茶飯一機（凡一升五合）、うどん二篭、ふ（麸）一袋、煎餅凡五十枚、饅頭百文分、牡丹餅（切溜《きりだめ》入凡二升）等の見舞い品を寄せた。

死産男児の七夜祝いと初七日

翌四月五日に、灰葬を兼ねて葬式。良興寺和尚が、供一人を連れて来駕する。布施は三百文で、供に二十四文を差し出す。

斎は一汁一菜で、次兵衛（東店）、利兵衛（下町）、忠兵衛（同）、九平（藤屋）、杉清（杉屋清蔵）、乙吉（杉屋）、半六（池田屋）の七人が相伴する。

四月十日を迎えると、弥三郎は、死んだ男児のために、心ばかりの〝七夜の祝い〟を挙行する。死産だったため、祝い餅は取り止め、取上婆さ・きわ、仲人の松屋喜左衛門の内儀・てる、同じく仲人・伊勢屋惣兵衛の内儀・とみの三人だけを招き、一汁三菜でもてなす。料理は、下男の助右衛門が担当した。

取上婆さ・きわには、出産の礼として金二百疋と、妻・せつの実家・大竹喜兵衛が持参した二朱を手渡した。

弥三郎は、初産の子が死産だったことが、残念で、残念で仕方なく、諦め切れなかったのである。せつも同じ思いであった。また、この日は死産だった男児の初七日でもある。良興寺和尚を招いて斎を供し、布施百文を差し出した。

区切りとなる三十五日（五七日）は、良興寺に差支えがあり、引き上げて、二十一日に当たる四月二十四日に、良興寺和尚を招いて法事を営み、布施百文を差し出す。百ヶ日に当たる六月十五日は、町内の性勒尼を招請、布施百文と蝋燭二丁を差し出し、祈祷してもらった。

二度目の男児も死産に終わる

男児が死産だった翌年の天保十（一八三九）年の、年が明けた正月二十三日、乙川村から、せつの母親・りとが再び、帯直しに入来する。

りとと、一緒に訪れた下女、その（東店婆さ）の三人を呼んで馳走し、仲人の松屋喜左衛門、伊勢屋惣兵衛、荒子の吉十（取上婆・きわの夫）、万兵衛（東店）の四人に餅を配り、受胎を祝った。

二月三日の昼五つ時（午前八時ごろ）、せつは、再び男児を出産する。だが、またも産声を聞くことはできなかった。

取上婆さ・きわから報告を受けた弥三郎は一瞬絶句、「なにっ、今度も駄目だと、まことか」と言って、首を左右に振る。

「何ゆえ、二度も、このようなことに……。神も仏もないのか」

相次ぐ死産に、弥三郎は頭を抱える。

再度の出産、訃報に接した利兵衛（下町）、松屋喜左衛門（本町）、大竹喜兵衛（乙川村）、忠八（川崎屋）、善助（若松屋）、万久（万屋久五郎）、善吉（若松屋）、取上婆さ・きわ（下横須賀村荒子）、鈴木平六（同下河原）の九人が、牡丹餅二重、饅頭百文分、煎餅一袋、素麺十一把、豆腐七丁等の見舞い品を寄せる。

弥三郎は、初産と同じように、荒子の取上婆さ・きわに、礼として金二百疋と、大竹喜兵衛からの二朱包を渡すと、その日に葬式を行う。取り仕切った良興寺和尚に、灰葬を兼ねた布施として三百文、供に二十四文を差し出した。

倹約の締め付けが厳しくなる

四日後の二月七日は、四代源兵衛・宇平の三十三回忌正当。町内の浄土宗・福泉寺で祈祷を願い、斎米一升、布施百文、蝋燭二丁を差し出し、塔婆を立てる。

そして、死産だった男児の初七日を取り越しで、良興寺和尚を招いて、一緒に法事を営む。布施は和尚に三百文、初七日分として百文、合わせて四百文、供に二十四文を差し出す。

斎の呼び人は、近親の松屋喜左衛門（本町）、白木屋分蔵（同）、菓子屋清八（吹貫町）、若松屋善助（下町）、利兵衛（同）の五人。一汁三菜でもてなす。勝手方は、利兵衛と下男の助右衛門が務めた。

このほか、万久（万屋久五郎）、川忠（川崎屋忠八）、げん（権平お袋）、性勤尼、家内両家の十三人に送り膳をした。「当年は倹約が厳しく、親類、隣家衆も呼び申さず。荒子（取上婆さ・きわ）の子は呼んだ」と弥三郎は語る。

飾り配りについても、菩提寺の良興寺（東城村）、妻・せつの実家・大竹喜兵衛（乙川村）、祖母・ちせの実家・糟谷善右衛門（冨田村）、先祖の妻の親族・糟谷林右衛門（荻原村）の他村四軒が、記されているだけである。

さらに、弥三郎は、「倹約故、村内は配りもの一切なく、他所までも遣わさない取極めなれど、内々に他所と、両三軒も遣わす」とも話しており、領主・水野出羽守による倹約の締め付けが、相当厳しくなっていたことが窺われる。

村方文書によれば、前年の天保九年も、田畑とも不作となった。五月は風雨と日照不足による低温で稲が生育せず、六月には大雨で水田が数日間冠水、稲に虫が付いた。綿作は時期になっても花が咲かない状況となった。

このため、村は、八月から検見願いを再三出すが、沼津藩大浜陣屋は、「毎年検見入りしており、今年のような、いささかの風雨難で検見願いは心得違い」として却下、年貢の上納を求める。こうした状況の中で、倹約令が強化されたのであろう。

毎月のように法事が続く

天保十年の二月は、三日に出産した男児の死去に伴う葬儀、七日に四代源兵衛・宇平の三十三回忌と、死去した男児の初七日の取り越し法事を終えると、十七日は、父の五代源兵衛・文助の六年目の祥月命日を迎える。そして、二十六日は、初代源兵衛の百二十九年の祥月命日である。

弥三郎は、「二月は、法事が、あまりに多い」と言って、十七日の父の命日に、良興寺和尚に頼んで、初代の命日の法事を取り越しで、一緒に営む。布施は二百文を差し出す。

三月七日は、去る二月三日に、死去して生まれた男児の三十五日。良興寺和尚を招いて法事を営み、布施百文を差し出す。

四月五日には、前年の天保九年四月四日に死去して生まれた男児の一周忌法事を営む。性勒尼に、布施百文と蝋燭二丁を差し出し、祈祷してもらう。

五月十二日は、去る二月三日に、死去して生まれた男児の百ヶ日。五月二十日の三代源兵衛・源右衛門の四十九年と、その妻・しなの八十一年の祥月命日が迫っており、引き上げて一緒に、良興寺和尚を招いて法事を営む。布施は、百ヶ日分として二百文、二人の祥月分として百文を差し出した。

この後も、六月二十一日に四代源兵衛・宇平実母の六十七年、八月二十六日に二代源兵衛の八十八年と叔父・治作の二十五年、十月十日に祖母・ひさの三十九年の、それぞれ祥月命日の法事を営む。

こうして、天保十年は、二月から十月まで七、九月を除いて、毎月法事が続く。

三度目の懐妊も死産に終わる

天保十年は、十月に〝法事漬け〟が終わると、翌十一月の三日、三度目の懐妊をした、せつが産気づく。

夜九つ時（午前零時ごろ）、今度は女児を出産するが、知らせを受けた弥三郎は、正座して俯き、目を閉じて呟く。

「ちっと、早過ぎる」

早産のため、またまた産声はない。痩せて小さく、皺だらけの未熟児である。覚悟をしていた弥三郎だが、出産児の死を目にし、「やはり、駄目だったか。哀れよのう」と、無念そうにポツリ。

出産の礼として、荒子の取上婆《とやげ》さ・きわに金二百疋と、妻の実家・大竹喜兵衛から届いた二朱包を手渡す。

出産見舞いとして、喜左衛門（松屋）、善助（若松屋）、清八（吹貫町）、大竹喜兵衛（乙川村）、荒子の取上婆さ・きわ（下横須賀村）の五人が、饅頭百文分、煎餅ぜん（膳）一杯、菓子袋一ツ、麩餅切溜入り一機、茶飯切溜入り二升余を届けた。

翌日の葬儀は、町内の浄土宗・福泉寺で祈祷をしてもらい、布施三百文を差し出す。弥三郎は、初七日から、翌天保十一（一八四〇）年正月十一日の四十九日まで、福泉寺で経をあげてもらい、布施三百文と斎米一升を献納。木の枝のように細く、死して産まれた女児の霊を慰めた。結局、天保十年は、十二月まで法事が続く。

万屋で未熟女児が死産となった天保十年、同じ上横須賀村内の太田家で、丸々とした元気な男の子が、産声を上げた。凶作続きも何のその、偉丈夫に成長する。後に、侠客として名を成す吉良仁吉、本名・太田仁吉である。

村方文書によると、この天保十年四月から、沼津藩は九十歳以上の者に敬老手当米を支給するようになる。九十六歳になる上横須賀村の徳平後家・さのに支給されるが、八月二十七日に死去する。

さのは、四十八年前の寛政三（一七九一）年九月一日、三代源兵衛・源右衛門百ヶ日の飾り餅の配り先。文化二（一八〇五）年十月、松が疱瘡に罹った際は、見舞い品を寄せた。松が十歳、さのが六十二歳の時である。

天保十一年も〝法事漬け〟に

上横須賀で仁吉が生まれ、万屋では女児が死産だった翌年の天保十一（一八四〇）年、阿片の密輸をめぐり、清とイギリスとの間で、二年間続く阿片戦争が勃発するが、万屋では、前年に続いて、年忌の多い波乱の年となる。

正月十一日に未熟児で生まれ、死去した女児の四十九日が終わると、二月は、七日の祖父・四代源兵衛・宇平の三十四年祥月命日に続き、十七日には、父の五代源兵衛・文助の七回忌が到来する。弥三郎は、米六升で飾り餅を搗いて、二月十五日、村内外の七ヶ所に、十一個ないし七つずつ配る。父・文助の湯潅を頼んだ利兵衛（下町）、利吉（上町）の二人のほかは、良興寺（東城村）、妻・せつの実家・大竹喜兵衛（乙川村）、文助の母・ちせの里・糟谷善右衛門（冨田村）、糟谷林右衛門（荻原村）、林右衛門（幡豆）の村外五ヶ所に過ぎない。

弥三郎は、『萬般勝手覚』に「けん屋く年限中故、かざりくばり他所計り。村方ハ見合、一切配《いっさいくばり》不《もう》申《さず》。志《こころざし》、ゆ可ん人両人江ハ遣し候」と記す。

父・文助の七回忌正当の十七日は、良興寺和尚を招いて、二十六日に訪れる初代源兵衛百三十年の祥月命日の法事を引き上げて、一緒に勤める。浄土三部経をあげてもらい、布施は金百疋とはずむ。ほかに、祥月分として百文を差し出した。供には二十四文を差し出す。

斎の呼び人は、松屋喜左衛門、若松屋善助、川崎屋忠八、白木屋分蔵、菓子屋清八、万屋久五郎、大竹喜兵衛（乙川村）、糟谷善右衛門（冨田村）、利吉（上町）、利兵衛（下町）、東店・万兵衛（同）、林右衛門（幡豆）の十二人。一汁五菜でもてなす。

ほかに、げん、福泉寺と、東店を含めた家内十四人に送り膳をする。勝手方は、前年の四代源兵衛・宇平の三十三回忌と同じ、利兵衛と下男の助右衛門が担当した。

また、町内の浄土宗・福泉寺では、布施百文、斎米一升、蝋燭二丁を差し出し、祈祷を願って、塔婆を立てた。

飾り餅も呼び人も順次減らす

弥三郎は、父・文助の年忌の飾り餅は、一周忌、三回忌、七回忌と米を二升ずつ減らしてきている。年々、倹約令が厳しくなってきたのだろうか。あるいは、米の収穫量が、実際に減り続けているのかもしれない。

呼び人も、一周忌二十人、三回忌十八人、そして七回忌は、十二人と順次減らしている。七回忌の布施が金百疋と多いのは、一つのけじめと考え、浄土三部経をあげてもらった、ためであろう。一周忌、三回忌のほぼ三倍の額とした。

五月二十日は、三代源兵衛・源右衛門の五十回忌。良興寺和尚を招いて法要を営む。布施は三百文。斎の呼び人は九人と、父・文助の七回忌より、さらに減らしている。

ちなみに、九人は、本家の松屋喜左衛門、川崎屋忠八、菓子屋清八、若松屋善助、白木屋分蔵、万屋久五郎、東店・万兵衛、湯滝人の利兵衛と利吉である。げん（利兵衛お袋）と、東店も含めた家内の十四人には、送り膳をした。勝手方は、今回も、利兵衛と下男の助右衛門だが、東店のそのと、ちせが加わった。

飾り餅は、妻・せつの実家・大竹喜兵衛（乙川村）と良興寺（東城村）に十一個ずつ配っただけである。弥三郎は、『萬般勝手覚』に「けん屋く年限中故、少し遣シ、外へハ見合申候」と記す。

このほか、福泉寺和尚に布施百文、斎米一升、蝋燭二丁を差し出して祈祷を頼み、塔婆を立てる。性勒尼には、百万遍の念仏を願い、五十回忌だからか、青銅五十疋を差し出した。

弥三郎の母・松が他界する

前年の天保十年に患い、回復した母・松の病が、六月半ばから再び発症する。

二十日までに、村内外の親族、知己等三十八人が、素麺三把から五把、小豆飯切溜一機、餡餅、千鳥饅頭小重一重、いがまんぢう十五、茶飯小重一機、うどん一篭、煎餅一盆、金平糖一袋、ういろう一本、牡丹餅一櫃《ひつ》、大梨二ないし三、柿十、ひりょうず十一、沢庵づけ、ナスづけ等の見舞い品を寄せる。

弥三郎が、『萬般勝手覚』に記した、松の病状の変化は、次のようである。

前年の天保十年六月ごろから、年のせいで、ひどく疲れ、病死すべきところ、家武志貞、萩原保安両氏の療治で治ったが、今年また悪化する。沢田氏の薬を用いるが、はっきりしないので、家武、橋本両氏の薬も用いる。それでも良くならない。六月十五日ごろから、当村・萩原保安様の薬を使うが、一向に効果が現れない。

ここに登場する医者の保安は、万屋と深い繋がりがあった武藤治と同じ吹貫町に住む。苗字も萩原で、武藤治と同じなので、武藤治の子孫と考えていいだろう。

松は、暑い夏を何とか乗り切ったが、病はまた悪化。八月二十八日から再び、見舞い品が届くようになり、秋も深まる九月十日ごろから、病が一段と重くなる。食事も滞りがちになり、二十五日夜五ツ半時（午後九時ごろ）、他界する。行年四十五である。

見舞い品は、素麺五把、うどん一篭、茶飯小重一機、ういろう一本、金平糖一袋、梨十三、柿十、いが饅頭十五、牡丹餅一櫃等で、三十人以上が寄せた。

松の葬儀参列者も文助と同じ

葬式は、二十六日に良興寺和尚、伴僧二人、供三人によって執り行われ、源徳寺、福泉寺、称名院の和尚、伴僧、供、小僧等と、性勒尼が立ち合った。参列者は、夫の五代源兵衛・文助と変わらぬ約百五十人である。

町内の者と村内縁者のほか、兵治、長右衛門、九郎作（以上法六町）、伊兵衛（渡内）、保安（吹貫町）、玄通（上町）の村内五人。他村が、せつの父親・大竹喜兵衛、母の実家・糟谷善右衛門内儀、二代源兵衛後妻・飛さの親戚・糟谷林右衛門、鈴木平六（下横須賀村）、利兵衛（横手村）、随縁寺（駒場村）の六人。横手村の利兵衛、随縁寺は、せつの縁者と考えてよい。平六も、せつに繋がりがあるようだ。

二十七日九つ時（正午ごろ）から、良興寺和尚一人により灰葬。非時食七十人分の支度をする。これも文助の時と同じである。身近な権平、万屋久五郎、若松屋善助、松屋喜左衛門、菓子屋清八は、夫婦あるいは家族二人で参列した。

弥三郎は「余り呼人多ク、重テハ、ヘラシ申ベク候」と『萬般勝手覚』に書き留める。五代源兵衛の父・文助が、養父の四代源兵衛・宇平の葬儀の際に書き留めた文言と同じである。だが、心情は、おそらく異なるだろう。

文助は、万屋の規模、あるいは家格から見て多過ぎる、と感じた。これに対し、弥三郎は、倹約年限中にしては多過ぎる、と感じたのではないか。

布施は、良興寺へ金二朱と白綸子《りんず》小袖一つ、伴僧二人に二百文、供三人に三百文、源徳寺へ三百文、伴僧に百文、供二人に百文、福泉寺へ三百文、供二人に百文、称名院へ三百文、供二人に百文、性勤尼に二百文を差し出した。

葬儀の費用は夫とほぼ同じ

香典は、五十五人が金品を寄せた。金銭は三十七人からで、最高額は、父・文助の母の実家・糟谷善右衛門、祖母・ひさの実家・若松屋善助、妻・せつの実家・大竹喜兵衛の三人からの二朱。糟谷林右衛門(荻原)は一朱を寄せる。百文から二百文が、ほとんど。品は、兎丸線香、卯丸線香各一、二把と、白檀一包である。

弥三郎は、母・松の看病、湯潅等、世話をした、せつ(妻)、助右衛門(下男)、利吉(上町)、その(東店婆さ)、ちせ(東店)、せ以(万久)、かの(幡豆の林右衛門母)、はつ(下女)の八人に、母の遺品である紬縞黒縮緬《ちりめん》帯、縞半纏、女帯、腰帯、笄《こうがい》、縞単物等を記念品として贈る。これまで登場してきた、かのは、林右衛門(幡豆)の母と分かる。

葬儀の費用は、およそ五両一朱。香典など諸納を引き、実際の出費は、三両三分三朱ほどとなった。夫・文助に比べ、香典を寄せた人の数は、十三人少ないが、金銭を寄せた人は一人少ないだけ。このため、額は若干少ない程度で、幼くして母を亡くし、父・宇平の薫陶を受けた松は、夫の文助と力を合わせ、万屋を盛り立てたことを裏付ける。

「淋し見舞いは、一切お断り申し候」――。弥三郎は、倹約年限中だとして、店に貼り紙を出す。それでも、村内外の十二人が里芋二升余、角麩四十、椎茸一袋、富士山柿五ツ、梨七ツ、お強《こわ》凡二升等を届けたため、受納する。文助の時に比べ、四人少ないだけである。

初七日の十月二日、町内の浄土宗・福泉寺へ施餓鬼代として、金二百疋を納める。翌三日には岡山村の臨済宗・花岳寺に回向料として一朱と双龍香一把を差し出した。

「倹約年限中」は掛け声だけか

十月二十七日には、飾り餅百八十九個を、中帳(惆悵)飾り配りとして、良興寺(東城村)、随縁寺(駒場村)の二ヶ寺と、祖母の在所・糟谷善右衛門(冨田村)、妻・せつの在所・大竹喜兵衛(乙川村)等村外の二十一軒に九つないし十一個ずつ配った。

父・文助の時同様、「倹約年限中のため、村方は取り止め、他所ばかりとした」と弥三郎は言うが、それでも、およそ二斗二升もの米を使って、飾り餅を搗いた。父・文助の四十九日に比べ、配り先は十四軒少ないものの、米の量は三升少ないだけだ。

淋し見舞い品を断る張り紙をし、飾り餅配りを、村方は止め、村外だけにすれば、使う米の量には関係なく、倹約したことになるようでは、「倹約年限中」なる言葉は、羊頭狗肉と言えよう。

十月晦日は、母・松の三十五日(五七日)。良興寺和尚を招いて法事を営む。布施は三百文、供に三十二文を差し出す。せつの縁者・随縁寺(駒場村)の和尚も、呼び人の一人として列席したので、布施三百文を進上する。

呼び人は、随縁寺をはじめ、喜兵衛(乙川村)、善右衛門(冨田村)、喜左衛門(松屋)、善助(若松屋)、源九郎(同)、白分(白木屋分蔵)、馬久、権平、忠兵衛(以上下町)、治太夫(大黒屋)、乙吉(杉屋)、

万久（万屋久五郎）、利重（たまり屋）、忠八（川崎屋）、清八（菓子屋）、九平（藤屋）、兵治（鍋屋）、利八（阿波屋）、林右衛門（幡豆）、利吉（上町）の二十一人。利重は、松の灰葬に参列、香典を寄せた。松の一周忌法事にも呼ばれる。

このほか、性勒尼、福泉寺、げんに送り膳をした。父・文助の四十九日（七七日）に比べ、呼び人は五人少なく、料理も一段階落とし、茶菓子付きの一汁三菜念入り仕立てで、利兵衛（下町）と、日傭の下男・助右衛門が担当した。利兵衛には、礼として手拭い一筋を渡す。

弥三郎は「御馳走は、取極め通り一汁三菜。呼び人も女中方なしで、人数も限定した」と話すが、どこか、倹約令に不満気に聞こえる。

四度目の出産で女児が産声

母・松の三十五日を無事終えて、一段落《いちだんらく》した、十一月十九日昼八つ時（午後二時ごろ）、せつの四度目の出産で、ようやく女児が産声を上げる。

「おお、泣いておる。泣いておる。かわいいのう。よし、よし」

弥三郎は、元気に産声を上げる赤子を見るのは、初めてである。大喜びで抱き上げ、ニコニコ顔であやす。

「ようやった。頑張ったのう。ご苦労じゃった」

弥三郎は、ホッとした表情で、せつの労をねぎらう。せつも晴れやかな笑顔で頷く。

「さあ、今度は〝七夜祝い〟じゃな。名前も考えんといかんのう」

喜ぶ弥三郎の元に、馬久、忠兵衛、利兵衛、栄次（以上下町）、乙吉（杉屋）九平（藤屋）、伊勢惣（伊勢屋惣兵衛）、忠八（川崎屋）、忠左衛門（碧海郡宮地村）の九人から、饅頭百文から二百文分、煎餅二十枚、豆腐七丁、鯔《いな》七ツ、木綿の絞り一切《ひときれ》等の祝いの品が届く。

宮地村（現岡崎市）の忠左衛門は、二年前の天保九年、弥三郎と、せつの婚礼に際し、祝儀を寄せたのが初出。せつが亡くなるまでの付き合いなので、せつの知己と考えていい。

栄次は、六年前の天保五年、父・文助の死去に際し、香典を寄せた。天保九年の弥三郎とせつの婚礼には祝儀を寄せた。天保十四年まで登場する。四十年前となる寛政十二年の二代源兵衛五十回忌の飾り餅配り先で、その五年後の母・松が疱瘡に罹った文化二年に見舞い品を寄せた永治と同じ町内だが、関係があるのか、ないのかは分からない。

女児が七夜祝儀の朝に他界

祝い品を受けた弥三郎は、早速、七夜祝いの準備にかかり、忙しそうに動き回っていた。

「大変でございます」

せつの介添人が足音も高く、弥三郎の元へ駆けつけた。六日後の二十五日朝六つ半（午前七時）ごろ、つまり七夜祝いをする当日の朝のことである。

「何ごとじゃ」

「はい。赤ちゃんの様子が、おかしゅうございます」

弥三郎は慌てて女児の元に駆け付け、額に手を当てると冷たい。抱き上げ、「おい、おい、如何致した。「起きろ」と声をかけながら揺さぶる。

何の反応もない女児に、弥三郎も、せつも交わす言葉がなかった。

葬式は当日、良興寺和尚と伴僧が執り行い、町内の約四十人と、東店も含め家内十三人が参列した。布施として、和尚に三百文、伴僧に百文を差し出した。

二十六日の灰葬は、良興寺和尚が一人で来駕、親類・知己約二十人と、家内十三人が参列し、生まれて間もなく他界した赤ん坊の冥福を祈った。香典も二十人が、一朱から百文の金銭や、丁子香線香三包、五種香二袋、卯丸一包、朱丸五本等を寄せた。

極月一日の初七日は、町内の浄土宗・福泉寺へ志として、二百文を差し出す。良興寺には三十五日までの祈祷を願った。二十八日の三十五日には、祈祷分として、斎米一升と布施三百文を差し出した。

天保十二年もまた〝法事漬け〟

翌天保十二(一八四一)年も、またまた〝法事漬け〟の年の幕開けである。三年続きの〝法事漬け〟である。年明け早々の正月五日は、母・松の百ヶ日。

弥三郎は、良興寺和尚を招いて、斎を行い、布施百文を差し出した。福泉寺では布施百文、斎米一升、蝋燭二丁を差し出し、祈祷を願って、塔婆を立てる。

また、この日、七夜祝いの朝に他界した赤ん坊の四十九日(正月十二日)の取り越し法事を兼ねて、性勒尼に百万遍の念仏を願い、布施一朱と卯丸一包を差し出した。

閏正月晦日、徳川家斉が死去、十二代将軍家慶《いえよし》の新政が始まると、老中首座の水野忠邦による質素・

倹約を柱とした天保の改革が断行される。

翌二月の七日は、祖父四代源兵衛・宇平の三十五年祥月命日。観喜光院の五十回忌法要を引き上げて、良興寺和尚を招いて一緒に勤める。斎を供し、布施は祥月分として百文、五十回忌分として二百文を差し出す。

観喜光院は、『萬般勝手覚』に初出である。五十回忌ということは、他界したのは寛政四年ということになる。万屋で、この年に死去したのは、四代源兵衛・宇平の乳母で、命日は三月四日である。「観喜光院」が彼女だとすると、宇平の祥月命日に引き上げて、一緒に法事を勤めるのは、粋な計らい、と言っていい。

だが、このころ、果たして、庶民の女性に院号が付けられることがあったのだろうか。なかったとすれば、渾名なのだろうか。それとも……。

宇平乳母の五十回忌正当の三月四日は、性勤尼に頼んで、百万遍の念仏を唱えてもらい、布施百文を差し出す。この時は『萬般勝手覚』に「釈尼妙華信女」とある。

福泉寺で先祖二十六人の施餓鬼

彼岸の八月十四日には、先祖代々二十六人の施餓鬼を、町内の浄土宗・福泉寺で勤め、志として一朱を差し出した。

九月二十五日は、母・松の一周忌。弥三郎は、米およそ六升で飾り餅を搗いて、二十三日、村内外の五軒に十一個ずつ配る。

村外は、良興寺（東城村）、親戚・糟谷林右衛門（荻原村）、妻・せつの在所・大竹喜兵衛（乙川村）、祖母・ちせの在所・糟谷善右衛門（冨田村）の四軒である。

弥三郎は「けん屋く年限中故、銹くばり八他所計り、村方ハ相見合候」と、『萬般勝手覚』に記すが、村内が一軒ある。その一軒は若松屋。母・松の母、つまり四代源兵衛宇平の妻・ひさの在所なので、省けなかったのだろう。

一周忌正当の九月二十五日は、良興寺和尚一人を招いて、法要を営む。斎を供し、布施三百文を差し出す。斎の呼び人は、松屋喜左衛門、菓子屋清八、若松屋善助、若松屋善吉、白木屋分蔵、川崎屋忠八、万屋久五郎、大竹喜兵衛（乙川村）、糟谷善右衛門（冨田村）、鍋屋兵治、黒野治太夫、藤屋九平、杉屋乙吉、下町・忠兵衛、同・馬久、同・権平、たまり屋利重、阿波屋利八、上町・利吉、利兵衛（横手村）の二十人。

このほか、三十五日（五七日）と同じように、性勒尼、福泉寺、げん（利兵衛母）の三ヶ所に送り膳をした。呼び人は多いが、弥三郎は「倹約年限中のため、女中客は見合わせ、料理も取極め通り一汁三菜としたが、念入りに仕立てた」と話す。人数、やり方とも、三十五日の斎に似る。

勝手料理方は、利兵衛（下町）と、日傭の下男・助右衛門が担当。利兵衛には、礼として手拭い一筋と、たばこ一つを差し出した。

この日の料理は次の通りである。

（平）半月、長芋、しいたけ（坪）きくらげ、里芋、ニンジン、牛蒡、干瓢、のっぺい

（皿）生け盛り（臺引）揚げ物、豆腐、牛蒡（茶菓子）三つ盛三品

福泉寺でも斎米一升、布施百文と蝋燭二丁を差し出して、祈祷をしてもらい、塔婆を立てる。性勒尼には、百万遍の念仏を願い、布施一朱と双龍香一箱を差し出した。

十一月は、天保十（一八三九）年に早産のため死産だった女児（命日十一月二十二日）の三回忌、天保十一年に生まれ、七夜祝いの日に死去した女児（命日十一月二十五日）の一周忌を迎える。

弥三郎は、十三日に良興寺和尚を招請して、一緒に取り越しの法要を勤め、布施として二百文を差し出し、この年の法事を終えた。

倹約厳しく中酒、茶菓子止める

天保十三（一八四二）年は、母・松の三回忌が、九月に巡り来る。弥三郎は、晩春の三月二十五日、松の歯骨を持って、尾州八事山興正寺に出向いて納め、回向料として二朱を差し出す。

九月に入ると、米六升で飾り餅を搗き、命日の九月二十五日に、大きいのを九つずつ配るが、前年の一周忌で配った村内の若松屋善助は取り止め、良興寺（東城村）、大竹喜兵衛（乙川村）、糟谷善右衛門（冨田村）、糟谷林右衛門（荻原村）の他村四軒だけにした。

弥三郎は「（領主・水野出羽守の）御けん屋く、御熱意ニ付、格別之年端《としは》故、村方ハ勿論、他所も阿らまし遣し候」と『萬般勝手覚』に記す。だが、飾り餅の米の量は、前年の一周忌の時と、全く同じの六升である。

法要は、この日、良興寺和尚を招いて営む。布施三百文を差し出し、斎を供し、一汁三菜念入り仕立てでもてなす。

斎の呼び人は、松屋喜左衛門、菓子屋恵助、若松屋善助、同善吉、白木屋分蔵、川崎屋忠八、万屋久五郎、大竹喜兵衛（乙川村）、糟谷善右衛門（冨田村）、鍋屋兵治、黒野治太夫、藤屋九平、杉屋乙吉、下町・忠兵衛、同・権平、阿波屋利八、左官・久五郎、利兵衛（横手村）の十八人。恵助は、平太夫同様、清八の一族。

今回も、性勤尼、福泉寺、げんに送り膳をする。勝手方も、利兵衛（下町）と、日傭の助右衛門が担当する。利兵衛には礼として、手拭い一筋を遣わした。

弥三郎は「当年は格別の倹約ご熱意通り、一汁三菜のほか茶菓子、中酒は止める取極めの故、一切見合わせ、呼び人も女中方は見合わせた」と話す。

呼び人に女中方がいないのは、三十五日、一周忌と同じだが、呼び人の数は三十五日が二十一人、一周忌が二十人、今回が十八人と減らし方は小さいが、徐々に倹約令による締め付けが、強化されてきているようだ。

また、町内の浄土宗・福泉寺で、一周忌同様、斎米一升、布施百文、蝋燭二丁を差し出して祈祷をしてもらい、塔婆を立てる。性勤尼には、百万遍の念仏を願い、一周忌より布施の額を減らし、四百文と双龍香一箱を差し出した。

天保十四年、妻・せつが病を得る

年が明け、天保十四（一八四三）年を迎える。老中・水野忠邦が失脚、天保の改革が終焉する年である。万屋では、妻・せつが正月早々、病を得る。そうした中、四代源兵衛・宇平の三十七回忌となる二月七日が訪れる。

弥三郎は、町内の浄土宗・福泉寺で斎米一升、布施百文と蝋燭二丁を差し出して、祈祷を頼み、塔婆を立てた。性勒尼にも、祈祷を願い、布施百文を差し出した。

飾り餅は、米八升で搗くが、弥三郎は、昨年に続いて領主・水野出羽守の倹約熱意が、今年も格別だとして、一昨年営んだ母・松の一周忌と同じように、宇平の妻・ひさの在所・若松屋善助のほかは、村外の糟谷林右衛門（荻原村）、大竹喜兵衛（乙川村）、糟谷善右衛門（冨田村）、良興寺（東城村）の四軒に、十一個ずつ配っただけである。

法要は、良興寺和尚を招いて営む。無量寿経、観無量寿経、阿弥陀経の浄土三部経をあげてもらい、布施金百疋、伴僧に二百文、供に三十二文を差し出す。

呼び人は、妹・こぎを除くと、母・松の一周忌、三回忌の斎と同じように、男衆ばかり。一汁三菜念入り仕立てで、もてなした。取極め通り、中酒、茶菓子はなくした。料理人は、利兵衛（下町）と、日傭の助右衛門。利兵衛には、手拭一筋を渡す。

飾り餅の配り先は、相変わらず少ないが、三年前の天保十一年の父・文助の七回忌以来、米六升で餅をついていたが、八升に増やした。八升は、天保七（一八三六）年の父・文助の三回忌と同じである。呼び人も父・文助の三回忌と同じ十八人。顔ぶれは、母・松の三回忌と、ほぼ同じ。布施は父・文助の七回忌並みの高額だ。

格別の倹約にしては、飾り餅も、布施も多い。『萬般勝手覚』で、父・文助が、宇平は万屋の〝中興開山〟だから、子孫は尊ぶよう求めたためだろうか。

あるいは、天保十年の三十三回忌の法事が、毎年続く凶作の影響で、質素に営まざるを得なかったため、その埋め合わせをしたのかもしれない。

それにしても、天保十二（一八四一）年から十四（一八四三）年まで行われた、老中・水野忠邦による天保の改革の実効に、疑問符が付く実例の一つと言えよう。

妻・せつが「たんろう」で逝く

正月早々、病を得て、服薬していた、せつは、三月ごろから床に臥し、四ヶ月の闘病の末、五月二日昼七つ時（午後四時ごろ）、帰らぬ人となる。

行年二十七。早過ぎる死である。戒名は釈尼常照、誉住常照信女。褒め称えられる中で生き、常に周りを明るく照らす女性だった。

弥三郎は、せつの病状について、『萬般勝手覚』に次のように記す。

「天保十四年正月ごろより、おせつ病気に相成り、町内外《ないがい》様の薬相用ひ候へ共、よろしからず申すに付、正月晦日より家武、橋本薬、相用ひ申すところ、はきはきとも、致し申さず。四月二日より、矢曽根（現西尾市矢曽根町）のお医者に替へ仕り候。尤も、たんろうと申す大いに難しき病にて、遂には養生相叶わず、命終わり候」

見舞い品は、四月二十二日までに、三十九人が牡丹餅一、二重、白酒一徳利、素麺一包、饅頭五十個、煎餅二、三十枚、上菓子一袋、あられ一箱、羊羹一、柏餅二十一、氷餅二本、白砂糖百文分、梨一ツ、クジメ二ツ、アイナメ二ツ、鰻百文分、蕗三包等を寄せた。

せつは三年間で、四人の子供を産むが、いずれも亡くし、最後の出産から二年六ヶ月後に他界する。七夜祝いの当日朝に息を引き取った、天保十一（一八四〇）年十一月十九日生まれの女児が、せつの最後の出産であった。

凶作続きで、倹約が叫ばれる中、短期間の妊娠、出産の繰り返しで、肉体が傷ついたばかりでなく、死産続きで心労が重なったのであろう。

「たんろう」とは肝臓の病か？

成人し、結婚をし、四度の出産を経験しながら、子孫を残すことなく、若くして世を去る。せつの人生は、何とも切《せつ》ない人生である。せつばかりでなく、弥三郎にとっても、せつのいない人生は、やはり、切ない人生となったことであろう。

せつの病名は「たんろう」。万屋の関係者で、死因の病名が分かる唯一人である。だが、「たんろう」について、『萬般勝手覚』に「大いに難しき病」とあるだけで、如何なる症状が現れる病《やまい》か、が分からない。

「たん」は「痰」か「胆」だろう。「ろう」は「労症」のことだろう。痰がでる労症といえば肺結核だが、当時は「労咳《ろうがい》」と呼ばれていただろうから、「胆」の「労症」だとすれば、肝臓の病ではないか。

天保という年は、飢饉が頻発、横須賀村でも倹約令が毎年出されていた。飢餓の時、動物は子孫を残そうと本能的に多産になる。栄養不足から生存の可能性が低くなるからである。せつも、そうした状況にあったのかもしれない。

ただ、相次ぐ死産と、せつの病死が、毎年のように続く凶作、それに伴う飢餓と直接の因果関係があったのか、どうかは分からない。何故なら、凶作が続く中で産まれた吉良仁吉は、偉丈夫に育つからである。

せつの葬式に百五十人が参列

天保十四（一八四三）年五月二日の、せつの葬式は、良興寺和尚、伴僧二人、供三人の主宰で営まれた。源徳寺、福泉寺、称名院の和尚、小僧、供等が立ち会い、約百五十人が参列した。参列者の数は、五代源兵衛・文助、その妻・松の葬式と変わらない。

参列したのは、町内の者と、村内縁者のほかは、村内が兵治、長右衛門、九郎作（以上法六町）、伊兵衛（渡内）の四人。他村からは、父親の大竹喜兵衛（乙川村）をはじめ、糟谷善右衛門手代（富田村）、鈴木平六（下横須賀村）、随縁寺（駒場村）、利兵衛、助右衛門、彦兵衛（以上横手村）の七人である。日傭の下男・助右衛門は、横手村に住すことが分かる。

灰葬は、五月三日の九つ時（正午ごろ）から、良興寺和尚によって執り行われた。弥三郎は、七十人分の料理を用意する。これも文助、松の灰葬と同じである。万屋久五郎、若松屋善助、松屋喜左衛門は、夫婦で参列した。

布施は、良興寺へ金二朱と白の小袖一つ、伴僧二人に二百文、供三人に三百文、源徳寺に三百文、伴僧に百文、供二人に百文、福泉寺へ三百文、小僧三人に五十文、供二人に百文、称名院へ三百文、小僧に五十文、供二人に百文を差し出す。

香典は四十六人が寄せた。金銭は三十五人からで、最高は、せつの実家・大竹喜兵衛と若松屋善助の金二朱である。

荻原村の糟谷林右衛門は、弥三郎の母・松の時と同じように白銀（二匁）を寄せた。百文が最も多く十七人。次いで多い二百文は九人。品物は卵丸、五種香で、一包から三包である。

葬儀にかかった費用は、約五両三分と六百余文である。香典等の受納分一両と七百余文を差し引くと、実際の出費は、四両三分ほどであった。

参列者数、費用は、文助、松の葬式と、殆ど変わらないが、香典は、寄せる人も額も、文助、松、せつと、少しずつ減っており、万屋が弥三郎の代になって、徐々に衰えていく実態が、はっきりと見て取れる。

せつの五七日は盛大に営む

中陰飾りは、白米二斗五升で、搗いた餅を二百十一個に切り分け、五月晦日に、村外を中心とした二十四軒に配った。村内は、下町・権平、伊勢屋惣兵衛、若松屋善助、法六町・りかの四軒。りかは初出で、再登場もない。村内が少なく、村外が二十軒と多いのは、弥三郎が倹約令に従う姿勢を見せたのであろう。

六月六日、五七日（三十五日）の法要を良興寺住職と、若僧を招いて盛大に営む。浄土三部経をあげてもらい、布施として住職に金百疋、若僧に二百文、供に三十二文を差し出す。斎の呼び人は、村内外の三十三人に及び、一汁三菜でもてなした。勝手方は、利兵衛と助右衛門である。

呼び人の三十三人は、近年にない異常ともいえる多さである。中陰飾りの餅を搗いた米二斗五升は、母・松の時の二斗二升を上回り、父・文助の四十九日（七七日）の飾り餅の時と同じ量である。配り先の二十四軒も、母・松の時の二十一軒を上回り、父・文助四十九日の三十二軒に次ぐ多さである。

せつの葬儀の費用も、前にも触れたが、「天保の改革」が始まる前の父・文助、母・松の葬儀費用と、ほとんど変わらない。

天保十四年二月七日に営まれた祖父・宇平の三十七回忌法事の際は、「当年は格別の御倹約の御熱意」と、『萬般勝手覚』にあるが、その後、この文言が『萬般勝手覚』に現れることはない。「倹約」の語は、見られるが……。せつの葬儀が行われる三ヶ月後の五月には、既に「天保の改革」が、頓挫していたのかもしれない。

八月十三日の百ヶ日は、良興寺和尚を招いて、祥月命日並みの簡単な法事を営み、布施百文を差し出す。三十五日（五七日）の法事を盛大に行ったためであろう。

妹・こぎが若松屋へ嫁ぐ

六代源兵衛・弥三郎の妻・せつが他界した翌年の天保十五（一八四四）年正月二十八日、町内の河内屋清兵衛の仲人で、弥三郎の妹・こぎが、村内の若松屋善助と結納を交わす。若松屋善助家は、〝中興開山〟とされる四代源兵衛・宇平の妻・ひさの在所である。

弥三郎は、清兵衛持参の結納品を受納する。緋《ひ》かの古《こ》小袖、黒二重《ふたえ》どん春《す》帯、古《こ》ん婦《ふ》、乃《の》し、寿留《する》女《め》、志《し》らか、扇子、鯛、家内喜多留の九品である。

これに対し、弥三郎は、男箪笥二本、長持二本、両掛の三品と、村内外の十七人から、こぎの餞別として寄せられた風呂敷、ぶら提灯、白粉《おしろい》、白木綿《もめん》二反、白足袋一足、半紙三帖、羽書五枚、金百五十疋等を若松屋善助方に遣わした。

正月二十九日に婿入り。婿・善助（若松屋）、仲人・清兵衛（河内屋）、親類・忠八（川崎屋）等が持参した若樽、鰹節、菓子、白砂糖等の土産物を受納する。仲人の河内屋清兵衛には、礼として玉紬一反、肴代五百文と、羽書一枚を差し出した。

そして、善助、清兵衛、忠八の三人と、兵治（鍋屋）、治太夫（大黒屋）、九平（藤屋）、善吉（若松屋）、利八（阿波屋）、惣兵衛（伊勢屋）、半七（すはら屋）、佐助（左官）、忠兵衛（下町）、権平（同）の十人を呼んで、祝いの膳を振舞った。半七は、せつの三十五日にも呼ばれた。佐助は、せつの葬儀の際には香典を寄せた。

弥三郎は『萬般勝手覚』に「外ニ縁者書ニ不及《およばず》申候。振舞ひ之儀者《は》、御倹約ニ付、新《し》つ楚《そ》ニ仕《つかまつり》、焼物並ニ茶菓子なし」と記す。

こぎの婚礼にかかった費用は、全部で約金十両二朱である。六年前の天保九年のせつとの婚礼費用は、金十四両一分二朱。四両ほど少ないが、六十年前の天明四年の治兵衛と、ちせの婚礼に比べると、四両ほど多い。

妹・こぎが受胎し、帯直し

二月半ばになり、こぎの受胎が分かった。母は他界し、妻も亡くしている弥三郎は、東店の次兵衛方・ちせに頼んで、二月二十一日に、餅一荷と、紅絹《もみ》、晒し木綿を、それぞれ八尺ずつ持たせて、帯直しに若松屋へ遣わせた。

四月四日は、天保九（一八三八）年に、死去して生まれた男児の七回忌に当たる。性勤尼に、布施百文と卯丸一把を差し出し、祈祷を願った。

五月二日は、妻・せつの一周忌である。良興寺和尚を招いて法要を営む。斎を供し、布施三百文を差し出す。斎に呼んだのは、本家・松屋喜左衛門、一統の菓子屋清八、若松屋善助、東店・万兵衛の四人。

弥三郎は、良興寺和尚と、斎に出席した四人を、中酒付きの一汁三菜の念入り仕立てで、もてなし、性勤尼と、出産を控えて出席できなかった、こぎに送り膳をした。料理人は、はる。万屋初の女性料理人である。

今回、中酒を出したのは、天保の改革が頓挫したため、倹約令が、少し緩められたのだろうか。だが、飾り配りは、良興寺一軒のみで、約やかに行われた。性勤尼には、百万遍の念仏を唱えてもらい、布施五百文と、卯丸一把を献上した。

こぎが男児を出産し死去する

「なにっ。赤子は生まれたが、妹は死んだ、だと……」

夏本番を迎えた六月十六日、慌ただしく駆け込んできた若松屋善助の遣いから、連絡を受けた弥三郎は、頭を抱え、絶句する。

「して、赤子は無事か」

「はい。男の子でございます」

「左様か。跡取りが残せたのは、せめてもの救いじゃ」

弥三郎は、沈んだ声ながら、ややホッとした表情を見せる。妹・こぎは、出産直後に他界した、と言う。行年二十三である。

翌日の葬儀に、弥三郎は、香典として金二朱を若松屋へ持参する。出産と引き換えとなった、こぎの若過ぎる急死もまた、凶作続きに伴う飢饉との関係は、明らかでない。

三年間に、次々と生まれてくる我が子四人を全て亡くし、そして、妻、妹とも死別する。弥三郎は、〝死に神〟にでも、憑かれたかのようである。弥三郎の心境は、如何なるものだったか。測り知れないが、自責の念にも駆られたことであろう。

六月二十二日は、妹・こぎの初七日。性勒尼に百万遍の念仏を唱えてもらい、布施四百文と双龍香一箱を進上した。

七夜の祝儀は出産の三ヶ月後

産後に母親が急死、その後、諸々の事情が重なったのだろう、出産から三ヶ月後の九月二十日になって、妹・こぎが産んだ男児・研次の七夜の祝儀が催された。

弥三郎は、強飯《こわめし》一荷、模様付縮緬一ツ、白無垢《むく》一ツ、布団二ツ等を若松屋へ贈る。また、取上婆さに、心付けとして金二朱を渡した。はるが、取上婆さに呼ばれて行く。

天保十五（一八四四）年は、江戸城の火災により、年の瀬が迫り来る十二月二日、弘化と改元される。翌弘化二（一八四五）年は、妻・せつと、妹こぎの年忌がある。五月二日、弥三郎は、良興寺和尚を招いて、妻・せつの三回忌法要を営む。

斎の呼び人は、一周忌とほぼ同じ松屋喜左衛門、菓子屋恵助、若松屋善助、白木屋分蔵、東店・万兵衛の五人。

ほかに、家人全員六人も呼ぶ。中酒を出し、一汁三菜でもてなす。料理人は今回も、はる。飾り餅も、一周忌同様、良興寺一軒のみに十一個配る。

六月十六日は、若松屋へ嫁いで、産後に急死した妹・こぎの一周忌。性勒尼に百万遍の念仏を願い、布施四百文と卯丸線香小束一把を差し出した。

倹約年限の弘化三年は開国の動き

弘化三（一八四六）年は、二月十七日が父・文助の十三回忌である。性勒尼に布施四百文と卯丸線香小束一把、蝋燭二丁を差し出し、百万遍の念仏を願った。

飾り餅は、糟谷林右衛門（荻原村）、（父・文助の母の在所・糟谷善右衛門（冨田村）と良興寺（東城村）の三軒に、大きい餅を九つずつ配っただけである。

弥三郎は「御けん屋くニ付、村方はやめ、他所計りへ遣候」と『萬般勝手覚』に記し、同じ倹約年限中の天保十一年の七回忌には配った、村内の湯瀧人二人も止めた。

法要は良興寺和尚を招いて営み、斎を供す。浄土三部経をあげてもらい、布施金百疋、伴僧の若僧に青銅二百疋、供に三十二文を差し出す。

斎の呼び人は、松屋喜左衛門、若松屋善助、同源九郎、万屋久五郎、菓子屋恵助、白木屋分蔵、川崎屋忠八、糟谷善右衛門（冨田村）、左官・佐助、下町・権平、表具屋清吉、杉屋乙吉、藤屋九平、黒野治太夫、鍋屋兵治、東店・万兵衛、阿波屋利八、中屋柳助、十助（幡豆）の十九人。

表具屋清吉は、十七年前の文政十二年、弥三郎が元服の際、祝い品を寄せた。中屋柳助は初出で、十八年後の元治元年まで付き合う。十助も初出。再登場はない。以前、万屋に勤めていた甚助（幡豆）の関係者だろうか。

斎の呼び人は、一周忌二十人、三回忌十八人、七回忌十二人と減らしてきたが、今回は十九人と、また増やした。他に東店と共に家人十人を呼んで、中酒を出し、一汁五菜でもてなす。このほか、性勒尼と、げんに送り膳をする。料理は、店の林平が担当した。

この日の献立は次の通りである。

（平）長いも、寿こ婦、連んこん、志ゐ竹、油阿げ（坪）きくらげ、里いも、志ゐ竹、もみじ婦、ごぼう（皿）大こん、人じん、こふりこん爾やく、寿こぶ、志ゐ竹
（直《ちょく》＝猪口）由りね、志ら阿へ（引物）からしな
倹約年限中にしては、豪勢である。斎は呼び人の人数を増やし、料理も、近年の一汁三菜から七回忌並みの一汁五菜に戻した。

天保の改革の頓挫に伴い、倹約意識が低下してきたのではないか。と同時に、東店と合わせた家人は、これまで最大で十三、四人いたが、それより三、四人減っており、万屋の衰亡ぶりも、窺える。

この年の五月二十六日、米海軍仕官のジェームズ・ビッドルが軍艦二隻を率いて、浦賀に来航、開国を迫る事件が起こる。

若干の行き違いもあって、ビッドルの開国計画は失敗に終わるが、七年後の嘉永六（一八五三）年のペリー来航、翌嘉永七（一八五四）年の日米和親条約の締結へと繋がる、開国への風雲急な時期を迎えていた。

母の七回忌の料理人に後妻

九月二十五日は、母・松の七回忌である。弥三郎は、性勤尼に百万遍の念仏を願い、布施四百文と、卯丸一把を差し出す。

倹約令が出されているため、飾り餅は、米およそ四升五合で搗き、祖母・ひさの里で、妹も嫁いだ若松屋善助と、菩提寺・良興寺の二軒に九つずつ、配っただけである。米の量は、一周忌、三周忌より一升五合少ない。

法要は、良興寺和尚を招いて営み、三百文を差し出す。斎の呼び人は、松屋喜左衛門、菓子屋恵助、東店・万兵衛、万屋久五郎、若松屋善助、同源九郎、川崎屋忠八、白木屋分蔵、下町・権平、阿波屋利八、万辰、表具屋嘉介、杉屋乙吉、中屋柳助の十四人。

万辰は略称。初出だが、弥三郎は、六年後の嘉永五年に茶菓子を買うので、饅頭屋ではないか。饅頭屋辰蔵とか、饅頭屋辰五郎等と名付けられていたのかもしれない。表具屋嘉介も初出。表具屋清吉との関係は不明だが、四年後の嘉永三年まで付き合いがある。

斎の参集者には、中酒を出し、一汁三菜念入り仕立てで、もてなすが、呼び人は、一周忌二十人、三回忌十八人、今度の七回忌十四人と、順次減っている。弥三郎は「倹約年限中なので、手軽な一汁三菜にし、呼び人も減らした」と振り返る。

また、この時の料理人は屋つ。女性料理人だが、せつの一周忌、三回忌の、はるではない。屋つは、はるの後に入った女性料理人なのだろう。『萬般勝手覚』に、再婚の儀は書かれていないが、「内の」とある。せつの死後、弥三郎と結ばれた後妻である。

屋つの実家は、濃州本巣《もとす》郡長屋村(現岐阜県本巣市)である。万屋の当主が、幡豆郡外から娶ったのは初めてだが、屋つが、如何なる経緯で、万屋の調菜人となり、弥三郎の後妻となったのかは、分からない。

げんとは五十五年に及ぶ交流

今回も、げんに送り膳が遣わされた。村方文書によれば、げんは権平の母。この年、九十四歳。翌弘化四年一月、九十五歳で他界する。前に触れたが、沼津藩には九十歳以上に支給される敬老手当米の制度があり、げんにも大浜陣屋から支給されていた。

『萬般勝手覚』によれば、天保十(一八三九)年当時、げんは、権平の母とあるが、一年後の天保十一年二月時点では、利兵衛母とある。すると、権平と利兵衛は兄弟と言えよう。天保八年には、「利兵衛内」とあり、利兵衛と一緒に暮らしていた、と考えられる。

権平は、起筆された天明四(一七八四)年から登場、利兵衛は、その九年後の寛政五年から登場する。げんの登場は寛政四年、四十歳の時である。天明四年当時の権平は、げんの息子ではない可能性が大きい。すると、げんの息子の権平は、権平家に養嗣子として入ったのではなかろうか。

いずれにせよ、げんと万屋の付き合いは、宇平の代である寛政四年以来で、少なくとも万屋三代にわたる五十五年になる。昨今では信じられない長さである。万屋は、権平、利兵衛を含めた一族と強い絆で結ばれていたと言える。

げんは、三十八年前の寛政八年に催された、宇平の道明けの祝いには、利兵衛と共に働き方として、参加している。八年前の天保五年四月に営まれた、父・文助の忌明けと、祖母・ひさの三十三回忌を併せた法事の斎に呼ばれたのが最後だが、その後も、送り膳をされている。げんは、義理堅く、情のある女性だったのだろう。

父母の年忌があった翌年の弘化四（一八四七）年は、祥月命日の法事以外、特筆すべき慶弔行事はないが、八月二十六日の二代源兵衛の九十六年祥月命日に、父・文助の弟で叔父に当たる治作の三十三回忌法事を一緒に営む。

良興寺和尚に頼み、百文を差し出す。治作の法事は毎年、東店の次兵衛方で営まれるが、万兵衛が病気で寝込んだため、弥三郎が営んだ。

弘化五（一八四八）年は、浄土真宗中興の祖とされる蓮如上人（命日三月二十五日）の三百五十回忌を迎える。弥三郎は、初代源兵衛・弥四郎の百三十六年祥月命日となる二月二十六日に、蓮如上人の三百五十回忌の法事を引き上げて、一緒に営む。

良興寺和尚に、二人の追善供養を依頼し、呼び人なしで斎を行う。初代源兵衛の布施百文とは別に、二百文を差し出した。

弥三郎に長女・ゑひが産声

弘化五年は、弥三郎が蓮如上人三百五十回忌の取り越し法事を営んだ二日後の二月二十八日、前年九月の孝明天皇即位に伴い、嘉永と改元される。

「フギャー、フギャー」

「おお、産まれたか。元気そうじゃな。男か？　おなごか？」

「女児ですよ」

取上婆《とやげ》さが答える。

「左様か。名前を考えんといかんな」

嘉永元（一八四八）年の五月二十四日昼九つ時（正午ごろ）、屋つが長女を出産する。弥三郎が、前妻・せつを亡くして五年が経つ。

弥三郎が三十五歳の時である。後妻・屋つは、二十三歳である。十二人が饅頭三十、菓子袋一ツ、小豆飯一升五合計《ばか》り、イシモチ七から十五、鮴《こち》七ツ、縞織物一切（凡《およそ》八尺三寸）等の見舞い品を寄せた。

「いやー、めでたい。手数をおかけした。赤子は『ゑひ（栄）』と名付け申した。本日はゆるりと、ご会食くだされ」

弥三郎は五月晦日、七夜祝いの儀を催す。初めて七夜祝いができた子供だけに、喜びもひとしお。頬を紅潮させ、挨拶する。赤子の名前には、生まれた年の「嘉永」の「永」に掛けて、「栄えあれ」

との願いが込められている。

呼んだのは、出産の世話になった、横須賀村の東に接する中野村に住む茂八内儀の取上《とやげ》婆さ・とせをはじめ、万兵衛内儀・由う、利兵衛嫁・きの、阿波屋利八内儀・てる、中屋柳助内儀・屋す、みよし屋・てう、万辰・せひ、若善母・寿《とし》、江戸屋・古と、辻長、万屋久五郎、利兵衛（横手村）、周蔵（中野村梶洗）、下男・弥右衛門の十四人。取上婆さには、礼として金二百疋と小物を贈った。

酒を出し、一汁三菜でもてなし、欠席した、てう、寿、辻長、久五郎の四人に送り膳をする。料理人は、左官・由蔵が務め、周蔵が協力した。辻長は屋号で、現当主は辻屋嘉六。出生祝いを寄せたみよし屋嘉介は、松七回忌の呼び人の一人、表具屋嘉介のことである。

翌嘉永二（一八四九）年五月二日は、妻・せつの七回忌である。性勤尼に百万遍の念仏を願い、布施三百文、卯丸五把入り一包、蝋燭二丁を差し出す。七回忌にしては、簡素だが、弥三郎は「都合が悪く、僧がいなかったため」と釈明する。

父十七回忌は七年ぶり村内に餅配る

嘉永三（一八五〇）年は、父・文助の十七回忌と、祖母・ひさの五十回忌に当たる。

二月十七日に迎える父の十七回忌の法要は、二月六日に引き上げて、四代源兵衛・宇平の四十四年祥月命日（二月七日）の法事と一緒に、良興寺和尚を招いて勤める。一汁五菜でもてなし、布施は、年忌分として三百文、祥月分として百文を差し出す。

斎の呼び人は松屋喜左衛門、東店・万兵衛、若松屋善助、同源九郎、白木屋分蔵、万屋久五郎、下

町・権平、阿波屋利八、万辰、中屋柳助、みよし屋嘉介、糟谷善右衛門（冨田村）の十三人。一汁五菜でもてなす。他に家内六人、いね（岡山村）、いく（吉野屋）が列席する。勝手方の料理人は屋つ。いくが手伝う。いねと、いくは初出。いねは、十年後の万延元年まで、いくは、十三年後の文久三年まで登場する。

弥三郎は、「中酒、見合候。時節柄（の）事故《ことゆえ》、呼人、御馳走、けん屋く仕候」と、『萬般勝手覚』に書き留めた。

飾り餅は、白米七升で搗いて、法事の前日の五日に八軒に七つ、ないし九つずつ配った。村外は良興寺（東城村）、糟谷善右衛門（冨田村）、糟谷林右衛門（荻原村）の三軒。残る五軒は、村内の極近しい松屋喜左衛門、白木屋文蔵、菓子屋恵助、若松屋善助、万屋久五郎である。

村内に、弔事の飾り餅を配るのは、天保十四（一八四三）年五月晦日に行われた亡妻・せつの中陰飾り配り以来、七年ぶりのことである。

斎の料理は、いずれも一汁五菜だが、四年前となる弘化三年の十三回忌に比べ、飾り餅の配り先は、五軒増えたが、斎の呼び人は六人減った。天保十一年の七回忌に比べると、飾り餅は米の量が一升増え、配り先も一ヶ所、呼び人も一人多い。

天保十四年に「天保の改革」が頓挫すると、倹約令が次第に緩み、万屋も復興しつつあるのだろうか。それとも、厳しい中、弥三郎が、〝万屋の中興開山〟の一人である父を辱めないよう、工夫をしているのだろうか。

ひさ五十回忌法事は台風で出来ず

父・文助の十七回忌法要を勤めた、この嘉永三年は、秋になって台風に見舞われる。このため、十月十日のひさの五十回忌は、良興寺和尚を招き、報恩講の引き上げを兼ねて、祥月命日並みの法事を営む。ただし、酒付きの斎を提供する。布施も、両法事分として、百文ずつ、二百文を差し出す。

そして、弥三郎は『萬般勝手覚』に次のように記す。

「當戌年、年忌相當り、法事相勤メ可申《もうすべく》候處、古来満連《まれ》成る大風、大水出テ凶年。作悪《あしき》ニ付、當年相延シ、来ル亥年、相勤メ可申書居く」

村方文書によれば、嘉永三年は、春から虫気《むしけ》があり、七月二十一日には大風雨に見舞われて田畑が冠水、八月七日からは三日連続で大雨が降り、洪水により冠水する。九月二、三日には大風雨が襲い、稲の株が風で倒され、前代未聞の凶作となった。

矢作古川左岸の横須賀村下流に位置する八幡川田村で、三十三年前の文化十三年のように矢作古川の堤防が切れたため、さらに下流の海岸に近い吉田村では、堤防決壊に伴う洪水に加え、高潮による被害が出た。海水は上流の荻原村を越えて、冨田村まで押し寄せた。

『萬般勝手覚』に記された「古来満連成る大風、大水」は、村方文書にある「九月二、三日の大風雨」のことで、間違いなく台風である。

大災害の年に生まれた最後の当主

この大災害の年である嘉永三年も、押し詰まった十二月、中国清朝では、終息まで十四年に及ぶ宗教上の反乱「太平天国の乱」が勃発する。

「おお、生まれたか。して、男か、おなごか」

介添をしていた万兵衛娘・り宇が駆けつける。

「男の子でございます」

「左様か。ありがたい。跡継ぎができたわい」

火鉢で暖を取りながら、出産を待っていた弥三郎は、揉み手をしながら産室に急ぐ。

「良かったのう。これで一安心じゃ。ご苦労であった」

弥三郎は、屋つに労いの言葉をかける。屋つも笑みを見せる。

万屋では、「太平天国の乱」が勃発した十二月の十二日夜八つ半時（午前三時ごろ）、待望の跡継ぎとなる長男が産まれる。源治郎（後の七代、万屋源十郎）である。何だか、万屋の前途を暗示しているかのようである。

見舞いの品は、十三人がトウミカン一袋、つまみ煎餅一袋、饅頭三十、豆腐七丁から九丁、鰈《かれい》二枚、小鯖《さば》五ツ、鯖塩物七ツ、小紋木綿一切等を届けた。

長男の名は敬愛する下男の名

では、弥三郎は、何ゆえ長男を弥四郎ではなく、源治郎と名づけたのであろうか。源治郎は、四代源兵衛・宇平の代に、勝手方の下男として雇われ、文化二（一八〇五）年、宇平継母・しなの二十七回忌に調菜人として登場する。その後も、利兵衛と共に、慶弔時の調菜人も務める等、父・文助を支え、万屋発展に貢献した。料理の腕が良く、面倒見も良く、幼い自分を可愛がってくれたので、長男も源治郎のような男になって欲しいとの願いを込めて、名づけたのであろう。

十九日に「七夜祝い」を催す。出産の世話になった中野村に住む茂八内儀の取上婆《とやげ》さ・とせをはじめ、万兵衛嫁・由う、利兵衛嫁・きの、阿波屋・てる、万辰・せひ、みよし屋・てう、中屋柳助嫁・屋す、若善・うた、辻長、万屋久五郎、岡山・いね、吉野屋・いくの女中方を中心に、十二人を呼んで酒を出し、次のような一汁三菜でもてなす。

(丼)すし、からし菜、カズノコ　(鉢肴)鯖五ツ　(吸い物)麹味噌、切身
(平)のっぺい、里芋、牛蒡、人参、エビ、瓜　(皿)牡蠣酢和え　茶飯

弥三郎は「當年、凶作ニ付、格別けん屋く仕、御馳走、一切仕不申候」と、『萬般勝手覚』に記す。馳走ではないというが、そうは思えない。祝い事の振舞いにしては、馳走ではないという意味か。

年が明けた嘉永四(一八五一)年正月十六日、肥立ちなった屋つが、中野村の取上婆さ・とせに、礼金として金一分二朱を持参する。長女・ゑひの時は、金二百疋だったから破格である。よほど嬉しかったのだろう。

初節句を〝紙の鯉幟〟で祝う

五月一日には、源治郎の初節句を祝い、紙の鯉幟〝紙幟〟を二本立てる。万屋で、五月の節句に紙幟を飾るのは初めてのことである。「初節句に付、少々祝いをする。特に、当年は凶作で、時節柄、

内祝いばかりである」と弥三郎。

鯉幟を庭先に立てる風習は、江戸時代、武家で始まった、とされるが、このころには、横須賀地方の庶民にも、端午の節句に紙幟を飾る風習が、広まってきたようだ。江戸時代の鯉幟は、現在のような布製ではなく、紙製である。

一本は、和紙三十二枚を使って、手作りした。もう一本は、万屋久五郎から、仙花紙十八枚で作った松と金太郎の絵が描かれた〝紙幟〟が届いた。仙花紙は、厚く強靭な楮紙《こうぞ》。当時は、五月雨《さみだれ》の時季に立てたので、雨に濡れても破れないよう仙花紙を使ったのだろう。

祝儀の返礼として、弥三郎は、紙幟を寄せた万屋久五郎をはじめ、青銅十疋の祝い金を寄せた中野村の取上婆さ・とせ等七軒と、世話になった松屋喜左衛門、若松屋善助等六軒、合わせて十三軒に、柏餅を配った。

八月二十六日は、宝暦二（一七五二）年に他界した二代源兵衛の百回忌正当。良興寺和尚に布施百文を出し、祈祷を依頼しただけ。百回忌にしては随分簡略だが、弥三郎は「都合が悪く、来てくれる僧がいなかった」と弁明する。

前年の嘉永三年が五十回忌だったが、同じように法事が出来ず、一年間取り延べた、享和元（一八〇一）年に、他界した四代源兵衛・宇平の妻・ひさの命日十月十日を迎えた。

弥三郎は、良興寺和尚を招いて、報恩講を引き上げ、一緒に勤める。布施は、両法事に百文ずつ二百文を差し出す。

斎には、酒を出したが、呼び人も、飾り餅もなく、前年と全く同じやり方である。弥三郎は、黙して語らないが、この嘉永四年も作柄が悪かったため、取り延べた、ひさの五十回忌の法事は、結局、祥月命日並みにしか、出来なかったのだろう。

母の年忌法事で後妻を披露

翌嘉永五（一八五二）年は、秋まで年忌がない。農閑期の九月二十五日は、母・松の十三回忌である。飾り餅は、七回忌の四升五合より、さらに少ない米およそ二升で搗き、菩提寺の良興寺に、九つ配っただけ。弥三郎は、『萬般勝手覚』に「けん屋く故、他家、親類、皆々相止メ候」と記す。

法要は、良興寺和尚を招いて営む。斎を供し、布施三百文を差し出す。斎の呼び人は、松屋喜左衛門、菓子屋平太夫、東店・万兵衛、万屋久五郎、若松屋善助、同源九郎、川崎屋忠八、白木屋分蔵、鍋屋兵治、下町・権平、万辰、大嶋屋伊右衛門、中屋柳助、同傳助、黒野治太夫、利兵衛（横手村）、鍛冶屋清七の十六人。七回忌よりは二人多い。

大嶋屋伊右衛門は初出。前出のきりや伊右衛門とは、異なる可能性が大きいが、はっきりしない。八年後の万延元年までの付き合い。鍛冶屋清七は、中野村梶洗の周蔵のことで、清七の養子となった。四年前のゑひ七夜に招かれ、料理人・由蔵（左官）の手伝いをした。

「本日は、母の法事にご出席いただき、ありがとう存じます。皆々様へのご挨拶が大変遅れましたが、ここに同席するのは、妻の屋つでございます。今後とも、お引き立てのほど、よろしゅうお願い申し上げます。本日は、娘・ゑひの〝七夜〟も兼ねており、懐石、お菓子も用意しました。どうぞ、ごゆるりと、ご会食くだされ」

弥三郎は参集者を前に挨拶、母・松の年忌法事に併せて、後妻の屋つを披露する。弥三郎の隣に、屋つと、ゑひも列席、お辞儀をする。

長女・ゑひが生まれて四年が経つ。二年前には長男・源治郎も生まれている。この間、新しい妻を披露する金銭的な余裕が、おそらくなかったのであろう。

ゑひの〝七夜〟とは何か？

ところで、ゑひの〝七夜〟とは何か。生まれて七日目に祝う〝七夜の儀〟でないことは確かだ。すると、現在で言う「七五三」のことか。

「七五三」は江戸時代、関東地方の風俗として始まった、というが、現在のような決まりはなかった。ゑひは五歳。男女の区別なく、七、五、三のいずれかの年齢に、何かの祝いをする習わしだけが伝わり、それを〝七夜〟と呼んだのではないだろうか。

この後、屋つは、万兵衛の妻・由うの案内で、村方三役と、町内を挨拶して回る。時の村方三役は、名主が分蔵（白木屋）、組頭が為助、九郎左衛門、常助の三人、百姓代が源九郎（若松屋）と太兵衛の六人である。太兵衛は、寛政年間に万屋と付き合いがあった菱屋太兵衛の子孫であろう。

また、二十八日までに二十人が、金二朱包のほか、晒八丈と縞八尺、花絞り八尺、玉紬八尺、風呂敷一つ、酒一、二升、豆腐五丁から八丁、松茸少々等の祝儀を寄せた。

法事と妻披露の費用は、しめて約金二両三分。前妻・せつの婚礼には、約金十四両一分かかっているから、ほぼ七分の一である。万屋の経済的な疲弊ぶりが窺われる。凶作が続いている上、幕藩体制の緩みによる政治的な混乱が、拍車をかけたのであろう。

嘉永五年も凶作だった。村方文書によれば、五月に大干ばつに見舞われた。二十七日から五日間にわたって雨乞いの祈願が行われた。七月は、水不足からウンカが大量に発生、虫送りをした。七月二十一日から二日間は、烈風が吹き、田畑は荒れ、その後、雨天が続いた。八月二十二日にも、台風が襲った。

三人目の二男・弥四郎が生まれる

嘉永六（一八五三）年は、ペリーが来航した年だが、万屋には、節目となる年忌がない。良興寺和尚による祖父・宇平、父・文助と初代・弥四郎、三代・源右衛門、二代源兵衛、母・松、取り越し報恩講を兼ねた祖母・ひさの祥月法事の記載だけである。布施は、一つの法事に付き、百文である。

ペリー来航の翌年となる嘉永七（一八五四）年の四月二十四日夜八つ時（午前二時ごろ）に、男児が生まれる。二男・弥四郎である。

弥三郎は、なぜ二男に自分の幼名と同じ、また初代、あるいは四代の幼名の可能性もある、名前を付けたのであろうか。真意は分からないが、伝統ある名前を誰かに付けなければならない、と考えたのではないか。

見舞いの品は、二男にも拘わらず、十九人が饅頭三十、小豆飯一升二、三合、蔓豆《つる》一升計《ばかり》、豆腐三丁、イカ五ツ、カレイ二枚、黒鯛二疋、白木綿一切、久留米縞八尺、縞織八尺、夏縞織八尺、など掛け等を届けた。

五月朔日の七夜祝いは、三人目だとして、出産の世話になった渡内・源右衛門後家の取上婆《とやげ》さ・らい、吉野屋・いく、万兵衛娘・り宇の女中方三人だけを呼んで、酒を出し、一汁三菜でもてなす。

ほかに世話になったが、祝いの席に呼ばなかった隣家衆と、下町・権平、阿波屋利八、万辰、東店・万兵衛、大嶋屋伊右衛門、中屋柳助、川崎屋忠八、若松屋源九郎、万屋久五郎の九人に送り膳をした。料理人は、妻の屋つが務めた。

五月九日には、肥立ちなった屋つが、出産の礼として、金二朱のほか、縞織物四尺等を持って、取上婆さ・らいを訪問、うどんを馳走になった。

二男が生まれた年に安政大地震

ガタガタ、ゴトゴト——。家具がぶつかり合い、家が鳴り響く。

二男・弥四郎が生まれて半年後となる、十一月四日の辰下刻（午前八時～九時ごろ）のことである。

「何だ、何だ、この揺れは？」

体が飛ばされそうになった弥三郎は、大黒柱にしがみつく。

棚から物が落ち、箪笥類がひっくり返る。悲鳴を上げ、慌てて外へ飛び出す店の者もいる。突き上げるような振動に続き、大きく長い横揺れが収まると、しばらく短い揺れが続いた。揺れが、少なくなり、就寝、翌日を迎えた。

時々ある小さな揺れに、イライラしながらも、弥三郎は、少し落ち着きを取り戻した。夜の帳《とばり》が下りるころ、再び、家がメリメリと音を立て揺れ動き、大きく傾いた。夕闇が迫る中、目を凝らすと、道には亀裂が走る。

ミシミシと　音をたてつつ　家壊る

二日間にわたって、襲い来た大きな揺れが収まると、弥三郎は、暗くなった天を仰いで、一句吐くと、茫然として立ちすくむ。

駿河湾から遠州灘を経て、紀伊半島南東沖にかかる一帯が震源とされ、後に安政の東海大地震と呼ばれる巨大地震である。三十二時間後の十一月五日には、安政の南海大地震が発生する。この連続して起こった二つの巨大地震は、十一月二十七日に嘉永から、安政と改元されたため、「安政」の冠を付けて呼ぶ。

いずれもマグニチュード8以上と推定されている。東海大地震は、東海道・岡崎宿で震度六とされ、横須賀村も、それに近い震度だった、と考えられる。南海大地震も、岡崎宿で震度五と言われ、余震が、十二月二十四日ごろまで、連日のように続いた。弥三郎は、どうしたら良いか分からず、ただ右往左往するばかりであった。

妻の里・濃州へ引っ越す

「いろいろ考えたんじゃが、上横須賀を離れよう、そう思っちょる」

「何ゆえ？」

「水不足や洪水、大風で、往生しとったら、今度は大地震じゃ。家は壊れ、直さんといかんし、いまだに揺すっちょる」

「して、何処へ」

「妻の里・濃州を考えちょる。あそこは、洪水も、大風も来んじゃろうしのう。後をよろしゅう頼むのん」

傾いた家を前に、六代源兵衛・弥三郎は、東店の万兵衛に転居の意思を伝える。

『萬般勝手覚』に、安政地震に関する記載はない。そして、弥三郎は、唐突に「濃州江、引越仕候」と記す。おそらく弥三郎には、地震を書き留めるだけの心の余裕が、なかったのだろう。したがって、万屋の受けた被害の実態は分からない。

だが、弥三郎が引っ越さざるを得ない、と考える程の大きさだったことは間違いない。凶作、不作が続く中で、二回の巨大地震に見舞われ、その後も続く余震に、弥三郎は精神的にも、大きな打撃を受けたことは、想像に難くない。

安政二（一八五五）年、弥三郎は、濃州本巣《もとす》郡長屋村の妻・屋つの実家に引っ越す。

時期は、はっきりしないが、『萬般勝手覚』に「二月七日仏（四代源兵衛・宇平）、二月十七日仏（五代源兵衛・文助）、五月二十日仏（三代源兵衛・源右衛門）、八月二十六日仏（二代源兵衛）の祥月法事を取り延べた」とあるから、一月か二月初めであろう。

引っ越し後初の法事を営む

濃州に引っ越した安政二（一八五五）年の秋ごろには、弥三郎も、生活に慣れたのであろう。九月二十五日に、引っ越し後、初の法事を勤める。

「今日は我が家の供養、一つよろしゅう、お願い申し上げる」

弥三郎は、和尚を前に挨拶する。

「分かり申した」

なんまいだー、なんまいだー、ハァ、なんまいだー。

静かに読経が流れる。この日招かれたのは、長屋村の隣村・方県《かたがた》郡改田《かいでん》村（現岐阜市）にある教徳寺の和尚である。教徳寺は、浄土真宗大谷派で、屋つの実家の菩提寺。この日は、母・松の祥月命日で、取り越し報恩講を兼ねた法会とした。

翌安政三（一八五六）年は、四代源兵衛・宇平の五十回忌、父の五代源兵衛・文助の二十三回忌と、母・松の十七回忌を迎える。

父・文助の二十三回忌正当の二月十七日に、教徳寺の和尚を招く。そして、取り延べていた四代源兵衛・宇平（命日二月七日）の五十回忌、それに、初代源兵衛・弥四郎の百四十四年祥月命日（二月二十六日）の取り越し、と三つの法要を一緒に営む。布施も三法事分なので、一朱とはずむ。

八月二十五日には、やはり教徳寺和尚を招いて、二代源兵衛の百五年祥月命日（八月二十六日）と、母・松（命日九月二十五日）の十七回忌の法事を、引き上げて一緒に勤める。布施は二法事分として三百文を差し出した。

いずれの年忌法事も呼び人はなく、祥月命日並みである。引っ越し先で、親類、絆のある知己もなく、遠く離れた上横須賀村から呼ぶわけにも、いかなかったのであろう。

四人目の二女の名は〝とめ〟

冬を迎えた十一月二十五日夜九つ時（午前零時ごろ）、四人目となる二女が生まれる。濃州長屋村に引っ越し、先行き不安の中、弥三郎は、もうこれ以上、子供が生まれないよう、願いを込めたのだろう、「とめ」と名付ける。

弥三郎は、〝旅居〟での出産だとして、祝いを簡素化する。見舞いの品も、長屋村近くの池田郡田中村（現岐阜県揖斐郡池田町）の宗左衛門と、近所の知り合いと思われる、藤嶋屋庄兵衛、縫い屋左助の三人が、三文餅や、餅米を届けただけである。

十二月一日に迎えた七夜は、出産の世話になった、池田郡八幡《やわた》村（現岐阜県池田町）の取上婆さ、縫い屋とみ、扣《こう》平内儀の三人を招いて、一汁三菜に、酒と五目寿司でもてなし、取上婆さに、礼金五百文を遣わした。

弥三郎が在濃中のこの安政三年、上横須賀村では、草相撲で大関を張るまでになった太田（吉良）仁吉が、相撲の上での喧嘩が原因で、清水次郎長の下に身を寄せる。時に仁吉十八歳。寄宿は三年にわたり、この間に、次郎長と兄弟の杯を交わすまでの仲になる。

安政四（一八五七）年は初春以来、風邪がはやり、四十四歳になる弥三郎が毎月のように罹患。祥月命日の法事が出来なくなる。

「やれ、やれ。今年の風邪はしつこいのう。治ったかと思うと、またひき直す。一時は、もう終わりか、と思ったわい」

快癒した弥三郎は、ホッとしたように独り言ちる。四月になって、ようやく体調を取り戻すことができた。

五月二十日、三代源兵衛・源右衛門六十七年の祥月命日に合わせて、取り延べていた祖父・宇平の五十一年祥月命日（二月七日）、父・文助の二十四年祥月命日（二月十七日）、初代源兵衛の百四十五年祥月命日（二月二十六日）の法事を一緒に、教徳寺の和尚を招いて営んだ。

安政六年に横須賀村に帰郷

「いろいろ世話かけた。すまんこっちゃったのう」

弥三郎が、東店の万兵衛を訪ねる。

「お帰りやす。久しぶりの故郷は、心が落ち着くでしょう」

「やはり、故郷は良いもんじゃのう。今度の正月は、気分よう迎えられそうじゃ。お主のお蔭じゃ」

そう言うと、弥三郎は、胸を開いて、大きく息を吸い込んだ。

弥三郎は、母・松の十八年祥月命日に当たる安政四年九月二十五日、『萬般勝手覚』に、教徳寺の和尚を招いて、祖母・ひさの五十七年の祥月命日（十月十日）、報恩講を引き上げた法事を一緒に勤め、布施百文を差し出したことを書き留めると、また唐突に二年後の「安政六未（一八五九）年十二月十六日、濃州ゟ《より》帰国仕居致《つかまつりおりいたし》候」と記す。

濃州からの帰郷は、引っ越しから四年後である。妻の故郷・濃州に、実際には五年近く滞在したことになる。

『萬般勝手覚』に記載のない、安政五（一八五八）年と、安政六年の上横須賀に帰郷するまでの約二年間、弥三郎は一体、何をしていたのだろう。

東店・万兵衛の協力を得て、帰郷の準備を進めていた、と考えて間違いない。何がしかの田畑を売り払って資金を調達、新しい住宅兼店舗の建築を進めていた。そして、家が完成し、安政六年十二月初めごろまでに、入居できるようになったのだろう。

この間の世情を見てみよう。安政五、六年は幕府、各国領主の内部抗争が激しく、開国派と攘夷派、尊王派と佐幕派、世嗣がない十三代将軍・徳川家定の後継将軍の擁立を巡って対立する勢力が、入り乱れて、争いを繰り広げる混迷の年であった。

安政五年六月十九日、幕府は、アメリカ総領事ハリスと日米修好通商条約を結ぶ。時の大老・井伊直弼は六日後に、紀州藩主・徳川慶福（後の将軍家茂）を将軍の世嗣とする、と発表する。

通商条約締結に当たり、「勅許を得ず」とか、「勅許が得られないまま」と、表現する書き物が存在するが、時の政権担当者たる幕府は、勅許を得る必要はない。幕末に始まり、明治に入って確立した皇国史観に基づく表現か、それとも、このころ、尊王論の高まりで、幕政は、祭祀を司る天皇の意向を無視できないほど、疲弊していたということか。

そして、井伊直弼は、安政六年にかけて、家茂を将軍に迎えたことに反対する一橋慶喜擁立派の公卿、諸侯を罰し、梅田雲浜、吉田松陰ら尊王攘夷派を投獄、処刑する。

この一連の事件「安政の大獄」が、安政七（一八六〇）年の「桜田門外の変」へと繋がるわけだから、日本の画期といえよう。

濃州、上横須賀へも何らかの影響を及ぼしたのか、どうかは分からないが、弥三郎にとっても大きな転換期で、『萬般勝手覚』を書く余裕はなかったようだ。

父の二十七回忌を取り延べ営む

帰郷して二ヶ月後の安政七（一八六〇）年二月十七日は、父・文助の二十七回忌に当たるが、一ヶ月取り延べて三月十七日に、帰郷後初めての年忌法要を営む。

「一ヶ月遅れとなり申したが、父の二十七回忌法要をお願い致す」

村内法六町の地蔵堂の尼僧に祈祷を願う。前年の十二月に帰郷したばかりで、準備が調わなかったのであろう。

「分かりました。精一杯勤めさせていただきます」

弥三郎は、百万遍の念仏の礼として、布施を一朱とはずむ。

法事を取り延べている間の三月三日に、「桜田門外の変」が勃発する。「安政の大獄」を主導した大老・井伊直弼が、尊王攘夷派の水戸浪士らに暗殺され、改元が繰り返される激動の時代に突入する。

安政七年は、父・文助の二十七回忌法要を営んだ翌日の三月十八日、「安政の大獄」「桜田門外の変」と、凶事が続いたとして、万延と改元される。そして、万延元（一八六〇）年四月八日昼五つ時（午前八時ごろ）、五人目の三男・与茂助が生まれる。

十七人が、つまみ煎餅一袋、饅頭四十八個、小豆飯大重箱入り凡《およそ》一升、鰹節二本、豆腐三丁から八丁、カレイ二枚、白木綿一切八尺、縞織八尺、など掛け等の見舞い品を寄せる。

四月十四日の七夜は、出産の世話になった渡内・源右衛門後家の取上婆さ・らい、いね（岡山村）、古と(江戸屋)、それに、東店・万兵衛の子女三人を含む六人に酒を出し、一汁三菜でもてなす。料理は、屋つが用意する。

弥三郎は、『萬般勝手覚』に、「七夜祝呼人之儀、五人目子供故、相止メ、親類、隣家衆、送り膳遣シ置申候」と記し、十二人の名前を列記する。常連と言える下町・権平、同・万辰、東店・万兵衛、阿波屋利八、大嶋屋伊右衛門、中屋柳助、万屋久五郎、若松屋源九郎、同善助、松屋喜左衛門、菓子屋平太夫、白木屋分蔵である。

四月二十六日には、肥立ちなった屋つが、金二朱を持って、取上婆さ・らい宅を礼がてら訪れ、小豆飯を馳走になる。

このほか、この年、『萬般勝手覚』に記載があるのは、十一月十三日に良興寺和尚を招いて、報恩講を引き上げて勤めたことだけである。

安政七年の「桜田門外の変」から九ヶ月後の年の瀬も迫った万延元年の十二月には、米国の書記官・ヒュースケンが、攘夷派の薩摩藩士らによって殺害される。ヒュースケンは、初代駐日総領事・ハリスの通訳として、二年前の安政五年に結ばれた日米修好通商条約の調印にかかわった。

祥月法要の記載もない万延、文久

万延年間は、まさに辛酉革命前夜の気配が漂う。万延二(一八六一)年は、辛酉革命の年に当たるため、二月十九日に、早くも文久と改元される。アメリカでは、辛酉革命を裏付けるかのように、五年間にわたる合衆国(北部二十三州)と連合国(南部十一州)の戦い、南北戦争が勃発する。

『萬般勝手覚』には、文久元（一八六一）年は、十一月十三日に報恩溝を引き上げて営んだこと以外に記載がない。万延元年、文久元年（万延二年）の二年にわたって、祥月法要の記載がない。濃州から帰国直後で、祥月法要にまで手が回らなかったのだろうか。

アメリカで奴隷解放が宣言される、文久二（一八六二）年の四月二十七日、三歳になる与茂助が高熱を出し、疱瘡を患う。十八人が菓子袋、饅頭百文分、柏餅、袋入り白砂糖一包、白米一升、銭百文等の見舞いの金品を届けるが、五月七日には快癒する。

九月二十五日は、母・松の二十三回忌に当たる。法六町の地蔵堂に頼み、百万遍の念仏を唱えてもらい、布施百文と餡餅を差し出す。

十一月十七日に、良興寺和尚を招いて、取り延べた母・松の二十三回忌法要と、報恩講を引き上げて一緒に営む。呼び人なしで、斎を催す。布施は二十三回忌分として二百文、報恩講分として百文を差し出した。

二男・弥四郎が剃髪し僧籍に

この文久二年、九歳になる二男・弥四郎が、十一月一日、三州宝飯《ほい》郡形原《かたはら》村（現愛知県蒲郡市）の浄土宗・真如寺に弟子入り。十二月二十四日に剃髪し、正圓を名乗る。

弥三郎が、弥四郎を出家させた理由は、『萬般勝手覚』から窺い知ることはできないが、大地震で多大な被害を受け、幕末の混乱期で、経済的にも苦難が続く中、子供が多いための口減らしでは、なかったか。

「正圓でございます」

文久三（一八六三）年三月二日、頭を丸めた小坊主が、万屋を訪れる。出家し、十歳を迎えた弥四郎である。

「おお、よう来た。元気そうで何よりじゃ。まあ、上がれ」

弥三郎は、笑顔で迎える。

一通りの挨拶を終えると、正圓は、自分を取り上げてくれた取上婆さ・らい、僧侶になる世話をしてくれた、吉野屋・いく（法六町）をはじめ、世話になった隣家、親類衆十七人に、扇を一対ずつ配って回る。

そして、七日までに、十八人から、手拭い一筋、半紙二帖、豆腐八丁、饅頭（羽書百文）、いが饅頭九から十六、赤米五、六合、白足袋一足、鳥目二十疋等の祝儀が寄せられた。

文久四（一八六四）年は、甲子革命の年に当たり、二月二十日、元治と改元される。混乱期を象徴するような相次ぐ改元である。

この元治元（一八六四）年は、改元されたばかりの三月末、水戸藩士ら七十人が尊王攘夷を掲げて蜂起する。十二月まで続く「天狗党の乱」である。さらに六月五日には新選組が、尊王攘夷派の長州や、土佐の藩士らを襲撃する「池田屋騒動」が発生する。

七月十九日には長州藩が、幕府軍と交戦して敗走する「蛤門（禁門）の変」が起こるなど、改元の効果もなく、暗雲漂う年となる。

収まらぬ弥三郎の子づくり

だが、弥三郎の子作りは、一向に収まらない。八月二十一日夜五つ半時（午後九時ごろ）、六人目の三女・ぶんが生まれる。

縁者、知己等十三人が、赤飯丼一杯、豆腐五丁から七丁、酒一升、饅頭（羽書二百文）、鯛の子十一、産着、一朱といった見舞いの金品を届ける。

弥三郎は、七夜に当たる二十七日は、「差し障りがある」と言って、取り延べて二日後の二十九日に源右衛門後家の取上婆さ・らいと、出産の手伝いをした万兵衛嫁・市の二人を呼んで、酒付きの一汁三菜でもてなす。

そして、下町・権平、万辰、万兵衛子供、中屋柳助、同傳助、大竹屋才兵衛、万屋久五郎、いかけや留吉（借家人）の八人に送り膳をした。料理は屋つが用意する。

「七夜祝ひ之儀ハ、六人目子供故止メ、親類、隣家限り、前半、見舞申受候方江、送り膳遣シ置申候」と弥三郎は、『萬般勝手覚』に記す。

九月十五日、肥立ちなった屋つが、礼物として、金二朱と饅頭百文分の羽書を持参して、取上婆さ・らい宅を訪れ、接待を受ける。

年の瀬が迫った十二月十五日ごろから、生後四ヶ月に満たない赤ん坊のぶんが、疱瘡を患う。翌元治二（一八六五）年正月にかけて、十七人が、菓子袋、トウミカン二十個、つまみ煎餅一袋、饅頭（羽書百文）、銭百文等の見舞いの金品を届ける。ぶんは、正月十日ごろまでに何とか快癒する。

源治郎の元服祝いはせず？

この元治二（一八六五）年は、前年の相次いだ国難を受けて、またまた、四月七日に、慶応と改元される。元治は、万延の十一ヶ月に次いで短い、一年少々で終わる。

元治二年、すなわち慶応元年は、『萬般勝手覚』に二月十七日の父・文助の三十二年祥月命日の法事と、十一月十三日の報恩講取り越し法会の記載があるだけである。

この年、長男・源治郎は、横須賀村のこれまでの慣習に従えば、十六歳となり、元服するはずだが、その祝いをしたという記述がない。

内々に行ったため、記載しなかったのか。それとも、何らかの事情があって、元服の祝いが出来ない状況にあったのだろうか。あるいは、幕末の混乱で、元服の習俗自体が、消え失せていたのかもしれない。

慶応二（一八六六）年も、一月に京都で、倒幕工作に奔走する坂本竜馬の命を狙った「寺田屋」騒動が起こるなど、社会の不安定な状況が、依然として続くが、四月八日、勢州鈴鹿（三重県鈴鹿市）の荒神山で、博徒同士の出入りが繰り広げられた。

この出入りで、吉良仁吉は、兄弟分の助勢に駆け付けるが、火縄銃で撃たれ、命を落とす。義理と人情、喧嘩に生きた二十七年の生涯であった。この事件が、地元・上横須賀で、どのように受け止められたのかは、『萬般勝手覚』に記載がなく、分からない。

この慶応二年も、理由は分からないが、万屋では、秋まで法事が、出来ない状態だったようだ。

父母の年忌に福泉寺へ庭石

弥三郎は、九月二十五日の母・松の二十七回忌命日に、ようやく良興寺の和尚と老僧を招いて、七ヶ月もの長期間、取り延べていた父・文助（命日二月十七日）の三十三回忌の法事を一緒に営む。

斎は、松屋喜左衛門、菓子屋平太夫、白木屋分蔵、分蔵お袋・りつ、若松屋源九郎、同善助、万屋久五郎、東店・万兵衛の八人を呼んで催し、一汁三菜でもてなす。料理は、やはり屋つが担当する。

布施は、浄土三部経をあげた良興寺の和尚に金百疋、老僧に五十疋を差し出す。飾り配りは、倹約年限中だとして、村外の良興寺（東城村）と、二男・弥四郎が出家した真如寺（形原村）の二ヶ所のみである。

「和尚、今回の布施は、金銭ではなく、庭石でござる。この世に何かを残しておきたいと思うての。置き場所は、あると存じますので、ぜひとも、受け取っていただきたい」

この日、弥三郎は、町内の浄土宗・福泉寺の和尚に、こう語り、祈祷を願う。

「そりゃ、構いませんがの。お金がかかりますぞ。よろしいか」

「覚悟の上でござる。よろしゅうお願い致す」

弥三郎は、坪の内に大石、中石を、それぞれ二個ずつ、合わせて四個の庭石を寄進する。父と母の大きな節目の年忌を迎え、明日をも知れぬ激動の時代に、生きた証を目に見える形で残しておきたい、という思いに駆られたのであろう。

二つの大石は父母、二つの中石は、自分と妻・屋つ、あるいは、今は亡き先妻・せつか。それとも妹・こぎのつもりなのだろうか。

この一連の法事にかかった費用を弥三郎は、『萬般勝手覚』に書き留めている。それによると、全部で金一両と百二十文。かなりの出費である。弥三郎の決意のほどが窺える。

法事は父と母の命日と報恩講

慶応三（一八六七）年は、新時代幕開け前夜の風雲急を告げる画期の年である。弥三郎は、父・文助、母・松の祥月命日の法事と報恩講を勤めただけである。

もっとも、濃州から帰郷した、安政七年以降は、父または母の祥月命日か年忌の法事、報恩講を勤めるだけで、先祖の祥月法事を勤めることはなくなった。万屋の経済的問題なのか、後に本格化する神仏分離政策の魁なのか、理由は分からない。

十月十四日、倒幕活動に屈した徳川幕府の十五代将軍・慶喜は逃げを打ち、天下の政《まつりごと》を放棄する。世にいう皇国史観に基づく「大政奉還」である。

その後、倒幕派の薩長土肥の藩士と、一部の公家が樹立した新政府は、十二月に入ると、時代に逆行する祭政一致を目指した「王政復古」の大号令をかけ、政治体制を鎌倉時代以前に引き戻す作業にかかる。

万屋では、この間の十二月一日、形原村の真如寺で、出家して正圓を名乗る二男・弥四郎の証拠となる剃髪の披露があった。正圓は十五歳になった。出家、剃髪した文久二（一八六二）年から五年が経つ。僧侶として認められる〝元服〟を待っていたのだろう。

出家・剃髪に当たって、弥三郎は餅米二斗、東店の万兵衛は酒代として金百疋を、それぞれ土産として真如寺に遣わしており、当日は呼ばれて、弥三郎と万兵衛の代人の二人が参上、一泊して翌日帰宅した。

七人目の四女〝よね〟が生まれる

翌慶応四（一八六八）年は、正月早々、倒幕勢力の挑発を受けた幕府軍は、薩長を中心とした新政府軍と衝突する。「鳥羽伏見の戦い」である。

この戦いに新政府軍は勝利するが、内乱「戊辰戦争」の始まりである。そして、この内乱は、十六ヶ月にわたって続く。

内乱の最中の五月六日昼八つ時（午後二時ごろ）、万屋では、七人目となる四女・よねが生まれる。時に、弥三郎は五十五歳。〝子作り名人〟の面目躍如である。十六文餅十一、饅頭百文分、豆腐五丁から九丁、梅干し少々、白木綿の襦袢、イカ中五ツ、青銅三十疋等の見舞いの金品が十三人から届く。

十二日の七夜は、源右衛門後家の取上婆さ・らいと、出産を手伝った万兵衛嫁・市、借家人・すみの女中方三人を呼んで、酒付きの一汁三菜でもてなす。

そして、見舞い品を寄せた人たちのうち、下町・利兵衛、同・万辰、東店・万兵衛の婆さ、井桁屋芳五郎、法六町・徳右衛門、若松屋善助、借家人・半助の七人に、送り膳を遣わした。芳五郎は、最初で最後の登場である。徳右衛門は、明治十四年まで登場する。

「七夜祝いの儀は、七人目の子供故止め、礼の印ばかりに致し、見舞い品をいただいた方に送り膳をした」と弥三郎。

五月二十日には、肥立ちなった屋つが、出産の礼として金三朱を持って、取上婆さ・らい方を訪ね、馳走になって帰る。

結局、よねが弥三郎の最後の子となるが、弥三郎は、後妻・屋つとの間に、三男四女の七人の子を設けるが、先妻・せつとの子四人（二男二女）が、すべて死去したのとは対照的に、すべて成長する。

この間に、沼津藩主の水野出羽守忠敬《ただのり》は、上総国菊間（千葉県）に移封され、菊間藩主となり、上横須賀村も、下横須賀村とともに菊間藩領となる。

慶応四（一八六八）年は、睦仁親王の即位に伴い、九月八日、明治と改元される。明治時代の幕開けである。この年も、法事は、『萬般勝手覚』に、父・文助と母・松の祥月命日の法事と、引き上げて営んだ報恩講の記載があるだけである。

翌明治二（一八六九）年は、スエズ運河、アメリカ大陸横断鉄道が開通した輝かしい年だが、日本では、内乱「戊辰戦争」が五月まで続く。この年も、万屋の法事は、前年の明治元年と全く同じで、父母の祥月命日と、報恩講だけである。

この明治二年は、村方文書によれば、大風により下横須賀村で九軒の居宅が倒潰した。台風であろうから、秋の収穫期。万屋も、田畑に被害を受けたに違いない。

領主が「源兵衛」名を剥奪

明治三（一八七〇）年は、父・文助の三十七回忌に当たる。二月十七日の命日に、良興寺和尚を招いて法事を営む。呼び人なしの斎を供し、布施百文を差し出す。祥月命日並みである。弥三郎は、『萬般勝手覚』に「當春、凶年ニ付、取延べ置候」と記す。〝当春〟とあるから、農作業が始まるころ。したがって、凶作ではない。では、如何なる不吉なことがあったのだろうか。

弥三郎は、菊間藩の大浜陣屋（現愛知県碧南市）に庄屋・為助を通じて呼び出される。紋付き袴の正装をして、出かけていくと、

「〝源兵衛〟を名乗ること、まかりならん。即刻、改名せい。〝源〟と〝兵衛〟のどちらか一方を使うことは許す。分かったか」

領主の水野出羽守忠敬の命だとして、代官から言い渡される。

「は、はあ」

上意下達である。反論は無論のこと、理由を聞くことすらできない。弥三郎は、黙って命を受けた。

家に戻った弥三郎は、長男の幼名である源治郎を自分の名前にし、万屋源治郎を名乗る。弥三郎は、料理の評判が高く、幼いころ、かわいがってくれた万屋の料理人をしていた源治郎に、心酔していたのである。

この時、つまり明治三年、実質的に万屋源兵衛家は消滅する。そして、後を継ぐ七代は、万屋源治郎ではなく、万屋源十郎を名乗る。

新時代を迎え、万屋にも、核家族化の流れが出来つつあったのだろうか。そして、源十郎の代で、万屋、即ち通称〝万源〟は、名実ともに命脈を絶つのである。

では、水野出羽守は、何ゆえ「源兵衛」名を剥奪したのであろうか。元凶は、下級（低級？）貴族

で、策士の岩倉具視等が、主導した明治の王政復古の政治である。

源兵衛は「みなもとのひょうえ」と読むことができる。広辞苑によれば、兵衛は、兵衛府に属し、閤門《こうもん》を守衛し、行幸《ぎょうこう》に供奉《ぐぶ》した武官とある。

つまり、天皇を守備する役人である。天皇を神に祀り上げたため、農民あるいは商人が、天皇を守護する源氏の子孫であるかのような〝みなもとのひょうえ〟を名乗るのは、恐れ多いと言うことなのであろう。

幕末から明治二（一八六九）年にかけての内戦による政治的混乱に加え、天災に見舞われ、凶作、不作が続く中、弥三郎に領主、あるいは明治新政府に対して、何らかの不満を示す言動があったのかもしれない。

明治も依然として身分社会

天皇が、法的に現人神《あらひとがみ》となるのは、大日本帝国憲法下であるが、既に構想はできていた。明治新政府に擦り寄る水野出羽守は、その考えをいち早く具現したのであろう。

そして、明治二十二（一八八九）年二月十一日に公布された大日本帝国憲法下では、皇族、華族（公爵、侯爵、伯爵、子爵、男爵）、士族、平民の区分がある。

万屋源兵衛は平民である。そして大名である水野出羽守忠敬は、子爵として華族の一角を占める。無論、策士で、王政復古の立役者・岩倉具視の家では、二男・岩倉具定の代に、華族の最上位・公爵に列する。華族令は、明治十七年に公布されるが、制定作業にかかわった岩倉具視は、前年の明治十六年に死去したからである。

江戸時代が身分社会と言うが、明治、大正、昭和の戦前は、江戸時代と何ら変わらぬ、身分社会であった。華族制度が廃止となるのは、半世紀以上先の第二次世界大戦後、日本国憲法が施行される昭和二十二（一九四七）年である。

王政復古を推進した明治政府の岩倉具視等は、平民の上に士族、その上に華族、その上に皇族と、人の上に人を作った。逆から言えば、皇族の下に華族、その下に士族、その下に平民と、人の下に人を作った。

福沢諭吉が訴えた「天は人の上に人を作らず、人の下に人を作らず」は、人権の平等を謳った言葉というよりも、人がとかく陥りがちな「人は人の上に人を作り、人の下に人を作る」を具現した、岩倉具視等の所業を糾弾した言葉、と捉えた方が腑に落ちる。

明治は戦争に次ぐ戦争の時代

江戸時代が〝夜明け前〟で、明治時代が〝夜明け〟と断言できるだろうか。前述したように、相も変わらぬ身分社会である。

さらに、時計の針を戻すかのような王政の復古で、江戸時代にはなかった天長節の費用が、村会計に計上される。明治五（一八七二）年の岡山村入用帳によれば、年中行事費として、天長節を祝う費用は二円六銭。村入用百三十三円八十九銭の約一・五％である。

江戸時代、あるいはそれ以前に、庶民、つまり平民で構成する村が、天皇の誕生日である天長節を祝うことなどはなく、村民にとっては、まさに余分な出費である。仮に岡山村の予算が現在換算で、十億円とすると、千五百万円となる。少額ではない。明治新政府は、その矛先をかわすかのように、この年から明治天皇の全国行脚を始める。

そして、作家の金重明は『岩波・図書』で、次のように書いている。

「江戸時代はほとんど戦争のない時代だったが、明治に入ると戦争に次ぐ戦争というありさまになる。保元平治以来、日本の庶民は天皇のことなどほとんど忘れて暮らしていたが、明治になると天皇が人々の上に重くのしかかるようになる」。

満州事変に始まる日本の侵略戦争の萌芽は、既に明治時代にあることが分かる。第二次世界大戦の反省は、富国強兵を推し進めた明治に遡らなければならない。昭和の軍部暴走を許したのは、明治に確立した皇国史観である。日本が、天皇が政権を握る王政の皇国だったのは、平安時代までで、日本史上、神風が吹いたことなどないし、これからも吹くことはない。

戦争に正義、聖戦などはない

人と人が互いに殺し合う戦争に、正義などない。むろん聖戦もない。開戦の理由は、後から何とでも付け加えることが出来る。戦争は、常に悪である。勝っても、負けても、構築物等目に見えるもの、人の心等目に見えぬものが、破壊され、そこには、回復不能な深い傷跡が、残るだけである。

そして、その悲惨な記憶は風化し、正義の名の下に戦争は、繰り返される。戦争は、古来続いており、人間の性《さが》によるのかもしれない。恐ろしいことである。

富国強兵に走り、大日本帝国憲法で、現人神に祀り上げた天皇を嵩《かさ》に、正義を振りかざして戦争を推進し、戦争に次ぐ戦争の時代を築き上げた張本人の一人が、後年、ハルビンで暗殺される総理の伊藤博文である。

六代万屋源兵衛（後の万屋源治郎）が、〝子作り名人〟とすると、伊藤は、さしずめ〝女作り名人〟と言ったところだ。妻は二人だが、関係した女は、妾をはじめ、掃いて捨てるほどいた、という。だが、子供は、妾腹を含めて四人（二男、二女）だから、〝子作り名人〟とは言えまい。

この戦争好きで、〝女作り名人〟の総理も、華族の最上位・公爵である。平民である〝子作り名人〟の万屋源治郎の方が、人間としては、よほど増しと思えるが、如何だろう。

ちなみに、伊藤博文は日本初の総理、策士・岩倉具視は日本初の国葬者である。社会的地位の高さと、人間としての品格の高さは、必ずしも一致しない証左の一例である。

〝正史〟とは〝勝者の歴史〟

〝正史〟とされるものは、〝勝者の歴史〟である。正しい歴史ではない。勝者を正当化する歴史である。勝者は実像以上に良く、敗者は実像より悪く描かれる。

明治は日清、日露と戦争に明け暮れた時代である。それでも、鎖国によって平和が続いた江戸時代より、良い時代とみなされる。

「勤王の志士（志士）」「明治維新」「文明開化」という言い方は、明治政府が書いた〝勝者の歴史〟の中の言葉であることを、肝に銘じておかなければならない。

「関ヶ原の戦い」然り、権力闘争の内乱は、常に「勝てば官軍、負ければ賊軍」なのである。この場合、徳川家康は官軍、石田三成は賊軍なのである。「戊辰戦争」では、明治政府が官軍、徳川方が賊軍となる。よって、「勤皇の志士（志士）」という枕詞が付く人物は、過大な評価を受けている、と考えなければならない。

理由は簡単である。勝者の歴史の中には「勤皇の志士」はいるが、敗者である「佐幕の志士」はいないからだ。彼らも志を持つ志士のはずだ。

「佐幕の志士」を否定するとしたら、戊辰戦争の会津藩士、桑名藩士、彰義隊等の行動は、どう解釈すればいいのだろうか。

そして、維新とは、全てが改まることだが、わが国では、明治維新のことを単に維新とも言う。果たして、明治という時代は、本当に維新だったのか。

近代国家建設へと、舵を切った明治新政府だが、天皇を神と崇《あが》めさせる古代の王政を復活させたかと思うと、長きにわたって育んできた伝統・文化をかなぐり捨て、西欧化に突き進むという矛盾を孕んだ政策を推し進める。

神仏分離令は永年の文化を否定

神仏分離令（神仏判然令）も、その一つ。貴重な文化遺産の人為的破壊を招いた。奈良時代から千年以上続く、神仏習合の文化を否定する天下の愚法、悪法と言っていいだろう。

このため、廃仏毀釈が進む。寺は廃棄され、仏像は壊されて、川へ捨てられたり、燃やされたり、埋められたりする。その見本が岐阜県加茂郡東白川村である。寺も仏像もない。「明治政府は、廃仏毀釈を行っていない」と主張する人もいるが、明治政府が神仏分離令を出さなければ、廃仏毀釈は起こらなかった。したがって、明治政府は、廃仏毀釈を主導しなかったとしても、止めず、黙認したわけだから、刑法の「共謀共同正犯」に当たる、と言っていいだろう。

福井県小浜市の若狭神宮寺は、今も神仏が同居する稀有な寺である。柏手を打ち、手を合わせて拝む。無論、「二拝二拍手一拝」なる明治時代に作られた拝礼の作法もない。これが、明治時代以前の参拝の姿であった。その習俗も、今は、この寺以外に残っていない。

形式だけ西欧化を図れば、文明開化と言えるのだろうか。官僚制度は、江戸時代からの遺物である。明治時代は、制度の中で、本当の意味で新しいものが、どれほどあるのだろうか。

極端な言い方をすれば、薩長土肥という外様の藩が、クーデターを起こし、徳川譜代の藩から、政権を奪ったに過ぎないのではないか。だが、それは歴史上よくあることだから、良しとしよう。

しかし、明治が、本当に〝維新〟と呼ぶにふさわしい時代であったのかどうか。また、政権が一般に思われているように、優れていたかどうか。なぜ過大に評価されるに至ったのか。今後、〝正史〟が描く「明治は、維新と言える素晴らしい時代だった」という幻想を捨て、きちんと検証していかなければならない。

廃藩で額田県となり、愛知県に

話が逸れたので、元に戻そう。

六代万屋源兵衛が、「源兵衛」名を剥奪された翌年の明治四（一八七一）年は、戸籍法が四月四日に制定され、廃藩置県が行われる。菊間藩は廃藩となり、十一月、上横須賀村は、下横須賀村とともに額田県の配属となる。この年の法会も、父母の祥月法事と、取り越し報恩講のみである。

額田県は、第一次府県統合により発足。三河全域と尾張の知多郡を県域とし、岡崎城に県庁が置かれた。翌明治五年一月、知多郡横須賀村（現東海市）に支庁が置かれたが、この年の十一月には愛知県に統合され、わずか一年で消滅する。

法に基づき、戸籍の提出を求められた源治郎は、明治五（一八七二）年三月、家族全員の名と年齢を書いて、万屋社長の東店・万兵衛を通じて、額田県に提出する。前年に戸籍法が制定されたためである。

その中で、長男の名前は源次となっている。明治三年に源兵衛名を剥奪されると、長男の名前・源治郎を自分の名前にしたため、長男の名を源次に改めたのであろう。

源治郎は、母・松の三十三回忌に当たるこの明治五年、お寺に差支えがあるとして、命日より二日早い九月二十三日に、良興寺和尚を招いて、取り越しの法要を勤める。浄土三部経をあげてもらったので、布施は金百疋、小僧には一朱を差し出した。

この日の斎の呼び人は、松屋喜左衛門、菓子屋平太夫、東店・万兵衛、白木屋分蔵、若松屋善助、同源九郎、万屋久五郎、下町・権平の八人。喜左衛門は、妻・たちと、分蔵は、お袋・りつ、子供らと訪れた。

源治郎は、一汁三菜でもてなす。茶菓子は、栗入り饅頭を九つずつ出した。飾り配りは、良興寺のみ。「他は倹約のため見合わせた」と源治郎。

源治郎が万屋「仏の一覧」作る

「ずいぶん長ごう生きた。お迎えが来てもいい年になった。来年は還暦じゃ」

源治郎は静かに呟くと、姿勢を正し、机に向かった。

明治六（一八七三）年正月、源治郎は六十歳を迎えた。太陰暦（旧暦）が廃され、太陽暦（新暦）が採用された年である。

「新政府になったが、混乱がちっとも収まらん。もう世も末じゃ。源兵衛の名も剥奪されたし、親仁が残した財産を、わし一代で食いつぶした。万屋源兵衛家も終わりじゃ。最後の当主として、家系を知る限り詳らかに記しておかねばならん」

源治郎は、独り言ちると、万屋源兵衛家の「仏の一覧」を書き上げた。

明治六、七（一八七四）の両年も『萬般勝手覚』には、父・文助と母・松の祥月命日の法事と報恩講以外の記載はない。神仏分離令の浸透で、仏事の簡素化が進んできたのだろうか。このころの世情を見ておこう。

〝明治〟が、明るく治まる時代などとは、とても言えない、安定感のない、暗風吹きすさぶ時代である。〝暗治〟と言った方が正確である。

明治六年は、一月に徴兵令が発布される。地租が物納から地価の三%を納める金納に改める地租改正法が公布される。実質的な増税である。十月には征韓論をめぐって敗れた板垣退助、江藤新平、西郷隆盛らが下野する。

翌明治七年に入ると、二月に江藤新平による佐賀の乱が勃発するが、江藤は捕えられ、四月に処刑される。五月には、政府は、初の海外派兵である台湾出兵に踏み切る。さらに、地租改正法による増税が実施され、農民の反発が強まる年でもある。

二男の内妻が男児産み死去

「ごめんくださいませ」

額に汗し、反り返るように腹を突き出した女が、万屋の前に立つ。

「どちらさんで……」

「たかと申します。ご主人様に取り次いでいただきたく、お願いします」

明治八（一八七五）年の秋を迎えると、旧八月二十八日、二男・常太郎の内妻・たかが、子供ができた報告に万屋を訪れる。

そして、翌二十九日夕方、男児を出産するが、苦しげな表情を見せ、死去する。たかは、東海道・勢州桑名宿（現三重県桑名市）に住む長嶋権六の娘で、身重での長旅がたたったのであろう。

旧十月十八日、新暦十一月十五日は、常太郎内妻・たかの四十九日。法事は、良興寺和尚を招いて、例年旧十月十日に勤める報恩講を一緒に勤め、布施四百文を差し出す。

源治郎は、たかが産んだ男児を高治郎と名付け、「どうしたものか」と考えながら、しばらく面倒を見ていたが、翌明治九（一八七六）年六月十六日に出生した自分の四男として届け出る。常太郎が、女房を亡くしては育てられない、と判断してのことである。

常太郎は、初出だが、二男とあるので、幼名・弥四郎のことである。この時、二十二歳。形原村の真如寺で剃髪して、正圓を名乗ったが、慶応四（一八六八）年三月から新政府によって神仏分離令が出される等、先行き不透明な時代を迎え、明治に入って、還俗した、あるいは還俗させられた、のであろう。

法事に併せて道明けの祝い

明治九年の旧九月二十五日は、母・松の三十七回忌だが、源治郎は、二十八日に、二女・とめを寺嶋村の伊奈又蔵方へ嫁に遣わすための準備があり、都合が悪いと、法要を旧十月十日に取り延べて、報恩講を引き上げ、一緒に勤める。

良興寺和尚と、伴僧を招いて、浄土三部経をあげてもらう。布施は金百疋、伴僧に十銭、報恩講分として、百文を差し出す。

この法事に併せ、去る旧九月二十八日に、二十一歳で寺嶋村の伊那又蔵方へ嫁に出した二女・とめが、婿の道明けになったとして、十九人を呼んで、一汁三菜の膳でもてなす。茶菓子は、餡餅を二つずつ出した。酒は、膳の上に置いた一杯で済ませた。経費節減のためであろうが、万屋の疲弊ぶりが窺える。

出席した十九人は、婿の又蔵、母親、供一人をはじめ、松屋喜左衛門、万屋久五郎、若松屋源九郎、同善助、白木屋分蔵、菓子屋恵助、東店・万兵衛、うどんや平助、大竹屋才次郎、同半七、はりまや喜平、阿波屋利蔵、借家・清助、下町・万辰、同・利兵衛、隣家・江戸次である。

平助は初出で、明治十八年までは付き合いがある。はりまや喜平は、六十二年前の文化十一年十二月、弥三郎の出生時に見舞い品を寄せたのが初出だから、初出者は、先代か先々代であろう。宇平が子供を教えていた下町の喜平かもしれない。

とめは、寺嶋村からの新客土産の餅を持参しており、八合くらい入った一重ずつを、出席した親類、隣家衆に配った。呼び人のうち、とめの婿・又蔵、母親、供の男と、清助を除く十五人である。

万屋は厳しい時代に入る

母・松の三十七回忌、とめの婿道明けが記載された、明治九年十月分から『萬般勝手覚』は、書き物を一度した紙の裏を利用するようになる。紙の質も悪くなって、裏の字が滲み、読みにくい。

この少し前のころから、万屋の家計は、一段と厳しくなり、新しい紙が、十分に調達できないほどになったことが窺われる。万屋が崩壊へと向かう足音が、聞こえてくるようだ。それでも、『萬般勝手覚』を書き続ける。

明治九年は、十月二十四日に熊本で新風連の乱、二十七日に福岡で秋月の乱、二十八日には山口で萩の乱が、相次いで起こる。一週間ほどで平定されるが、明治十（一八七七）年は、新年を迎えると間もなく、西郷隆盛ら鹿児島県士族による、反政府武力戦闘「西南戦争」が勃発する。日本は、またもや内乱に巻き込まれる。

「いよいよ、末法か。万屋は、もう立ち行かんかもしれん」

明治十年の正月を、何とか迎えることができた源治郎は呟く。

そして、四年前の明治六年に書き上げた万屋源兵衛家「仏の一覧」に載る故人一人ひとりの、明治十年における死後年数を朱筆で書き加える。

旧八月二十九日は、常太郎の内妻・たかの三回忌である。村内法六町の地蔵堂に頼んで、百万遍の念仏を唱えてもらう。

翌明治十一（一八七八）年旧五月二十日は、安永八（一七七九）年に他界した四代源兵衛・宇平の継母・しなの締めくくりとなる百回忌に当たる。

源治郎は、法事を取り延べ、旧十月十日に、良興寺和尚を招き、同じく取り延べた祖母・松の三十九年の祥月命日（旧九月二十五日）、そして報恩講を引き上げて、三つの法事を一緒に営む。「農前作業が遅れたため、取延べて勤めた」と、源治郎は振り返る。布施は、百回忌分として天保銭四枚、祥月分、報恩講分として、それぞれ天保銭を二枚ずつ差し出した。

天保銭は、天保通宝の略称。江戸幕府が、天保六（一八三五）年から鋳造を始めた楕円形の銭。一枚百文で通用。明治元（一八六八）年まで発行されるが、明治になってからは一枚八厘で換算される。したがって、天保銭四枚は三銭二厘となる。

三十一歳の長女を嫁に出す

この明治十一年の旧十二月十日、源治郎は、長女・ゑひを、碧海郡大浜村（現碧南市）の倉田岩蔵方へ嫁がす。ゑひは、三十一歳になる。五十三品の嫁入り衣装を持たせる。源治郎は「此外ニ小道具類、つぶさニ相印置不申候也」と『萬般勝手覚』に記す。

　黒奉書紬定紋付男小袖、南部縞小袖、紬縮緬袷、博多緞子《どんす》昼夜帯、京織丸帯、縮緬湯巻、白無垢小袖、黒奉書紋付小袖、南部縞小袖、南部縞半纏、木綿縞半纏、南部前掛、浴衣、薩摩絣《かすり》単物、越後絣帷子、御召縮緬単物、合羽等々である。

　三十一歳になるまで手元に置き、五十三品もの嫁入り衣装を持たせたのは、よほど可愛がっていたのであろうか。それとも、明治初めの混乱で、婚期を逸しさせたため、その埋め合わせをしたのだろうか。『萬般勝手覚』から、源治郎の心情を汲み取ることはできない。

ただ、多くの嫁入り衣装を持たせることが出来たのは、明治九年の『萬般勝手覚』用紙の再利用、同十年正月の「仏の一覧」に朱筆を入れたころに比べると、経済状況が若干ではあろうが、持ち直していた、と思われる。

　年が明けた明治十二（一八七九）年の秋を迎えた八月十五日、旧六月二十八日の朝六つ時（午前六時ごろ）、濃州本巣郡長屋村に住む妻・屋つの父・成瀬惣左衛門が死去する。行年八十五。当時としては、驚異的とも言える長生きだ。屋つは、五十四歳を迎えていた。

　屋つの母・きんは、明治元（一八六八）年十二月二十日に、一足早く他界している。行年六十三であった。

　この明治十二年旧十月九日は、妻・屋つの父の百ヶ日に当たる。源治郎は通常、旧十月十日に報恩講を引き上げて勤めるが、一日早めて、旧十月九日に良興寺和尚を招いて、報恩講を、さらに引き上げて、一緒に法会を営む。布施は、報恩講分として天保通宝二枚、百ヶ日分として、観無量寿経（観経）一巻をあげてもらったため、三銭を差し出した。

長生きをした源治郎

源治郎は、妻・屋つの父親が他界した翌年の明治十三（一八八〇）年一月に病を得る。旧二月十七日、父・文助の四十七年祥月法要を営むと、新暦五月十九日午前十一時、旧四月十一日四つ時ごろ、永眠する。

「子作り名人」としての性に生きた六十五年四ヶ月であった。これまでの万屋当主としては、最も長生きである。

「性は生なり」と喝破したのは、天台尼僧の瀬戸内寂聴。小説家・瀬戸内晴美として、「性は生なり」を実践した後、昭和四十八（一九七三）年、満五十一歳で得度、出家した。平成二十四（二〇一二）年には、めでたく卒寿、つまり満九十歳を迎えた。長生きである。

瀬戸内晴美同様やはり、性に生きた「女づくり名人」の伊藤博文は、暗殺されるが、それでも行年六十九。当時としては、長命と言っていいだろう。「子作り名人」の万屋源治郎も、伊藤博文には及ばないが、行年六十七。まずまずの長生きである。

ところで、源兵衛の名を剥奪され、万屋源兵衛から万屋源治郎、と改名せざるを得なかった六代源兵衛・弥三郎とは、如何なる男であったろうか。

父の五代源兵衛・文助の葬儀後に石塔を立て、幕末の混乱で家計が苦しい中、父の三十三回忌と母・松の二十七回忌を記念して、福泉寺に四個の庭石を寄贈する。

妻・せつとの婚礼の際には、倹約年限中で料理が一汁三菜と決められている中でも、豪華さを狙って念入り仕立てにし、「隣家に任せた」と言って、責任を回避するなど、見栄っ張りで、優柔不断な一面が窺われる。

父母に可愛がられ過ぎたため、うまく自立できなかったのではないか。平成の世で言うファザコンであり、マザコンであったようだ。

安政地震に見舞われた翌年となる、安政二（一八五五）年の、妻・屋つの実家がある濃州長屋村（現岐阜市）への転居は、物的にも精神的にも、大きな打撃を受け、故郷を逃げ出した、と言えよう。気の弱さが感じられる。

安政六（一八五九）年十二月に帰郷するが、濃州長屋村滞在は、五年近くに及び、一時避難にしては長過ぎる。弥三郎は『萬般勝手覚』に〝旅居〟と記すが、当初は、住み続けようと思ったのではないか。

しかし、長屋村で絆を結ぼう、といろいろ試みたが、結ぶことができず、慣習の違いもあって、居心地が悪く、帰郷したのではないか。現実から逃げ、理想のみを追い求める姿が見て取れる。

万屋の社長を万兵衛に譲る

明治五（一八七二）年三月、家族の戸籍簿を額田県に提出するが、その時、社長の万兵衛を通じて出している。万兵衛は祖父・治兵衛の末裔である。つまり、東店に社長を譲っていたことになる。

『萬般勝手覚』に、社長を万兵衛に譲った時期等の記載はないが、安政の大地震後、濃州へ引っ越す前と考えていい。転居は、重大な決断である。家業の後を任す者を決めなければならないからだ。

弥三郎は、濃州から帰郷後も、社長が万兵衛のままであるところを見ると、弥三郎は、如何なる考えだったのだろうか。

濃州に〝旅居〟中、さらに帰郷に当たって、万兵衛に、いろいろ迷惑をかけたことを思うと、帰郷後、自分が再び社長に復帰する、とは言えなかったのであろう。あるいは、社長を務める自信がなかったのかもしれない。いずれにしても、やはり気の弱さが窺える。

家格を重んじたのだろうが、六代源兵衛・弥三郎は、実力を超えた盛大な儀式を行い、財産を費消した。その上、子沢山。子孫は大いに増やしたが、経営環境の変化が読めぬ経済観念の希薄さから、万屋の経営基盤は揺らぎ、衰弱していった。

創始者と同じ名前だが……

弥三郎の幼名の弥四郎は、初代と同じである。万屋を興した初代、あるいは万屋を復興し隆盛に導いた四代と、滅亡に導いた六代が、奇しくも同じ幼名なのは、実に妙な符合といえよう。

弥三郎は、商才がなく、商家に向いていなかったことは、間違いないが、〝無能な男〟と、一言で切って捨てることは、できまい。

字は、四代源兵衛・宇平、父の五代源兵衛・文助よりきれいである。楷書体に近い行書体が多く、読み易い。字を書くのが好きだったように思える。法名の「智眼」から推測すると、商売より、勉学の方が得意だった、と思われ、四代源兵衛・宇平のように、子供たちに読み書きを教えていた、と考えられる。

前述したように、弥三郎は、六十歳になった明治六（一八七三）年、万屋源兵衛家の歴代仏の一覧表を書き残し、四年後には、わざわざ加筆までする。自分が、最後の万屋源兵衛との思いが強かったのだろう。

〝学問好き〟というと、聞こえはいいが、弥三郎は、家業から逃げ、得意な勉学の道に逃げ込んだ。その現実を直視しない精神的な弱さが、万屋を滅亡に追い込んだ、と言っても、過言ではあるまい。

源治郎葬儀の参列者は半減

六代源治郎・弥三郎の葬式は、死去した翌日の明治十三（一八八〇）年五月二十日、旧四月十二日旧八つ時（午後二時ごろ）から、良興寺和尚、伴僧一人、供三人が主導、福泉寺と源徳寺の和尚の立ち合いで営まれ、約八十人が参列した。

灰葬は、翌十三日旧九つ時（正午ごろ）から、約五十人を呼んで行われた。他に町内の子供が二十五、六人、全部で七十五、六人が列席した。

子供の人数が、わざわざ書かれているのは、何故だろう。弥三郎もまた、祖父である四代源兵衛・宇平と同じように、子供に読み書きを教えており、その教え子が含まれている、と考えて間違いはないだろう。

布施は、良興寺和尚に二十銭と着類相当の物一ツ、伴僧に四銭、供の三人に三銭二厘ずつ、福泉寺と源徳寺の和尚に、三銭二厘ずつ、また、福泉寺には、墓の勤め料二銭四厘を加えて差し出す。

香典は、三十四人から寄せられた。すべて銭である。最高は長女・ゑひの嫁ぎ先・倉田岩蔵（大浜村）の三十銭、次いで二女・とめの嫁ぎ先・伊奈又造（寺嶋村）の二十銭、最低は一銭で、四銭が十二人と最も多い。このころまでに、香典は、線香等の物ではなく、金銭で出す慣習が確立した、と言えよう。

淋し見舞いは、井ノ上幸右衛門（下町）、徳右衛門（法六町）、半助（按摩）、伊奈又蔵（寺嶋村）、松屋喜三郎（本町）、万兵衛（東店）、倉田岩蔵（大浜村）の七人が、赤米二升、餅米二升、小蝋燭十七丁や、五銭から三十銭の金銭を寄せた。

幸右衛門は、香典も寄せている。五十一年前となる文政十二年の弥三郎（源治郎）の元服に立ち会った幸右衛門（渡内）との関係は分からない。以後の登場はない。

五代源兵衛・文助に比べ、参列者は百五十人から、ほぼ半数に減っており、香典を寄せた人の数も、六十八人から半減。万屋の衰退ぶりは、覆うべくもない。

五　万屋を破綻させた七代・源十郎

万屋最後の当主・源十郎

葬儀後、家督相続をめぐって、一悶着が起こる。母・屋つが長男・源次ではなく、二男・常太郎改め、彦七に継がせようとする。

理由は、よく分からないが、金銭問題が絡んでいたようだ。本家をはじめとした親族会議が開かれ、協議の末、彦七は分家、源次が跡を継ぐことに決まった。

いよいよ、万屋最後の当主・源次改め、七代万屋源十郎の登場である。家督を受け継いだ源十郎は、三十一歳。万屋の跡継ぎとしては最年長である。

父・源治郎の三十五日（五七日）の法事は、六月二十二日に、良興寺に頼み、親類等十六人を呼んで営む。布施は、和尚に三十銭、若僧に五銭を差し出す。

明治十四（一八八一）年は、父・源治郎の一周忌に当たる。源十郎は、旧四月十一日、良興寺に依頼して法事を営む。呼び人は、十九人と多い。祖父・文助の一周忌より一人少ないだけである。和尚に四十銭、若僧に十銭、供に四銭を差し出す。

ただ、三十五日もそうだが、飾り餅配りがない。万屋固有の問題ではなく、法事に餅を配る風習自体が、消えたのであるまいか。

翌明治十五（一八八二）年は、旧二月十七日に、祖父の五代源兵衛・文助の四十九年祥月法事を、良興寺和尚を招いて営み、天保銭三枚を差し出す。

旧四月十一日には、一周忌に準じる形で、父・源治郎の三回忌法要を営む。呼び人は、十八人と一周忌より一人少ないが、布施は一周忌と同じで、良興寺和尚に四十銭、若僧に十銭を差し出した。さらに、旧九月二十五日には、祖母・松の四十三年祥月法事を、良興寺和尚を招いて営み、祖父・文助の時と同じように、天保銭三枚を差し出す。

妹・ぶんを岡崎に嫁がせる

明治十六（一八八三）年は、祖父・文助の五十回忌に当たる。ところが、旧二月十七日の命日に、源十郎は、五十回忌の法事を行っていない。何故だろう。

神仏分離令の浸透で、仏事の簡素化が勧められ、最大で四十九回の祥月命日までで、五十回忌法要は、営まないようにする、との申し合わせでも出来たのではないか。そう考えれば、納得できよう。

旧九月二十五日に、源十郎は、祖母・松の四十四年祥月法事を、前年と同じように、良興寺和尚を招いて営むと、旧九月二十八日、妹で、十九歳になった源治郎の三女・ぶんを、額田郡岡崎板屋町（現岡崎市）の岡本才治郎に嫁がせる。

披露の呼び人は、世話人・佐野泰市の母・まい一人。祝儀も、世話人と、若松屋、白木屋、松屋等極近しい親類の六人から、下駄、風呂敷、五十銭から二十銭の金品が、寄せられたにすぎない。ここでも万屋の衰退ぶりが見て取れる。

翌明治十七（一八八四）年は、何故か『萬般勝手覚』に何の記載もない。この年は、五月の群馬事件、十月の秩父事件等、富国強兵を目指して、軍備拡張等を推し進める政府による重税に苦しむ農民の騒動が相次いだ。横須賀村でも、困窮農民による何らかの動きがあったのかもしれない。

源十郎が三十六歳で結婚

そして、明治十八（一八八五）年を迎えると、源十郎は正月二十六日、幡豆郡東幡豆村山口（現幡豆町）の鈴木長左衛門二女・楚よと婚礼を挙げる。幡豆の世話人、村内の親類等十三人を招いてもてなし、披露する。出席した親類には、赤飯を配った。

餞別も、若松屋善助、平井又七（法六町）、姉・ゑひの嫁ぎ先・倉田岩蔵の三人から、強飯切溜一箱、十二銭分の魚羽書、鳥目二十銭が寄せられただけである。万屋の婚礼としては質素である。親類、隣家には、土産の半紙一帖を持って回った。

餞別を寄せた又七が、四代源兵衛・宇平の朋輩・又七の子孫とすると、一世紀以上にわたる付き合いとなる。時に、源十郎三十六歳、楚よ十九歳。十七歳もの年の差がある。源十郎は、晩婚であると同時に、平成二十年代に流行った年の差婚、と言えよう。

源十郎が晩婚となったのは、父・源治郎が長生きし、隠居もせずに、当主として頑張っていたためなのか、あるいは万屋が疲弊していたためなのか、理由は分からない。

翌明治十九（一八八六）年旧四月十一日は、父・源治郎の七回忌。源十郎は、良興寺和尚を招いて法要を営む。布施として、良興寺和尚に二十銭、若僧に十銭を差し出す。

斎の呼び人は、岡本才吉（三女・ぶんの嫁ぎ先）、万屋久五郎（法六町）、東店・万兵衛、弟・四方吉（吹貫町）、又造（本町）、亦助（丁内）の六人と少ない。三回忌の十八人に比べると、三分の一で、和尚への布施も半減しており、経済的に相当逼迫していたのだろう。

又造は初出で、再登場もない。本町の住人なので分蔵の関係者か。亦助は源治郎の葬儀に列席、香典を寄せたのが初出。その後も法事に参列するが、今後の登場はない。

明治二十（一八八七）年は、父・源治郎の八年祥月法事を、五月五日（旧四月十一日）に、良興寺老僧を招いて営み、布施として天保通宝三枚を差し出す。

七月、源十郎の父・源治郎が自分の四男として入籍した高次郎が、本当の父・彦七の養嗣子となる。内妻を亡くした彦七は、高次郎が十二歳になり、自分で育てられる年齢になった、と判断したのだろう。あるいは、源十郎の窮状を見かねたのかもしれない。

明治二十一（一八八八）年も、五月十九日（旧四月九日）に、父・源治郎の九年祥月法事を、良興寺和尚を招いて営み、布施として四銭札を差し出す。

長女・たまが生まれる

この年の六月四日（旧四月二十五日）午後二時、村内吹貫町の産婆・金山まきの手で、長女・たまが生まれる。源十郎三十九歳、楚よ二十二歳である。

『萬般勝手覚』に、〝産婆〟という言葉は初出である。これまでは、〝と屋げ婆さ（取上婆さ）〟と記されていた。明治も深まると、産婆の呼称が、定着したのだろう。

たまの出産を祝って、縁者等十二人から祝いの品が寄せられた。楚よの在所・鈴木長左衛門家は、楚よの母親が餅、袷、襦袢、むつき（産着）を持参。このほかは、つまみ煎餅一袋、牡丹餅、よど掛け等である。

旧九月二十九日には、六年前の祖父・文助の時と同じように、祖母・松の四十九年祥月法事を営む。取り越し報恩講も兼ねており、招いた良興寺老僧に布施として、天保銭を一枚増やして、四枚を差し出した。

翌明治二十二（一八八九）年四月、屋つが彦七の家族となる。彦七が独身のため、十二歳で養嗣子となった高次郎の面倒を見るためであろう。困窮する源十郎の救済と、一石二鳥を狙ったのかもしれない。

五月十九日（旧四月十一日）には、源十郎は父・源治郎の十年祥月法事を、良興寺老僧を招いて勤め、布施として天保銭三枚を差し出す。この年は祖母・松の五十回忌に当たるが、やはり祖父・文助同様、法事を営んでいない。

祖父・文助の時に触れたように、五十回忌の法事は営まないという、西三河地方での神仏分離令に伴う仏事の簡素化の状況が窺える。

十三年にわたり記載なし

明治二十二年以降、明治三十五年旧四月十一日の父・源治郎の二十三回忌まで、十三年間にわたって、『萬般勝手覚』に記載がない。この十三年間に、万屋を一体、如何なる悲劇が襲ったのだろうか。

明治二十二年は、一月に徴兵令が改正され、戸主に認められていた平時の徴集猶予制も廃止され、一般平民に徴集から逃れる道が閉ざされた。そして、現在は「建国の日」となっている二月十一日には、大日本帝国憲法が発布される。

村方文書によれば、矢作古川に近い幡豆郡では、九月十、十一日に台風による風水害が襲った。高潮で海岸沿いの吉田、一色一帯では、八百人を超える死者が出た。上横須賀の万屋も、商売に支障が出る被害を受けた可能性は大きい。

暮も迫った十二月五日、額田郡岡崎板屋町（現岡崎市）に嫁いでいた源治郎の三女・ぶんが離婚する。続いて、十日後の十二月十五日には、幡豆郡瀬門村寺嶋（現吉良町）に嫁いでいた源治郎の二女・とめも離婚する。ぶん二十六歳、とめ三十四歳である。

同じ年の年末に、相次いで二人の妹が離婚する。源十郎に何か不祥事でもあったのだろうか。それとも、徴兵令の改正に伴い、源治郎の二女、三女の嫁ぎ先に、何らかの異変が惹起したのだろうか。いずれにしても、源十郎は、『萬般勝手覚』を書くどころではない状況に、追い込まれていたことは間違いない。

長男が生まれると濃尾地震が……

二人の妹が相次いで離婚した二年後の明治二十四（一八九一）年三月二十六日、長男・信三が生まれる。『萬般勝手覚』に、跡取りとなるはずの長男の誕生すら記載がないのは、源十郎が、依然として、立ち直れない困難の最中《さなか》にあったのだろう。

では、源十郎は、何ゆえ長男に、長男らしくない、末尾が「三」となる「信三」という名を付けたのであろうか。天、地、人の三才に信頼される人物になってほしい、と願ったのであろう。さすれば、己のように苦労をしなくて済むと考えた、のではないか。

そして、追い討ちをかけるかのように、七ヶ月後の十月二十八日に大事件が発生する。

「何ごとだ。天から大きな石でも降ってきて落ちたか」

源十郎は、ドーンと下から突き上げるような振動に驚く。その後、回転するかのように家が揺れ動き、さらにミシミシと、不気味な音を発しながら、上下、左右に揺らぐ。

地震後は　更地に見えし　民家跡

源十郎は、村が広々として、見晴らしが良くなったように感じ、一句ものす。

岐阜県本巣郡根尾村を震源とする濃尾地震である。マグニチュード8と推定され、直下型では、日本最大級の巨大地震で、幡豆郡西尾町で震度六といわれる。上横須賀でも、同程度と考えて良いだろう。

大地震を二度体験した源十郎

父の六代源兵衛・源治郎とともに体験した安政の東海大地震から、三十七年が経つ。源十郎は、生涯にマグニチュード8クラスの巨大地震を、同じ場所で二回も体験する。安政の二日連続して起こった巨大地震を一回ずつ、と勘定すれば三回だが、そのようなことは極めて稀であろう。

大災害に遭うと、大抵の人は、相当な年配者でも「こんなことは初めて」と答える。大災害は、通常、短期間でも七、八十年の間隔でしか起こらない。したがって、大災害に遭わずに、一生を終える人の方が多いのである。

安政の大地震が起こった当時、五歳だった源十郎は、四十二歳になる。「天災は、忘れたころに、やってくる」とは、物理学者・寺田寅彦の名言だが、源十郎にしてみれば、「大地震が、忘れそうになったところに、またやってきた」である。

だが、源十郎は、本当は忘れていたのかもしれない。災害や戦争の怖い記憶は、自身の体験ですら風化する。風化を避けることはできない。

怖い思いを、引きずっていては、人は生きていけない。忘却がなければ、新たな一歩を踏み出すことはできない。人間にとって、忘却が悪だとしても、それは必要悪だ、と言えよう。

災害や戦争の記憶は、忘却されるとしても、語り継ぐことが必要であろう。しかし、落胆しないためにも、風化は覚悟しなければならない。自身が体験したことですら、忘れてしまうのが人間だから。そして、歴史は繰り返される。

『萬般勝手覚』に濃尾地震に関する記載はない。源治郎の時に発生した安政の大地震もそうだが、おそらく記す心の余裕がなかったのであろう。安政の大地震に比べると、被害は小さかったかもしれないが、万屋も相当の被害を受けたに違いない。

二女、三女に続き長女も離婚

濃尾地震があった翌年の明治二十五(一八九二)年を迎えると、四月二十九日、妹で、源治郎の三女・ぶん、二女・とめに続いて、碧海郡大浜村(現碧南市)に嫁いでいた姉で、源治郎の長女・ゑひも、四十五歳で離婚する。父・源治郎の十三回忌の年だが、それどころではなかったようだ。

ゑひの離婚は、万屋、あるいは嫁ぎ先固有の問題と考えられるが、地震、あるいは、徴兵制と関係があるのかもしれない。

源治郎の長女・ゑひ、二女・とめ、三女・ぶんの三人が、離婚中の明治二十六（一八九三）年六月五日、源十郎に二男・泰賀が誕生する。万屋が大変な時で、無論、『萬般勝手覚』に記載はない。

姉・ゑひは、離婚から二年後の日清戦争が始まった明治二十七（一八九四）年の七月五日に再婚する。翌明治二十八年十二月二十四日には、二女・ひでが生まれる。

明治二十七、二十八年は、日清戦争の暗雲が日本を覆っていた。戦争が終わり、ギリシャのアテネで、第一回国際オリンピック大会が開かれる明治二十九（一八九六）年は、父・源治郎の十七回忌に当たる。正月を迎えて間もなくの一月二十九日、妹・とめが再婚するが、『萬般勝手覚』に十七回忌の記載はない。妹・ぶんも、三年後の明治三十二（一八九九）年五月二十五日に再婚を果たす。

この間の明治三十一年二月五日、後に文豪として大成する郷土の〝三人衆〟の一人、尾崎士郎が、横須賀町上横須賀（旧法六町）の尾崎家の三男として生を受ける。士郎が代表作の自伝的長編小説『人生劇場』を都新聞（中日新聞東京本社が発行する東京新聞の前身）に連載を始めるのは、三十五年後の昭和八（一九三三）年である。

一方、万屋では、姉も二人の妹も再婚できたことで、家業の立て直しに懸命だった源十郎も、明治三十五（一九〇二）年には一息ついた、と思われる。

旧四月十一日は、節目に当たる父・源治郎の二十三回忌。新暦の五月十九日に当たる。源十郎は、この日、布施天保銭三枚で、良興寺老僧を招いて、十六人を呼んで営んだ法要を、『萬般勝手覚』に書き留める。七回忌の六人に比べ、大幅に増え、三回忌より二人少ないだけである。

家業悪化で長女を芸妓に出す

だが、明治三十五年から、『萬般勝手覚』の空白が再び八年間にわたって続く。最後の空白である。源十郎の苦闘は、依然として続いていたようだ。

ライト兄弟が飛行機を発明するのは、明治三十六（一九〇三）年だが、その翌年の明治三十七（一九〇四）、三十八年は、日露戦争が繰り広げられ、戦後は恐慌が襲いかかる。こうして、万屋の家業は、修復不能な状況へと追い込まれていく。

日付が無いので、はっきりしないが、この間に、源十郎は、長女・たまを芸妓として、三十円で額田郡岡崎町（現岡崎市）の置屋へ出す。おそらく、明治三十六、七年であろう。たまは、十六歳か十七歳になる。

明治三十八（一九〇五）年の四月、長男・信三が尋常小学校高等科を卒業、幡豆郡西尾町（現西尾市）の歯科医の書生となる。

戦後となる明治三十八年の年の瀬も押し詰まった十二月二十九日、源十郎は、たまを連帯保証人に立て、新たに七十円を置屋から借りる。万屋の家計の逼迫ぶりが窺える。

明治四十（一八〇七）年十一月二十日、妹で、父・源治郎の四女・よねが、東京で婚姻届を出す。時に、よねは四十歳である。

おそらく内縁関係にあったが、何かを区切りに入籍したのであろう。よねが生まれたころ、東京には、母・屋つの伯父が住んでおり、万屋が衰退する中、よねは成人すると、母の伯父を頼って上京した、と考えられる。

長男の服毒自殺で筆を折る

そして、父・源治郎の二十三回忌から八年後の明治四十三（一九一〇）年十月六日、源十郎にとって最大の不幸な事態が出来《しゅつらい》する。

長男の服毒自殺である。長男の名は信三であった。そこに源の字は入っていない。源十郎は、長男が生まれるころ、つまり明治二十四年には、江戸中期から続く〝万源〟と呼ばれた万屋に見切りをつけていた、と思われる。

信三は、歯医者になるべく、西尾町の歯科医に書生として住み込み、修業していた。行年二十。開業試験が目前だった。試験に通る自信がなかったのだろうか。

源十郎は、長男の自殺を書き留めると、筆を折る。よほどショックが大きかったのであろう。と同時に〝万源〟の歴史が終わった、と感じたのだろう。天明四（一七八四）年から営々と書き続けられてきた『萬般勝手覚』は、明治四十三年十月で終わる。

『萬般勝手覚』後の源十郎は、どうしていたのだろうか。源十郎が残した私文書、除籍簿、伝聞等を基に補完してみよう。

味噌屋で丁稚奉公していた十七歳の二男・泰賀が、兄・信三の遺志を継ぐべく、西尾町の歯科医の書生となる。兄が書生していた歯科医と、同じかどうかは分からない。

長男の死から一年半後に離婚

そして、明治四十五（一九一二）年三月十三日、源十郎は妻・楚よとの話し合いがまとまり、離婚する。長男・信三の自殺から一年半後である。妻を離縁するというのは、万屋が始まって以来、初めてのことである。

離婚の原因は分からないが、長男の自殺、万屋のさらなる困窮が、絡んでいた可能性が大きい。源十郎が各所で、借金を重ねていたからである。

長女・たまを芸妓に出し、たまを連帯保証人にした借金すらある。年の差による意見の相違があったのかもしれない。

離婚を機に、楚よは、実家には戻らず、実家近くで、実家と同じ鈴木姓の戸主となり、芸妓の長女・たまを引き取る。それが離婚の条件だったのかもしれない。

明治天皇の崩御により、七月三十日、嘉仁親王が践祚《せんそ》、大正と改元される。その大正元年八月二十日、源十郎は二女・ひでを亡くす。離婚から五ヶ月後である。ひでは、十九歳の若さだった。

その二ヶ月後の十月十九日には、母親の屋つが他界する。長生きの家系だけに、行年八十六。天寿を全うしたと言っていいだろう。

母の死から五年後に他界

長男、二女に先立たれた源十郎は、離婚、娘と母の死から、わずか五年後の大正六（一九一七）年三月三十一日、失意のうちに死去する。行年六十八。跡継ぎとなる二男・泰賀が歯科医の開業試験に合格、身を固めていたのが、せめてもの慰めとなったであろう。

泰賀は前年の大正五（一九一六）年三月、内縁関係だが、富山県婦負《ねい》郡出身の元看護婦・藤枝信子を妻に迎えた。この時、泰賀、信子ともに二十二歳。二人が知り合った経緯は分からない。泰賀は、この少し前に、開業試験に通ったようだ。

ところで、源十郎とは如何なる男であったか。

新暦になっても、いつまでも旧暦を使い、拙者なる言葉を使う昔気質の、良くも悪くも、個性的な男であったようだ。考え方が硬直的で、柔軟性に欠け、目まぐるしく動く時代に適応できなかった、と言えよう。

源十郎の字を見ると、父・源治郎のように、まとまった読みやすい字ではない。誉めた言い方をすれば達筆だが、崩れた、かなり奔放な荒っぽい書き方である。法名の釈珠林は、美化されていて、源十郎の実体を知る手掛かりにならない。

源十郎が、源治郎から家督を受け継いだ時、借金があったかどうかは、はっきりしないが、源十郎の借金が目立つようになるのは、明治二、三十年代からなので、無かったと考えられる。源十郎が、先祖の築き上げた家格を意に介せず、「鳴かず飛ばず」の道を選んだとしたら、何とか体面は、保てたかもしれない。

借金の山をこしらえた源十郎

しかし、源十郎は、村役人まで勤めた家の戸長として、現状に甘んじるわけにもいかず、「鳴こう」

としたのではないか。だが、「鳴く」には、当然のことだが、リスクを伴う。その結果が裏目に出た。源治郎の時代には、まだ残っていた田畑をすべて売り払い、借金の山をこしらえただけであった。

実母に見くびられた源十郎が、男として、面目を施そうとしたのかもしれないが、そのことを非難できまい。しかし、そのため万屋は破綻する。

源十郎が、具体的に如何なるリスクを取ったかは、残念ながら分からない。借用書のほかに、証文が数点残っており、金貸しに手を染めていた形跡がある。万屋の商売に関する記録が、一切残っていないので、大々的に金貸しをしていたかどうかは、不明である。

六代源兵衛・源治郎は、父の五代源兵衛・文助を、商売で超えられぬと思い、商売から逃げた。源十郎は、知的な部分では超えられぬ父の六代源兵衛・源治郎を、商売で超えようとしたが、失敗した、のではないか。

男の跡継ぎにとって、父親は、何かで超えなければならない存在だ。自己の中のイメージとしてでも良いから、超えられたと思える部分があればいいのだが、父親の出来が良い場合は、なかなか大変である。

だが、前に触れたように、明治十三（一八八〇）年五月の父・源治郎の死後、家督の相続に当たって、母親の屋つが異論を唱える。長男だから、源十郎が、すんなり相続出来てもいいはずだが、母は二男の常太郎改め、彦七に家督を継がせようとする。

理由は、はっきりしないが、父・源治郎の存命中から、母・屋つと折り合いが悪かったことは確かで、金銭にルーズだったとすると、源十郎は、「鳴こう」としたわけではなく、単なる放漫経営で、万屋を潰したのかもしれない。

　いずれにしても、源治郎、源十郎ともに、イメージの中でも父親を超えることに失敗した、と言えよう。したがって、如何なる部分でも、父親を超えることが出来なかった当主が、二代続いたことが、万屋を滅亡に追い込んだ、とする見方も出来よう。

六　エピローグ

源十郎の死で泰賀が跡を継ぐ

大正六（一九一七）年三月、源十郎の死去により、兄が自殺したため、二男・泰賀が跡を継ぎ、万屋からの脱皮を図る。ロシアでは、ロシア革命により、ロマノフ王朝が倒れ、新たな国家への模索が始まる。

泰賀は、小説『人生劇場』で知られる尾﨑士郎とは、先祖に接点があり、家が近かったことから、泰賀の方が学年で四つ年上だが、尋常小学校・高等科まで校友だった。

ただ、性格は、正反対だったらしく、おとなしい士郎に対し、泰賀は、好感を持っていなかったようだ。泰賀は、生前、幼いころの士郎について「泣き虫だった」と語った。

泰賀は、囲碁が強く、若いころは社寺の縁日や、祭礼で興行する賭け碁にも勝つ腕前だったと言い、〝喧嘩碁〟と評す人もいたほどで、気性の激しさがあったようだ。だが、菊やサツキの栽培に手を染め、花を愛でる優しさもあった。

同郷の士郎の兄も、翌大正七（一九一八）年六月、ピストル自殺する。共に兄が自殺するのは、まさに奇縁といえよう。

泰賀は、万屋八代目といえるかもしれないが、そのころの万屋は、四代源兵衛・宇平が固めた基礎の上に、五代源兵衛・文助が築いた城郭の残骸しかなかった。

源十郎は多額の借金を残しており、相続手続きを終えた泰賀は五月十四日、百円を返済したが、なお千二百円の借金が残った。この時代の千二百円は、現在に換算すると、千二百万円ほど、といわれ、おいそれと返済できる額ではなかった。

大正八（一九一九）年も、十二月に入ると、泰賀は、内縁関係にある妻・藤枝信子の懐妊を知る。大正九（一九二〇）年の年が明けると、一月十二日、信子を入籍する。出産が五月ごろと見込まれたためで、〝帯直し（帯祝い）〟の思いを込めたのであろう。

その後も、泰賀は、歯科医助手として、働きながら返済を続けるが、借金が思ったように減らないため、新天地を求めて転居を決断する。

泰賀は、兄と同じように、西尾町で歯科医の書生をしながら苦学の末、兄が目指していた歯医者になった。だが、没落した家の跡継ぎとして、多額な借金を返しながら、長年培ってきた家格に伴う絆を維持していくことは、不可能であった。

二百五十年にわたる歴史を持つ万屋は、多くの人々と、太く重い絆、細いが長い絆、複雑に絡み合った絆等、様々な絆で結ばれていた。それらの絆を維持するには、下世話な言い方をすれば、手間、隙、金がかかる。

泰賀にとって絆は重すぎた

日本人の美徳とされる義理と人情を核に、人と人、さらには家と家の間で結ばれ、強化される絆は、発展を目指して新たな道を切り開くためには、手かせ、足かせとなる。

有名無実となった万屋を捨て、これまでの家業とは、異なる歯科医の道を歩み始めた泰賀には、精神的にも物理的にも余裕はなく、恩愛を育んできた家格にふさわしい様々な絆は、しがらみでしかなく、断ち切らざるを得なかった。

泰賀は大正十四（一九二五）年、決断を実行に移す。四月、上横須賀の自宅を処分する。が、借金を差し引くと財産は、ほとんど残らなかった。

そして、七代、二百五十年の長期にわたって結ばれてきた、全ての絆を断ち切って村を去り、歯科医として、故郷から遠く離れた京都に移り住む。『萬般勝手覚』もまた、泰賀の引っ越し荷物に紛れ込んで、故郷を離れた。

やがて、泰賀は、京都市上京区《かみぎょう》千本中立売《せんぼんなかだちうり》、通称「千中《せんなか》」を東に入った、丹波屋町の町屋を借りて開業する。

中立売通に面した家の前を京都で最古級の「チンチン電車」が走る。京都駅と北野神社（現北野天満宮）を結ぶ狭軌の「北野（堀川）線」だ。

車掌が紐を引っ張ると、チンチンとベルが鳴り、ゴーという音とともに動き出し、ガッタン、ゴットンと、上下に振動しながら走る。今では、愛知県犬山市の明治村でしか体験できないが、体が縦に揺れ続ける、何とも言えぬ乗り心地である。南北の千本通には、体が横に揺れ続ける、広軌の市電「千本線」が走る。

近くに千本中立売の電停があり、交通の便が良い場所である。泰賀は、故郷・上横須賀にはなかった二種類の市電の異なる乗り心地を味わいながら、そこに住み続け、歯科医の実績を重ねる。

徐々に信頼を得て、上京区内の小学校歯科医、京都刑務所歯科医、京都市歯科医師会上京支部長、京都府歯科医師会副会長等を歴任し、昭和四十六（一九七一）年十一月三十日に他界する。行年七十九であった。

京都で町屋に住み続ける

泰賀が、転居先として、京都を選んだ理由は、はっきりしない。知己があり、父・源十郎と訪れたことがあったため、と伝えられるが、都への憧れがあった可能性もある。

あるいは、出生二年前の明治二十四（一八九一）年に、横須賀村を襲った濃尾大地震の痕跡が、物心ついたころ、まだ残っており、地震のない安全な転居先として、京都を選んだのかもしれない。

間口が広く、晴れた日には部屋に明るい陽射しが差し込む上横須賀の家を出て、間口が狭い鰻の寝床のような、天気の良い日の昼間も薄暗い、京の町屋に住み続けた泰賀は、歯科医をしながら、どのような思いで暮らしたのであろうか。

郊外に家を求めず、借家の町屋に住み続けたのは、交通の便等の立地が、上横須賀の実家に似ており、家業に都合が良かったからであろう。そして、よそ者と見られたくなかったのではないか。あるいは、新たな絆を結ぼうとしたのかもしれない。

しかし、よそ者を容易に受け入れぬ京都の人に、対する抵抗からであろうか、仕出しを取ることが多かったにも拘わらず、夏でも、家で鱧《はも》を食すことはなかった。だが、泰賀の故郷・三河には鱧を食す習慣はなく、そのため、食べなかっただけのことかもしれない。

後年、泰賀は「苦学して歯医者になった」と良く口にしたが、万屋を破産に導いた〝借金王〟とも言える父・源十郎の悪口を言うことはなかった。江戸時代に広く行われた儒教の思想が、まだ強く残る明治の人だったからであろう。

故郷を訪れることはなかった

泰賀は、京都府歯科医師会副会長を務め、万屋のそれなりの復興を、異なる形で果たしたが、絆をなくした故郷を、再び訪れることはなかった。

同じように兄が自殺したが、小説家として名を上げ、故郷に凱旋した尾崎士郎とは、対照的である。「ふるさとは遠くにありて思ふもの　そして悲しくうたふもの」と詠んだ詩人・室生犀星の心境だったのだろうか。

泰賀には、断ち切った絆が多過ぎて、結び直すことは不可能だ、と分かっていたからであろう。意地があったのかもしれない。あるいは、家格が邪魔したのかもしれない。

泰賀は、家格に誇りを持っていた。ある時、孫の一人に対し、「わが家は苗字帯刀を許されていたわしで八代になる」と言って、廊下の天井付近に吊るされた刃の錆びた槍を指差す。孫は「刀とは違う」と言おうとしたが、その言葉を呑んだ。

それでも、泰賀には郷愁があった。泰賀の趣味の一つは、鮎釣りであった。仕事が休みの日には、娘婿と連れだって、京都府内の保津川へ鮎釣りに、よく出かけていた。

釣果があると、機嫌よく帰ってきて、家族に鮎を見せ、孫たちに「良い匂いがするだろ。スイカの匂いがするのは良い鮎だ」と説明する。鮎は陸封された海産のキュウリウオだから、「キュウリの匂いがする」と、表現する人もいるが……。

坊主が重なっても出かける

二、三匹の釣果しかなかったり、坊主の日が重なったりしても、懲りずに出かけた。幼いころ、ふるさと横須賀村の矢作古川や、その脇を流れる広田川《こうた》で、鮎などの川魚釣りをした思い出が、鮎釣りに駆り立てたのだろう。

そして、食料品の買い物である。鮎釣りに出かけない休みの日は、しばしば「出かけるぞ」と孫に声をかけると、連れだって、京都市民の台所・錦市場へ出かけた。夕食のおかずを買うためである。「これ、どこのもんや?」「うまいか?」「何ぼになる?」などと店員に声を掛け、買物を楽しんでいた。子供のころ、父・源十郎あるいは、店の者と一緒に、食材の仕入れに行った記憶が、残っていたからだろう。

また、「吉良上野介は悪くない」が口癖で、映画や、テレビで「忠臣蔵」が上映、あるいは放映されても、見ることはなかった。

泰賀の心の中では、元領主で、郷士の〝三人衆〟の一人である吉良上野介は、その苗字の語源でもある本貫の地・吉良庄の八ツ面山《やつおもて》(現西尾市八ツ面町)から取れる「きら」あるいは、「きらら」と呼ばれる雲母のように、キラキラと輝いていたのであろう。

泰賀の子孫もデラシネに

泰賀と信子は、三男一女を設け、育てたが、二男が学徒出陣し、沖縄戦で戦死、長男も学徒出陣したが、復員して会社員、三男は医師、長女は国税局職員（後に税理士）と結婚。跡を継ぐ者はなく、泰賀と同じようにデラシネとなって京都を離れ、他所へ移り住んだ。

泰賀が故郷を去った代償は、子々孫々にわたるデラシネであった。以来、泰賀、つまり万屋の男系子孫が、一ヶ所に定住することはない。『萬般勝手覚』もまた、万屋の子孫と共にデラシネとなった。

泰賀のように、万屋の男系子孫は、転居先で、代々その土地に住む人たちを意識しながら、あるいは意識することなく、常によそ者として扱われて暮らす。意識の有無にかかわらず、肌で感じるため、親の転居先に子が馴染むのは難しく、デラシネとなって散逸した。

その傍系も、互いに顔を合わせることなく、存在そのものも知ることなく、あちらこちらに散り散りになって存在する。

ひょっとしたら、子孫同士が出くわし、互いに他人として挨拶を交わし、そしてまた別れる、といったことがあったかもしれないし、これからあるかもしれない。

万屋源兵衛家は、泡のように生まれ、そして泡のように消えたが、その遺伝子は、人類が滅びない限り、薄められながらも、失われることなく、拡散を続けるであろう。

商才欠いた当主が二代続く

万屋滅亡の原因は何か。一言で言ってしまえば、商才を欠いた当主が、二代続いたためであろう。しかし、それは皮相な見方かもしれない。

明治九（一八七六）年の十月分から、『萬般勝手覚』の紙質が悪くなり、一度書いた紙の裏を再利用するようなったことは、前に触れたが、この前後の世情を、もう一度振り返ってみたい。

明治六（一八七三）年は、徴兵令が発布され、西郷隆盛、板垣退助が相次いで下野。翌明治七年には、佐賀の乱、台湾出兵と続く。前年の明治六年に公布された地租の物納から金納への改定が実施され、実質的な増税が始まった。

明治九（一八七六）年には、熊本で新風連の乱、福岡で秋月の乱、山口で萩の乱が相次いで起こり、翌明治十年には、西南戦争が勃発する。三河地方には全く影響がなく、平穏だった、とは思えない。世情と同じように経済も、当然、混乱しており、絆に依存する従来の商売方法は、通用しなくなった。こうした中で、源治郎は、ただ手をこまぬいていたわけではないだろう。しかし、結果は出せなかった。

台風、地震、戦争が相次ぐ

明治十三（一八八〇）年旧四月（新暦五月）、失意の中で源治郎が死去すると、源十郎の時代に移る。

家督を継いだ九年後の明治二十二（一八八九）年旧四月以降、明治三十五（一九〇二）年旧四月まで十三年間にわたって『萬般勝手覚』に記載が無いことを前に触れたが、この間の世情も、源治郎の時代と同じように厳しいものであった。

明治二十二年は、九月に海岸沿いの村々で、高潮のため八百人を超える死者が出る大型の台風が襲来、二年後の明治二十四年十月には、直下型の巨大地震・濃尾地震が発生する。

明治二十七（一八九四）、二十八年には日清戦争が勃発する。戦中の混乱に続いて戦後は、不況が襲い掛かる。

明治三十五年に父・源治郎の二十三回忌法要を勤めた記述の後は、再び空白が続き、明治四十三（一九一〇）年、長男の死を書き留めて、『萬般勝手覚』は閉じられるが、実質的には、明治二十二（一八八九）年で終わった、といってもよい。

『萬般勝手覚』が空白の明治三十七（一九〇四）、三十八年には日露戦争が勃発する。そして、日清戦争後と同じように、戦後恐慌が襲う。源十郎の時代も、源治郎の時代と同じような、あるいはそれ以上に社会の混乱が続いた、と言っていいだろう。

この打ち続く難局を切り抜けることが出来たのは、類稀なる商才を持った者か、時運に恵まれた一握りの者であったろう。

宇平はやはり傑出した人物

四代源兵衛・宇平の時代も、戦争という人災こそなかったが、矢作古川の氾濫など天災に見舞われ、必ずしも平穏だったとは言えない。そうした中で、宇平は、時流を見て、様々な物を売る店から料理店へと、家業の転換を図った。

宇平は、信心深かっただけでなく、やはり経営者としても、歴代源兵衛の中で、傑出した人物であった、と言えよう。

妻・ひさが跡継ぎを産まずに他界すると、甥の文助を養子に迎え、将来を見越して料理の修業をさせた。料理店の経営者として、職務を全うするためには、料理作りの〝こつ〟を知っておくべきだ、との考えからであろう。

村方文書によれば、五代源兵衛・文助が、村役人に推薦された理由は「実体《じってい》まじめ」であった。その堅実な性格を、宇平は見抜いて、経営者としての帝王学を教え込んだ。

宇平は三代源兵衛・源右衛門が、あまり頼りにならず、苦労したと思われる。そして、大超一行首《しゅ》座《そ》に教えを乞うた。源右衛門が紹介したのか、どうかは分からないが、大超一行首座という良き師を得たことが、宇平を立派な人間に仕立てる一助となったことは確かだ。

文助もまた、「養子はだめだ」と言われぬよう、厳しい宇平の教えを守り、万屋を発展させた。しかし、自らが苦労しただけに、養子の負い目もあって、子供の弥四郎、即ち源治郎を甘やかせた可能性が大きい。商売にあまりタッチさせず、教養を身に付けさせた。

源治郎もまた、商売より勉強が好きだったのであろう。それが、アダとなったのかもしれない。歴代源兵衛の中では、字が抜群にうまい。また、初代から万屋歴代の戒名を纏めた仏の一覧表を作ったことからも裏付けられる。

源治郎の子・源十郎もまた、父・源治郎同様、商才がなく、激動の時代を乗り越えることが出来なかった。源治郎が傾けた万屋を立て直すことができず、借金を重ねて、廃業に追い込まれる。

商業者は現状に安住したら終わり

商業者あるいは事業者は、公務員のように「前例がない」と言って、現状に安住していて、何とかなるものではない。常に時代・社会の動きを読み、先を見据えて、創意工夫をし続けなければならない。

そこに、商《あきな》いは、飽《あ》きない理由がある。と同時に飽きたらおしまいなのである。つまり、柔軟な思考力を持ち、危機管理能力に長けていなければ、商売はやっていけない。

源治郎、源十郎が、商人に向いていなかったことは間違いない。しかし、源治郎、源十郎の二人が、他の時代・社会に生まれ、他の職業についていていたら、うまく生きられたかもしれない。時と運が味方しなかっただけ、と言えなくもないからだ。

これに対し、「中興開山」とされる四代源兵衛・宇平、五代源兵衛・文助には、時と運が味方した、と言えるかもしれない。

人の一生は、時代・社会と運に左右される。この二つに恵まれないと、自分が思うような成功を収めることは出来ない。時代・社会は選べないが、運は掴むことが出来る。

だが、運は巡ってきた時に、掴まえる必要がある。運を掴まえるには、努力して才覚を磨かなければならないが、努力しても運を掴む才覚が、得られるとは限らない。また、才覚が得られたとしても、運は巡って来ないかもしれない。そこが、人生の妙なのであろう。

信三はなぜ歯科医の道に

次に、源十郎の長男で、自殺した八代となるはずだった信三について考えてみたい。なぜ歯医者の道を選び、なぜ明治四十三（一九一〇）年十月、二十歳の若さで自殺したのか。

歯医者になろうとしたのは、自らの意思か、それとも父・源十郎の意思なのか。自らの意思だとすると、万屋の将来に見切りをつけた、あるいは、自分が家業の料理店経営に向いていない、と考えたのであろう。

源十郎の意思だとすると、やはり万屋の将来に見切りをつけた、と考えるしかない。どちらかは、はっきりしないが、信三の意思だった可能性の方が大きい。

源十郎は、二男の泰賀を家業と関連のある味噌屋に、丁稚奉公させているからである。また、信三の意思と見た方が、自殺の説明も付きやすい。

では、なぜ信三は、歯科医の道を選んだのか。父・源十郎の借金により、先細りする料理店に対し、歯科医は新しい職業で、将来性がある、と考えた。つまり、先見の明があったのだろう。

歯科医は、明治に入ってから創設された職業である。明治十六（一八八三）年、医者から歯医者が分離独立、明治三十九（一九〇六）年には、歯科医師法が制定、公布される。

信三が尋常小学校高等科を卒業した明治三十八（一九〇五）年は、前年に勃発した日露戦争が続く不穏な時期であった。この年の九月、日露戦争は終結するが、明治四十年代から長期不況が襲来する。

時代・社会は人の生殺を握る

信三が自殺したのは、開業試験に受かる自信がなかった可能性が大きいが、実家が凋落を続け、相次ぐ戦争と、不況が進行する中で、将来に希望が見出せなかったのではないか。

先見の明がアダとなった可能性もある。精神的に弱かった、と言えば、それまでだが、時代・社会の犠牲者の一人ではなかったか。

この不況を乗り越えた尾﨑士郎の長兄・重郎も、泰賀の兄・信三の自殺から八年後の大正七

（一九一八）年六月に、ピストル自殺で二十七歳の生涯を閉じる。三等郵便局長をしていて、公金の横領が原因とされるが、公金の横領は父親の時代から続いていた、という。

父親は、士郎が生まれた明治三十一（一八九八）年初めには、既に郵便局長をしていた。すると、父親の公金横領は、不況などの社会的混乱が、起因となった可能性がある。

経営能力の欠如と言えば、それまでだが、士郎の父親、後を継いだ兄・重郎もまた、時代・社会の犠牲者、と言えるかもしれない。

時代・社会は、人を生かしも殺しもする。自分が生を受けた時代・社会を、うまく生きられる人間と、そうでない人間がいる。泰賀の兄も、士郎の兄も、うまく生きられなかった。二人が、違う時代・社会に生まれていたら、人生を全う出来たかもしれない。

幕末・明治は、鎖国が打ち破られ、開国・西欧化に突き進んだ。そうした点で、画期であった。明治という時代に潰された商店、事業者は多い。西欧化の進展で、日本の伝統的な義理と人情、つまり絆に頼る商習慣が、機能しなくなったからである。万屋も、その一つ、と言っていいだろう。一方で、三菱、安田といった財閥の創始者は、逆に明治という時代に生かされ、大財閥へと、のし上がっていく。むろん、それだけの慧眼もあったろうが……。

翻って、平成時代は、経済のグローバル化が一気に進んだ。対応が遅れた商店・事業者の倒産が相次ぎ、五十年と持つ商店・事業者は、珍しくなった。

平成とは、時代に合わないトップを持つ企業は、即倒産という厳しい時代である。まさに、経営能力が、問われる時代である。

昭和は地価が上がり続ける

平成の世に比べると、昭和という時代の戦後である、昭和二十年代以降は、経営能力がそれほど問われない時代であった。高度の経済成長に伴うインフレーション（インフレ）で、物価は上がり続け、従来通りの経営をしていても、収益は自然に増えた。

このインフレは、クリーピングインフレーション（忍び寄るインフレーション）と呼ばれ、物価は、常に上昇傾向を維持した。

インフレは、経済全体を底上げするが、持つ者と持たざる者、業種間、世代間の給料、あるいは所得の格差を拡大する。良いことばかりの経済状況は、机上ではあるかもしれないが、実社会にはないのである。

少し考えれば分かることだが、土地所有者と、そうでない者、株式等金融資産を持つ者と持たない者。効率の良い職種、悪い職種、生産性の高い会社と低い会社、同じ会社内でも、役職者と、そうでない者、年齢の高い者と低い者が、同じように給料、あるいは所得が、上がることはない。上昇率は異なるはずである。

したがって、たとえ二、三パーセントの成長率であろうと、インフレが際限なく続けば、格差は際限なく広がることになる。経済が成長すれば、インフレとなり、物価と所得が上昇する。そして、格差が拡大する。これが経済の鉄則である。

経済が成長する限り、インフレの副作用である格差の拡大を、受容しなければならない。経済は、如何なる状況を目指そうとも、現状を治すための薬を飲まされた、と同じことだから、必ず副作用が生じる。

そこで、インフレ下の経済政策として、格差是正が必要となろう。だが、考えなければならないのが、公平さである。平等は、悪平等を産む。働くものと働かざる者が、同じように是正されてはならない。働く者が意欲をなくし、働かない者が徒党を組んで悪さをする。昭和四十代後半から五十年代初めにかけての国鉄の動労、国労によるストは、その悪例の典型と言えよう。

戦後の昭和は、平成のデフレーション（デフレ）の正反対で、際限なく続く地価のインフレを如何に抑えるか、つまり格差を縮小するため、インフレから脱却するのが、課題だった時代である。そして、それが出来なかった時代である。

土地成金、土建成金を輩出

実際、土地の値段は、下落知らず。常に上がり続け、土地を持っておれば、金融機関からの借り入れは容易で、しかも低利で出来た。したがって、経営能力のあるなしに拘わらず、土地さえあれば、事業を継続することが出来た。

税収の増大で、大規模な公共事業が相次ぎ、用地買収により濡れ手で粟の大金を掴む土地成金、短期に億単位の収益を得る土建成金を輩出し、ゼネラル・コントラクター（ゼネ・コン）が台頭・跋扈したのも、クリーピングインフレーションが続いた、戦後の昭和の特色である。そして、土地の騰貴は、バブルがはじけるまで続くのである。

しかし、昭和と平成では、ドラスティックに経営環境は変わっている。バブルが平成の初めにはじけ、以来、実体経済の低迷が続く。経済のグローバル化、市場主義の重視から、実体経済より金融経済が、優先されるためだが、土地の資産価値も下がり、日本的な土地にすがる経営は、成り立たなくなった。

昭和に対する平成と同じように、江戸時代に対する幕末・明治は、やはりドラスティックに経営環境が変わった、と考えていいだろう。

どこから見ても良い時代・社会、誰にとっても良い時代・社会など、これまでになかったし、これからもないであろう。個人としては、生を受けた時代・社会を受容し、その中で可能な自己実現を図るのが、王道ではないだろうが、奥義と言えよう。

出会いは人生を左右する

最後に、出会いと絆について考えてみた。

四代源兵衛・宇平は信心深かっただけでなく、万屋の代々当主の中でも傑出しており、宇平がいたからこそ万屋は、幕末・明治の激動期を何とか乗り切り、細々ながら、大正時代まで永らえることが出来た。

そして、宇平が大超一行首座《しゅそ》に出会わなかったら、やはり万屋は、大正時代まで生き延びられなかったであろう。この二人の出会いがなかったら、万屋という連続して生まれる泡は、大正時代を迎えることなく、途絶えていたに違いない。

だが、出会いが常に良いとは限らない。毒になる出会いもある。薬になる出会いは滅多にない。ほとんどは、毒にも薬にもならない出会いである。

また、出会いが多ければ、多いほど良い、と考えるのも間違いだ。出会いが多ければ、確かに、薬になる出会いの確率は高くなるが、同時に、毒になる出会いの確率も高くなる、と考えられるからである。

こうして見ると、時代にしろ、出会いにしろ、何か一つでも、うまく噛み合わないと、破綻する可能性がある。

人の世で自分の思うような成功を収めるには、その人の能力が発揮できる時代・社会に生まれ、その能力を生かせる人に、出会えるかどうかにかかっている、と言って過言ではない。

出会いと絆は密接な関係

出会いは、また絆と密接な関係がある。絆の実体は相互扶助。根幹は義理、人情である。冠婚葬祭は、出会いの場として重要である。これまで物語ってきたように、絆が結ばれるきっかけとなり、絆を強化する場でもある。

絆が強く、多く結ばれておれば、出会いもまた、等比級数的に増える。その中での出会いは当然、良質なものとなろう。逆に、絆のない中での出会いは、義理も、人情もないのだから、悪い出会いが多くなるのは必然と言えよう。

江戸時代のように、多くの絆で結ばれた人や家の集まりで構成された地域社会には、冠婚葬祭をはじめとして、様々な出会いの場がある。絆は、相互扶助の繰り返しにより維持、強化される。したがって、ある程度、代を重ねなければ増強されない。つまり、多くの強い絆を結ぶには、定住が必要条件。つまり、地域社会の成立は、定住が前提となろう。

地域社会が至る所に存在していた江戸時代は、絆も様々な形で結ばれており、出会いは必然的に多く、孤立などは、あり得ない。その代わり、地域社会では、プライバシーは、保持できないし、保護されない。

現代のようなプライバシーが声高に叫ばれる、個を大切にする人々、核家族、転勤族で構成される社会は、絆と言える結びつきはなく、地域社会とは呼べない。単なる人の集まりである。

そこでは、出会いも少なく、当然、良質な出会いもない。現代は、そうした中で迎えた高齢化時代。絆が結べない、あるいは個の尊重から、絆を結びたくない人で溢れる。

地域社会がない時代の人々は、人知れず生まれ、人知れず生き、人知れず死んでいくのが、主流の流儀となろう。それが、動物としての人間の本来の生き方なのかもしれない。

ただ、近年、進展著しいネット社会、人工知能ロボットの将来が、見通せないので言及できないが、何か異なる生き方が生まれる可能性はある。だが、「百年後、人類は人工知能に滅ぼされる」という、予言もある。驕れる人類は、ひたすら自滅への道を歩んでいるのだろうか。

元禄年間に創生した万屋は、大正時代になって終末を迎えた。始在必終。始まりがあれば、必ず終わりが来る。人も産まれたら、必ず死が訪れる。その期間が短ければ、楽しさが少ないかもしれないが、苦しみも少ない。期間が長ければ楽しさも多いだろうが、苦しみも多い。その長短を喜んだり、嘆いたりする必要はない。

【補　遺】『萬般勝手覚』の解読に当たっては、人名、地名等の解読には、特に苦労した。気づいたことを少し記す。

同じ人の名、地名等は統一した。喜左衛門（記左衛門、紀左衛門）、分蔵（文蔵）、利兵衛（理兵衛）、武藤治（武藤二、武藤次）、兵治（兵二、兵次）、仙治郎（仙次郎、仙二郎）、杉屋乙吉（音吉）、治太夫（次太夫）等々は、まだいい方で、かっこ外の表記に統一した。弥惣右衛門、弥三右衛門、八十右衛門は、皆同じ人である。すべて「やそえもん」と読む。弥惣右衛門に統一した。

「右」「左」が入る名前が多いが、草書では右、左の区別が付きにくい。喜左衛門は、「左」でまず間違いないのだが、村役人の九郎左衛門は、九郎右衛門かもしれない。書いた本人は、名前を知っているので、右も左も、厳密に区別する必要がなかった可能性がある。

厄介なのは、名前が多く、表記が一種類でない場合だ。例えば喜兵衛。喜平とも書く。同一人か、違うのか、が分からない。喜兵衛は、村内法六町、小牧、木田、乙川と四人いる。喜平も唐津屋、はりま屋、村内下町にいる。源蔵も多い。鍛治屋、下町、法六町にいる。これらは、どれかが同一人物か、すべて異なるのかが、はっきりしない。利兵衛も、村内下町、西尾、友国、横手にいる。相伴人と勝手方を兼ねる利兵衛は下町在住者と考えた。半六も本町、法六町、下町にいる。

人の名の読み方も難しい。休意は「やすおき」と読むか、「きゅうい」と読むか。どちらともいえない。「やすおき」が正しいかもしれないが、「きゅうい」と呼んでいた人がいた可能性はある。もう一人、寿永はどうか。女性と思われるので「すえ」と読んだが、「じゅえい」かもしれない。鍋兵は「なべひょう」で間違いない。兵治は「へいじ」だと思うが、「ひょうじ」かもしれない。

また、女性は、男性以上に同じ名前が多い。例えば、きよ。藤屋、ぬし屋、上町、下町と四人が登場する。どれと、どれが同じ、あるいは異なるのか、はっきりしない。治兵衛の女房は、ちせだが、子孫の次兵衛家にも、ちせがいる。ちせも、多い名前かもしれない。「万屋の系譜」を書いた六代源兵衛・弥三郎の勘違いの可能性もある。う多と、うたは、同じかどうかも分からない。

地名の「わたうち」は、「王多内」「渡内」「綿内」等の表記がある。「王多内」「渡内」の表記が多く、『萬般勝手覚』に「綿打」なる表記はない。したがって、「渡内」に統一した。「かしや」は「菓子屋」ではない。「かじや」つまり「鍛治屋」である。だが、鍛冶屋は「かちや」とも書く。菓子屋は「くわしや」と書く。したがって、菓子は、平仮名で書くと「くわし」である。饅頭は「まんぢう」、「まんぢう」、漢字では「満十」「満中」と書く。江戸時代文書には、読めない、あるいは読みにくい字はあるが、誤字という概念はなかった、と私は考えている。

このほか、産婆は明治に入ってからの言葉で、「と屋げ婆さ」「とやげ婆さ」「取上婆さ」と表記しているので、「取上婆さ」に統一した。略称しか書かれていない者、例えば「まんたつ」は、まん辰、満ん辰、万辰とあるが、「万辰」に統一した。

地名、人名、物品名、屋号等の表記法も、漢字にするか、カタカナにするか、あるいは平仮名にするか、迷った。特に基準は設けず、なるべく資料に沿い、分かりやすく表記にするよう心掛けた。物品の数え方も、当時は一定しておらず、そのままにした。「端書（はがき）」も「羽書」と書いているので、そのままにした。

あとがき

万屋源兵衛盛衰記は、『萬般勝手覚』に基づく小説、つまりドキュメンタリー・フィクション（事実小説）を意図して書いた。想定・創作部分があるのでフィクションだが、架空の地名、人名等はない。『くずし字辞典』を片手に『萬般勝手覚』の解読にかかったのが、平成十八年。六、七割解読できた平成二十年から書き始めた。まだ一割ほど解読できていなかったが、潮時と思い、平成二十五年、郁朋社の歴史浪漫文学賞に応募した。応募後、読み直すと、問題点の多いことが分かり、修正にかかったが、その間に連絡が届き、最終選考まで残った。

事実に基づく史観が評価された、と勝手に理解、翌年、手直しをして再挑戦したが、入賞できなかった。やむを得ず、自費出版を決断したが、力不足から完成までに、なお多くの月日を要した。

固有名詞が多く、煩雑で筋が見通しにくい、と思われた方が多いと思う。固有名詞を多くしたのは、リアリティーが強化され、郷土史、民俗学、江戸時代の表記法の勉強に資せるかもしれない。さらに、吉良町出身の読者は先祖、あるいは、その知り合いかもしれない、当時の人々の結びつきに、思いを馳せて頂けるであろう、と考えた。吉良町に関係がない読者も、時代劇好きには、出演者の名前に関心が持てるのでは、と思った次第である。

また、表現にも工夫をした。意味が推測できる、と思われる部分は、『萬般勝手覚』にあるがままの表現を随所に使った。結局、二兎どころか、三兎、四兎も追ったため、煩雑さだけが際立ち、結局は一兎も得ず、自己満足だけの、骨折り損のくたびれ儲けに終わったのかもしれない。

また、三河の一農村の物語に、なぜ鬼平が出てくるのか、疑問に思われた方が、いるかもしれないが、筆者（私）が池波正太郎の小説に出てくる鬼平のファンである、という単純な理由で、時代が重なる部分があったので、物語の香辛料として登場させた次第である。

日本の歴史を自主的に学んだ私は、皇室を賛美しないが、否定もしない。今上天皇と美智子皇后には、敬意を持っている。ただ、戦争で「天皇陛下バンザイ」と叫んで、散っていった特攻隊員等がいたこと。戦後、帰還したが、片腕や片足を失い、晒の白衣を身にまとって街頭に立ち、物乞いをする傷病兵が、繁華街の至る所で見られた光景を思い浮かべると、平和憲法を改定し、皇国史観の基に、再び明治、大正、昭和の戦前・戦中のように、皇室を悪用する権力者が現れることのないよう、願うばかりだ。江戸時代を賛美するつもりはないが、一般に持てはやされる明治政府は、明治天皇を全国行脚させるなど、脆弱な政権基盤を安定させるため、天皇を利用したことを忘れてはならない。

なお、私は、昭和五十五年八月から二年間、西尾市で勤務した経験があり、この物語を書くに当たり、吉良町の様々な人に御教授を受けた。中でも、吉良町史編纂委員長を務めた花岳寺の故鈴木悦道老師（二〇一四年二月逝去）、『萬般勝手覚』に起筆時から登場する河内屋清兵衛の子孫で、愛知県文化財保護指導委員の天野清氏には、特にお世話になったので、誌上を借りてお礼を申し上げる。

また、『萬般勝手覚』等の古文書を提供した姻族の筏井千鶴子氏、年金生活者にとって多額な自費出版費を了承した妻・百合子、さらに、本書の表題を案出し、重大な固有名詞の間違いを正す等校正を含む編集作業に真摯に取り組んだ郁朋社の佐藤聡社長にも、感謝しなければならない。

編集部註／本文中に差別用語として使用を憚られる表現がありますが、時代を再現しようとする作品の意図を尊重し、文学性を損なわないようにとの配慮から、敢えてそのままの表現にしてあります。

【著者略歴】
新家　猷佑（にいのみ　ゆうすけ）
1942年、愛知県生まれ。同志社大卒。元中日新聞記者
著書：「狼、暴れ候─日記に見る尾張藩事件簿─」（新風舎）、
「元禄なごや犯科帳」（柏艪社）、
「木曽街道を歩く」（共著、春日井市文化財友の会編）、
「親しみやすさ求めて　20周年記念」（共著、春日井市文化財友の会編）
ホームページ　http//www.ma.ccnw.ne.jp/uujiteki/

三河《みかわ》商家《しょうか》五代《ごだい》の家計簿《かけいぼ》　─万屋《よろずや》源兵衛《げんべえ》盛衰記《せいすいき》─

2015年11月13日　第1刷発行

著　者 ─ 新家《にいのみ》　猷佑《ゆうすけ》

発行者 ─ 佐藤　聡

発行所 ─ 株式会社 郁朋社《いくほうしゃ》

〒101-0061　東京都千代田区三崎町 2-20-4
電　話　03（3234）8923（代表）
ＦＡＸ　03（3234）3948
振　替　00160-5-100328

印刷・製本 ─ 日本ハイコム株式会社

装　丁 ─ 根本 比奈子

落丁、乱丁本はお取り替え致します。

郁朋社ホームページアドレス　http://www.ikuhousha.com
この本に関するご意見・ご感想をメールでお寄せいただく際は、
comment@ikuhousha.com までお願い致します。

 ISBN978-4-87302-612-1 C0093